DER HEIRATSSCHWINDEL

ZUFALLSLIEBE
BUCH 1

SAXON JAMES

VORWORT

Triggerwarnung: Homophobe Familien

CHRISTIAN

Von meiner Cousine zu ihrer Hochzeit eingeladen zu werden sollte eigentlich keine große Sache sein – doch ich habe meine Familie seit zehn Jahren nicht mehr gesehen.

Meine Eltern haben sich von mir abgewandt, und seitdem habe ich alles dafür getan, erfolgreich zu werden und ihnen zu beweisen, was sie an mir verloren haben. Leider ist das gar nicht so einfach, wenn man eine wandelnde Katastrophe ist.

Also werde ich so tun als ob. Einen Typ mit so beeindruckender Onlinepräsenz engagieren, dass sie alles dafür tun werden, mich wieder in ihren elitären Zirkel aufzunehmen, und mit einem Selbstbewusstsein bei dieser Hochzeit aufschlagen, das ich noch nie in meinem Leben verspürt habe.

Der Plan ist unschlagbar.

Bis mein falsches Date Minuten vor der Zeremonie absagt.

ÉMILE

Ein Brief von meinem geliebten, kürzlich verstorbenen Großvater schickt mich plötzlich auf die Suche nach einem Ehemann.

Pa hat sein gesamtes Testament umgeschrieben, und jetzt erbe ich viel mehr als mir eigentlich zusteht, nur weil es sein Wunsch war, dass ich das Geld für »einen guten Zweck« verwenden soll.

Allerdings gibt es eine Bedingung für die Erbschaft: Ich muss heiraten.

Trotz seiner Bitte bin ich versucht, bei meinem ursprünglichen Plan zu bleiben, meiner verkorksten Familie so weit wie möglich aus dem Weg zu gehen, und sie das unter sich ausfechten zu lassen.

Und dann läuft mir ein köstliches Stückchen Chaos über den Weg.

Er sucht verzweifelt einen Begleiter für eine Hochzeit, und die Puzzleteile fügen sich zusammen.

Ich helfe ihm, er hilft mir.

Heiraten, zu Geld kommen, dann getrennte Wege gehen.

Einfach.

Jetzt muss ich nur noch vermeiden, mich in den Kerl zu verlieben.

KAPITEL
EINS

ÉMILE

KAUM HABE ich einen Fuß ins Regency gesetzt, habe ich das Gefühl, wie ein Vampir beim Betreten einer Kirche gleich explodieren zu müssen. Nicht, weil ich hier nichts verloren hätte. Ganz im Gegenteil – in meiner Jugend bin ich beim Reisen mit meiner extrem wohlhabenden Familie auf der ganzen Welt ständig an solchen Orten ein- und ausgegangen. Der Glamour hat sich aber seither stark abgenutzt.

Wäre ich doch in Amsterdam geblieben.

Dann entdecke ich am Ende des von Kronleuchtern erhellten Korridors meine Schwester Giselle, die mir begeistert zuwinkt, und das zaubert mir ein Lächeln aufs Gesicht.

»Elle, was ... was hast du angestellt?« Ich kann mir kaum das Lachen verbeißen. Aber ich lache sie nicht aus, nein, ich bin schwer beeindruckt. Giselles lange blonde Haare sind bis auf den Schädel abrasiert, sie trägt ein Nasenpiercing, und nie im Leben sind die Fetzen, die sie am Körper hat, das Werk eines Designers.

»Großmama hat gesagt, wir sollen uns zurechtmachen. Ich

hab' getan wie geheißen«, sagt sie mit sittsam niedergeschlagenem Blick.

»Du bist wohl auf Krawall gebürstet, hm?«

Mit ihrer echten Stimme fragt sie: »Spielt es denn eine Rolle? Ich bekomme sowieso nichts von dem Geld, also kann sie mich nicht erpressen.«

Bis vor Kurzem war genau das der Grund dafür, dass ich dieses Spiel mitgespielt habe.

Und jetzt ... muss ich mich fragen, ob es das wirklich wert ist. Anders als Elle werde ich einen ordentlichen Batzen des Vermögens erben, aber der Löwenanteil wird an unseren Vater und seine Brüder gehen, genau wie in den Generationen davor auch. Was sie wohl mit all dem Geld anfangen werden? Und was soll *ich* nur damit anfangen?

»Alles okay bei dir?«, fragt Elle.

»Ich bin zurück in Seattle, im Schoß der Familie. Was sollte daran nicht okay sein?«

Es zuckt um ihre Mundwinkel, aber sie behält die englische Contenance, hinter wir uns dank unserer Erziehung ein Leben lang versteckt haben. »Jedes einzelne Wort in dem Satz, den du gerade gesagt hast. Tut mir echt leid wegen Pa. Ihr beiden habt euch so nahegestanden.«

Wieder drohen die Gefühle, mich zu überwältigen, und zwar, weil wir uns *wirklich* nahegestanden haben. Er war der, mit dem ich von allen am engsten verbunden war, die Person auf die ich immer zählen konnte, der Einzige, der mir Zeit und Aufmerksamkeit widmete, weil er es *wollte*, nicht, weil es einen guten Eindruck machte.

Ich werfe einen prüfenden Blick über die Schulter, denn ich will sicher sein, dass wir allein sind, dann trete ich näher. »Ich war kurz davor, nicht zu kommen. Wenn es irgendjemand anderer gewesen wäre, wäre ich wahrscheinlich weggeblieben.«

Sie nickt. »Danach fahren wir in deine Wohnung und trinken etwas.«

Ich werde wohl so einige Drinks brauchen.

»Bist du bereit, reinzugehen?«, frage ich. »Denn ich werde darauf bestehen müssen: Ladies first.« Allein schon, weil ich es kaum erwarten kann, meinen Eltern zu präsentieren, was sie getan hat. Vielleicht wird es sogar unserer Zombie-Mutter eine Reaktion entlocken.

Elle tut so, als würde sie sich die Haare von den Schultern streichen, und stößt die Tür auf.

Die Trauerfeier hat zwar noch nicht begonnen, aber es ist schon einiges los. Die Bedienungen decken die Tische ein, und der schwere Duft von Tee liegt in der Luft. Der Himmel sei ihnen gnädig, wenn sie einen Fehler machen. Oder, Gott behüte, Teebeutel anstatt losem Tee benutzen sollten. Großmama beschwert sich regelmäßig über die unzivilisierten Amerikaner – ich dagegen bin offenbar eine wahre Missgeburt von Engländer, denn mir könnte Tee kaum gleichgültiger sein.

Den Großteil meines Lebens habe ich in Amerika verbracht. Zwar wurde ich als Engländer erzogen, aber ich bin ein Konglomerat aus allen Ländern, zwischen denen wir in meiner Jugend hin und her gejettet sind, bis wir uns schließlich hier niederließen.

Ich folge dem Blick meines Vaters, der die Hausdame beobachtet, dann schaue ich zu meiner Mutter hinüber. Ihre Miene ist unbeteiligt wie immer, und sie schüttelt langsam den Kopf, was die Frau vor ihr dazu veranlasst, hastig das Blumenarrangement in der Tischmitte zu verrücken. Als wäre die Platzierung der Blumen von höchster Wichtigkeit.

Lass mich sterben.

Meine Familie ist ... nun ja, sie sind das Schlimmste, was altes Geld hervorbringen kann: Sie sind besessen davon, Status und Ordnung zu wahren, sie halten sich für etwas Besseres als den Rest der Welt, und sie glauben, dass sie es verdient haben, verehrt zu werden, nur weil sie Geld haben.

Ich bin überzeugt davon, dass meine Mutter sich als amerikanische Version der britischen Monarchie betrachtet.

Sie haben bereits mehrere Angebote für Reality-Shows erhalten, aber glücklicherweise ist so etwas unter der Würde der Cromwells.

Ohne Pa wäre ich vermutlich genauso geworden wie sie.

Nach meinem Abschluss in Cambridge habe ich ein Jahr Pause eingelegt, dann noch eines, dann … tja, inzwischen bin ich sechsundzwanzig Jahre alt und nur gelegentlich zu Geburtstagsfeiern oder anderen wichtigen Anlässen zu Hause.

Meine Eltern nennen es *Lebenserfahrung sammeln,* bis ich später ins Familienunternehmen einsteige; und doch ist die einzige Erfahrung, die ich vorzuweisen habe, wie man weit weg von ihnen lebt.

Und jetzt bin ich zurückgekehrt.

Zur Beerdigung des einzigen von mir jemals respektierten Familienmitglieds. Zum tausendsten Mal seit der Nachricht von seinem Tod krampft sich mein Herz zusammen, aber ich unterdrücke meine Gefühle und versuche, mich an den Émile zu erinnern, der ich hier zu sein habe.

Wollte ich Pa nicht die letzte Ehre erweisen, wäre ich niemals gekommen. Seit meiner Distanzierung habe ich an mir gearbeitet, bin mir über einiges klar geworden – unter anderem weiß ich jetzt, dass ich C.W. Shipping nicht übernehmen will. Da es eines der größten Logistikunternehmen der Welt ist, wird allgemein erwartet, dass ich ganz begierig auf die Position bin. Das Unternehmen wurde von Verwandten aus der Generation meiner Urgroßeltern in England gegründet; und bald darauf gab es Niederlassungen auf der ganzen Welt. Großmama sollte nichts von der Firma erben; doch dann heiratete sie Pa, und der übernahm das Ruder.

Das bedeutet, dass ihre direkten Nachkommen das Vorrecht auf die Führungsposition haben.

Ich will nichts damit zu tun haben.

Das hätte ich ihnen auch schon mitgeteilt, aber Pas Beerdigung scheint mir nicht der passende Anlass, um davon anzufangen.

Nun bin ich hier, und das bedeutet, dass ich dieses aufgesetzte Spiel mitspielen muss.

Ich justiere mein Lächeln und breite die Arme aus. »Mutter.«

Ich schwöre, ihre Augen leuchten auf, ein ganz bisschen, aber sonst ändert sich nichts in ihrem Gesicht.

»Émile, du bist zu Hause. Wie war der Flug?«

»Komfortabel.« Das ist glatt gelogen. Ich schwöre: Touristenklasse wurde als Folter für die Massen erfunden. Das erste Mal, dass ich in dieser Enge fliegen musste, war ich zutiefst erschüttert. Aber ich weigere mich, ein Heuchler zu sein – mein Vermögen fasse ich überhaupt nur an, wenn ich in den Staaten bin und meine Cromwell-Rolle spielen muss.

Mama beugt sich vor, um mir einen Kuss auf die Wange zu geben, dann wandert ihr Blick weiter zu Elle.

»Giselle Cromwell, wo sind denn deine schönen Haare geblieben?«

Elle zuckt die Achseln. »Mittlerweile vermutlich im Müll.«

Mama wird so blass, dass sie aussieht, als würde sie gleich in Ohnmacht fallen; dass mir das Vergnügen bereitet, bedeutet wohl, dass ich ebenso schlimm sein muss wie der Rest der Familie.

»Du ... deine ...«

Na sowas, sie ist ja tatsächlich geschockt. Es kommt nicht oft vor, dass Mama die Worte fehlen. Ich trete vor und lege den Arm um sie. »Es sind doch nur Haare.«

»Nur Haare ...«, wiederholt sie schwach. »Was wird deine Großmama nur denken?«

»Wer ist denn diese fremde Person bei meiner Veranstaltung?«, intoniere ich mit gelangweilter Stimme.

Elle schnaubt lachend. »Wirklich nett von euch, zu glauben, dass sie mich überhaupt beachten würde.«

»Ah, daher die Provokation? Geht es um Aufmerksamkeit?«

Noch bevor Elle antworten kann, hallt Dads Stimme durch den Raum. »Giselle Cromwell, bitte sag mir, dass ich nicht sehe, was ich sehe.«

Das Funkeln in Elles Augen erlischt. Sie setzt den typischen, leeren Cromwell-Blick auf, und es dreht mir den Magen um, dass ich untätig dabeistehen muss, als Dad ihr nahelegt, zu gehen und sich repräsentativer zurechtzumachen.

Der Eindruck – das ist immer das Wichtigste. Gefühle sind völlig unerheblich, wenn man eigentlich keine zu haben hat.

Ich habe zwar schon in jungen Jahren gelernt, meine zu unterdrücken, aber je älter ich werde, desto weniger Raum habe ich, das alles zu verstecken.

Dad wendet sich von Elles sich entfernender Rückenansicht wieder zu mir. Er mustert mich, und nachdem er offensichtlich zufrieden ist, streckt er mir die Hand hin. »Ich bin froh, dass du rechtzeitig wieder da bist.«

»Ich hätte es nicht missen wollen.«

»Entschuldigung, Sir«, murmelt die Hausdame. »Ich wollte nur bestätigen, dass wir die für nebenan geplante Hochzeit in angemessene Entfernung ins Freie verlegen konnten, wie gestern besprochen.«

»Ausgezeichnet. Gab es Probleme?«

»Überhaupt nicht. Wir waren sehr entgegenkommend.«

Dad nickt knapp, wie es seine Art ist, und die Hausdame entfernt sich.

Ich runzele die Stirn. »Habe ich da … bitte sag mir, dass ich das falsch verstanden habe – du hast doch nicht wirklich eine *Hochzeit* woanders hin verlegen lassen?«

»Selbstverständlich habe ich das. Dabei kann es verdammt übermütig zugehen. Den ganzen Tag ein einziges Kommen und Gehen. Ich wollte deiner Großmama keine derartige Aufregung zumuten.«

Der stets vorhandene Knoten in meinem Inneren zieht sich fester zusammen, und ich nicke ebenso knapp wie Dad. »Entschuldige mich.«

Das kann ja grauenhaft werden.

KAPITEL
ZWEI

CHRISTIAN

ES GIBT TAGE, an denen ich mir nichts so sehr wünsche wie einen Märchenprinzen, der mich *rettet*.

Und schon gut – ich weiß ja, dass man dafür keinen Mann braucht und so weiter. Aber es wäre doch verdammt nochmal schön, wenn es möglich wäre. Ich bin das reinste, personifizierte Chaos. Wie sehr ich es auch versuche, ich schaffe es einfach nicht, mein Leben auf die Reihe zu kriegen, und ich bin kurz davor, zu glauben, dass es mir niemals gelingen wird.

Vielleicht wird mir *DatesforRates* aus der Patsche helfen, und zwar nicht nur als Begleitung bei dieser Hochzeit. Ich meine, klar, er ist kaum mehr als ein Profi-Trickbetrüger, aber selbst die verlieben sich doch bestimmt mal. Glaube ich jedenfalls. Ich kenne nicht so viele von der Sorte, also konnte ich noch nie nachfragen.

Schon die ganze Woche bin ich ein reines Nervenbündel, weil ich niemanden finden konnte, der mich zur Meistgefürchteten Hochzeit Aller Zeiten begleitet; ich habe also aufgeatmet, als ich schließlich jemanden – einen sehr kostspieligen Jemand – aufgetrieben hatte. Und ja, die Hochzeit wird mit Großbuchstaben geschrieben. So wichtig ist dieses Ereignis nämlich.

Keine Ahnung, wieso, aber der heutige Tag fühlt sich bedeutend an, wie ein Meilenstein, eines dieser Ereignisse, die man nie wieder vergisst. Und dabei ist es noch nicht mal meine eigene Hochzeit.

Es ist die meiner Cousine. An der meine Eltern teilnehmen werden. Die gleichen Eltern, die ich nicht mehr gesehen habe, seit sie mir höflich nahegelegt haben, dass ich mir doch meine eigene Bleibe suchen sollte, wenn ich vorhabe, mich mit Jungs einzulassen.

Auch rückblickend hat dieser Tag immer noch einen widerlichen Nachgeschmack für mich.

Stöhnend betrachte ich mich im Spiegel. Der Smoking sitzt perfekt. Es ist das teuerste Kleidungsstück, das ich je getragen habe, und ich werde mir den gesamten Abend Sorgen machen, dass ihm etwas passieren könnte. Ich schwitze jetzt schon.

»Iss einfach nichts mit Sauce«, rät Tante Agatha, die seitlich auf meiner Bettkante sitzt. Sie wohnt im Nachbarhaus von Big Boned Bertha, dem Haus, das ich mir mit meinen Freunden teile. Obwohl sie nicht wirklich unsere Tante ist, kommt sie dem, was eine ältere Familienfigur verkörpert, am nächsten. Sie nennt uns ihre Verlorenen Jungs, und wir sie unsere Tante. Sie ist Ende Siebzig, hat dunkelgraue Haare und einen glänzenden schwarzen Spazierstock, und wir tun unser Bestes, um ihr zur Hand zu gehen. Sie revanchiert sich, indem sie hin und wieder darauf achtet, dass wir auf uns aufpassen.

Mein bester Freund Gabe lacht spöttisch. »Am besten isst du einfach gar nichts.«

»Ich soll also hungern?«, frage ich.

»Ja«, antworten sie wie aus einem Mund.

Dieses Vertrauen, das die zu mir haben, unglaublich.

Allerdings haben sie wahrscheinlich recht, wenn ich so zurückblicke.

»Mann, bin ich nervös.«

Tante Agatha macht ein böses Gesicht. »Deine Eltern werden sich eines Tages zu verantworten haben.«

»Weiß ich.«

»Dass ein so lieber Junge wie du deswegen verstoßen wird, wen er liebt, ist einfach nicht zu glauben. Das gilt für euch alle«, fügt sie hinzu, während sie Gabes Hand tätschelt. »Wir stehen alle hinter dir, aber ich würde mir die wirklich gerne mal vorknöpfen.«

Gabes normalerweise fröhliches Gesicht mit den Grübchen verfinstert sich kurz. Wir alle würden uns gern mal ausgiebig die Menschen vorknöpfen, die uns im Stich gelassen haben. Im Gegensatz zu meinen Mitbewohnern habe ich allerdings die Hoffnung noch nicht ganz aufgegeben, dass meine Eltern sich anders besinnen werden.

Das ist einer der Hauptgründe dafür, dass ich zu dieser Hochzeit gehe.

»Du siehst so gut aus«, sagt Tante Agatha, greift nach ihrem Spazierstock und kommt zu mir herübergelaufen. »Dieser Internet-Mann wird kaum wissen, wie ihm geschieht, wenn er dich sieht.«

»Das bezweifele ich zwar, aber solange er meine Lüge mitträgt, habe ich, was ich brauche.«

»Ich wollte, ich müsste heute nicht arbeiten«, sagt Gabe. Ich weiß, dass ihm das zusetzt, und dass er sich krankmelden würde, wenn ich ihn darum bitten würde. Das ist sein Ding: anderen zu helfen. Gabe kennt das Wort »nein« nicht, wenn er gebraucht wird. Letzten Monat hat ihn ein Pärchen, das er aus einem brennenden Haus gerettet hatte, gebeten, sie zu trauen, und er hat sich extra eine Lizenz besorgt, um ihrem Wunsch entsprechen zu können. Obwohl es buchstäblich sein Job war, sie zu retten, geht Gabe für andere Menschen immer weit über das Erwartete hinaus.

Wir sind seit der High-School beste Freunde, und ich wäre verloren ohne ihn.

»Ich glaube, es ist besser so«, sage ich im Versuch, mich selbst zu überzeugen. »Ich habe einfach das Glück, dass du immer für mich da bist, wenn ich etwas verbocke.«

Ich sehe im Spiegel, dass er eine Grimasse zieht.

»Oder musst du heute länger arbeiten?«

»Äh, nein. Aber du brauchst mich doch gar nicht immer. Du bist nämlich stärker als du denkst, musst du wissen.«

Das kann ja wohl nur ein Scherz sein. »Ja, genau. Mein Leben wäre völlig aus den Fugen geraten, wenn ich dich nicht hätte.«

Als könnte er den Klumpen in meinem Hals spüren, kommt Kater Kismet ins Zimmer gesprungen. Er ist uns zugelaufen, hat ein zerknautschtes, missmutiges Gesicht und lässt sich von niemandem außer mir anfassen. Außerdem ist er immer zur Stelle, wenn ich ihn am nötigsten brauche.

Genau wie meine Mitbewohner.

Gabe und ich hatten Glück, hier unterzukommen. Das gilt für uns alle. Die Eigentümer hatten günstigen Wohnraum für Künstler angeboten, und so sind wir sechs zusammengeraten. Gabe und ich, Xander und Seven, die sich als Pflegekinder kennengelernt haben. Dann Rush, und schließlich Madden. Gabe zeichnet heute nicht mehr so viel wie früher, aber die Künste liegen uns allen im Blut.

Die Eigentümer hatten sicher nicht unbedingt beabsichtigt, lauter Leute aufzunehmen, die aufgrund ihrer Sexualität verstoßen wurden. Aber wenn sie es nicht geplant hatten, ist es ein verdammt großer Zufall.

Ich beuge mich zu Kismet hinunter, um ihn kräftig hinter den Ohren zu kraulen. Er sieht völlig unbeeindruckt aus, und als er nach einem kurzen prüfenden Blick sicher sein kann, dass es mir gutgeht, macht er sich wieder davon.

Beim Aufrichten sehe ich Gabe im Spiegel mit dem Knie

wippen, ein sicheres Anzeichen dafür, dass er etwas loswerden will.

»Geht's dir gut?«

»Äh, ja … Wollte nur sichergehen, dass er mir nicht zu nahe kommt. Du weißt schon, Allergien.« Genau wie Tante Agatha betrachtet er mich prüfend von oben bis unten. »Du siehst aus wie ein echter Gewinner.«

»Da bin ich nicht so sicher.«

»Ich schon. Und eines Tages wirst auch du das endlich glauben.«

Im Flur ist Gepolter und Fluchen zu hören, eine Vorwarnung für die Ankunft unserer Mitbewohner. Der Einzige, der nicht dabei ist, ist Rush, aber ich schwöre, der weiß meistens gar nicht, welcher Wochentag gerade ist.

»Wir wollten dir alles Gute wünschen«, sagt Xander, ein sommersprossiger Twink mit blauen Haaren, der ein totaler Schatz ist.

»Mir geht's gut?« Mein Versuch, sie zu beruhigen, klingt eher nach einer Frage.

Seven fixiert mich mit seinem wissenden Blick. »Dir geht's nicht gut. Dir muss es auch gar nicht gut gehen. Du gehst zu dieser Hochzeit mit *DatesforRates*«, sagt er ganz ohne negativen Unterton, »um allen zu zeigen, was du für ein erfolgreicher Typ bist. Und dann setzt du einen Haufen mitten auf die Tanzfläche und zeigst ihnen den Mittelfinger.«

Jesses. »Von dir bitte keine Ratschläge mehr.«

Xander lacht spöttisch. »Stellt euch vor, er würde die Hosen fallen lassen, sich hinhocken, und … dann würde nichts passieren?«

»Reichlich Ballaststoffe und Wasser«, rät Madden, der wie immer splitternackt ist. »Ich habe auch ein ganz natürliches Abführ–«

»Ich werde bestimmt keinen Haufen machen. Leute. Die Menschen dort sollen mich doch respektieren.«

»Respekt ist überbewertet«, sagt Seven, der die gigantischen, tätowierten Arme verschränkt hat, vom Türrahmen aus. »Und da du nicht vorhast, mit *DatesforRates* etwas anzufangen«... jetzt ist die Verachtung nicht zu überhören... »ist es der perfekte Zeitpunkt, um dein wahres Ich zu zeigen.«

Ich seufze. »Mein wahres Ich kommt hinter Schloss und Riegel. Keine Fehler. Keine Fehltritte. Ich habe mir diesen *irrsinnig* teuren Smoking geliehen. Meine Haare sind auf akzeptable Länge gekürzt. Und ich habe mein Herzblut in ein Stück gesteckt, das ich mit choreographiert habe, um es auf eine echte, professionelle Bühne zu bringen. Ich werde da *nicht* als *Witzfigur* auftreten.« Ich atme tief durch. Meine Wangen brennen, so empört bin ich.

»Es wird bestimmt super«, sagt Madden und dreht seine Basecap um. Fast würde ich es ihm abnehmen.

»So, alle miteinander, raus mit euch«, sagt Gabe. »Ihr erstickt ihn ja förmlich.«

Niemand protestiert, ein echter Freundschaftsbeweis. Sie wissen, dass es mir gerade zu viel wird, und auch Tante Agatha gibt mir einen Kuss auf die Wange, und geht.

Jetzt sind Gabe und ich allein. So wie es schon immer war.

Er tritt näher und schließt mich locker in die Arme, das Kinn auf meine Schulter gestützt. Gabe ist einen halben Kopf größer als ich, und sein Körper fühlt sich an wie eine riesige Wand aus festen Muskeln. »Alles klar?«

»Ich wollte, ich könnte vierundzwanzig Stunden vorspulen und wissen, dass es geklappt hat«, murmele ich.

»Es wäre schon okay, selbst wenn nicht, nur um es mal gesagt zu haben. Aber ich glaube, dass du das hinbekommst.«

Ich hebe überrascht die Augenbrauen. »Ehrlich?«

»Na logisch. Ich weiß, dass du manchmal ... unkonzentriert bist. Aber du bist auch lieb und großzügig, und du hast dir den Arsch abgearbeitet für die Rolle in einem Stück, das du mit choreographiert hast. Wenn sie das nicht beeindruckt, kann man diesen Leuten auch nicht helfen.«

»Ich bin nur Teil des Ensembles.«

»Du trittst im Moore-Theater auf. Junge, hör auf, dich kleinzureden. Selbst wenn du nur eine Szene als Schuhputzer von irgendeinem Hanswurst hättest, wäre ich total beeindruckt. Du lebst deinen Traum. Es ist doch ganz egal, ob du berühmt bist oder nicht.« Er winkt Richtung Tür. »Keiner von uns ist ein großer Name. Wir arbeiten alle noch daran, dort hinzukommen, wo du jetzt schon bist.«

Ich trete von einem Fuß auf den anderen. Dass er recht hat, ist mir schon klar, gleichzeitig weiß ich auch nur zu genau, dass es nicht genug ist. Ich liebe das Theater und stehe für mein Leben gern auf der Bühne. Seit Jahren träume ich davon, eines Tages meinen Namen auf dem Leuchtdisplay eines Theaters zu sehen; wenn meine Eltern das erblicken würden, würden sie wissen, dass ich es geschafft habe. Ich bin im echten Leben vielleicht ein lebendes Desaster, aber auf der Bühne, im Rampenlicht, wenn ich etwas tue, das ich bis aufs Blut geprobt habe, übernimmt mein motorisches Gedächtnis. Dann kann ich ausnahmsweise anmutig sein. Es ist die einzige Situation, in der ich mich wohl in meiner Haut fühle.

Es ist eine Illusion. Das weiß ich. Aber Hoffnung habe ich trotzdem.

Die Spielzeit ist für drei Wochen angesetzt, bald ist Premiere. Aber danach heißt es wieder zurück zu den Kindergeburtstagen und beliebigen Minijobs, während ich ehrenamtlich arbeite, bis sich wieder etwas Neues auftut.

»Würde es vielleicht helfen, wenn du so tust, als wärst du nicht du?«, fragt Gabe.

Ich drehe mich um und schaue ihn an. »Was meinst du?«

»Na ja, du bist doch Schauspieler. Du hast diese Leute wie lange nicht gesehen? Zehn Jahre? Keiner von denen weiß, wer du heute bist.«

Ich rolle die Unterlippe unter die Zähne ein und denke nach. Schauspielern. Als wäre es eine Rolle. Ich spiele mich. Einen brandneuen, höchst erfolgreichen und selbstbewussten Christian Kilpatrick. Einen Typ, der alles im Griff hat und nicht mit fünf Mitbewohnern zusammenlebt, weil er kaum genug Jobs zusammenkratzen kann, um Verpflegung und Nebenkosten zu zahlen, von der Miete gar nicht zu reden.

Es ist nicht die schlechteste aller Ideen. Wenn ich auf der Bühne stehe, bin ich in meinem Element. Wenn ich die Schritte so in mein Muskel-Gedächtnis verankert habe, dass ich nicht nachdenken, sondern mich nur bewegen muss. Denn wenn ich anfange nachzudenken, baue ich Mist. Und davor habe ich Angst.

Ich war schon immer ein Tolpatsch. Unkonzentriert, mit dem Kopf in den Wolken, durch mein Leben und über all meine Probleme stolpernd.

Ich bin kein Gewinnertyp.

Ich bin keiner, der Probleme meistert.

Und normalerweise ist das auch okay.

»Atmen, Chris«, sagt Gabe, der sich das Lächeln verkneifen muss. »Ich glaube, du hast nicht ganz unrecht.«

»Tja, ich bin eben unglaublich schlau.«

»Nein, im Ernst. *Datesfor–* Jordan – hat gesagt, ich soll ihm ein bisschen was über mich erzählen, und ich habe mich bisher gedrückt, aber ich könnte vielleicht … na ja, nicht direkt lügen, aber vielleicht die Wahrheit ein bisschen ausschmücken. Meiner Persönlichkeit ein bisschen Pepp geben. Wer weiß schon, was jemand in einem Ensemble tatsächlich verdient?«

»Kein Mensch.«

»Genau.«

»Aber bitte tu mir einen Gefallen und stelle dich nicht vor mit: *Hi, ich bin Christian, und ich verdiene eine Milliarde pro Jahr* – das wäre nämlich zu viel des Guten.«

Ich muss lachen. »Natürlich nicht. Aber ich könnte vielleicht ein total irrwitziges Auto mieten, einen Ferrar…«

»*Nein.* Du hast schon viel zu viel Kohle da reingesteckt. Heute wird Christian Kilpatrick vollkommen unmöglich einzuschüchtern sein. Er wird mit hoch erhobenem Kopf, in seinen schicken Klamotten mit unerschütterlichem Selbstbewusstsein und Null verlegen da reinmarschieren, und zwar ohne einen verdammten Ferrari.«

Ich würde ja gerne empört sein, aber er hat nicht unrecht.

»Und du bist auch sicher, was diesen Jordan angeht?«, fragt Gabe nach. »Der wird dir die Sache nicht ruinieren?«

Ich schüttele schnell den Kopf. »Er hat hunderte positive Bewertungen, und er ist noch nie aus der Rolle gefallen.«

Gabes Brummen klingt, als würde er das nicht so ganz glauben, aber mir zuliebe versuchen, überzeugt zu klingen. »Tut mir leid, dass ich nicht mitkommen kann.«

»Ist schon gut, du musst arbeiten.« Seine vierundzwanzig-Stunden-Schichten bei der Feuerwehr sind anstrengend, und sein Leben noch stressiger zu machen ist das Letzte, was ich will. Gabe ist ein *Guter*. Wenn er keinen Dienst gehabt hätte, wäre es gar nicht infrage gekommen, ihn nicht mitzunehmen.

Aber ehrlich gesagt würde keiner meiner Mitbewohner die aufgeblasene Hochstapler-Snob-Familie Kilpatrick wirklich beeindrucken. Seven kann kein Gespräch führen, ohne etwas Schockierendes von sich zu geben, Rush würde wahrscheinlich viel zu spät erscheinen, weil er nie pünktlich ist, Xander würde sich eine Allergie einreden, bevor der Abend vorbei ist, und Madden müsste sich etwas anziehen für die Veranstaltung, was er prinzipiell verabscheut.

Darum trägt er zu Hause auch nie Klamotten.

Uns anderen fällt es kaum noch auf.

Und der süße, süße Gabe könnte sich garantiert nicht zurückhalten, würde sich für mich stark machen, und etwas sagen, was die noch leicht angelehnte Tür zu meiner Familie dann endgültig zuschlagen würde.

Nein, ich brauche jemand Verlässlichen. Professionellen.

Jemanden, der Erfahrung hat und regelmäßig an solchen Events teilnimmt.

DatesforRates wird mich retten.

Ich werde es schon überleben.

Und meine Scheusale von Eltern werden es bereuen, mir je den Rücken gekehrt zu haben.

Heute habe ich alles bis ins Detail geplant. Ich bin bereit. Ich habe geprobt. Es wird sein wie ein Auftritt.

Heute werde ich gewinnen, und wenn es nur einmal im Leben ist.

Ich meine, das Universum schuldet mir was, verdammt nochmal.

KAPITEL
DREI

ÉMILE

DIE VERLESUNG des Testaments findet in einem kleinen, abgetrennten Raum statt, in den wir uns zurückgezogen haben, bevor in der nächsten Stunde die anderen Gäste ankommen. Es ist deprimierend, hier zu sitzen und daran erinnert zu werden, dass Pa nicht mehr unter uns ist, der Einzige in der Familie, der immer Zeit für alle hatte. Mir ist, als könnte ich ihn hören, wie er sich mit seinem französischen Akzent über die übertriebene Förmlichkeit der ganzen Veranstaltung lustig macht.

Dad telefoniert, und Mama starrt mit leerem Blick an die Wand. Meine Tanten, Onkel und Cousins sind alle anwesend, und Großmama macht zum ersten Mal einen reservierten Eindruck. Die beiden haben sich geliebt, das weiß ich, auch wenn ich nicht ganz sicher bin, wieso.

Wie immer habe ich das Gefühl, von außen zuzusehen. Es ist ein merkwürdiges Gefühl, dass alle aus so vielen verschiedenen Gründen um ein und dieselbe Person trauern. Obwohl die meisten Anwesenden auf das größte Stück vom Kuchen hoffen, bin ich sicher, dass niemand von uns ihn wirklich los sein wollte.

Elle seufzt. »Ich verstehe überhaupt nicht, wozu ich hier sein muss. Erben werde ich ja weiß Gott doch nichts «, sagt sie mit in der gefassten Stille deutlich vernehmbarer Stimme.

»Vielleicht überrascht er dich ja.«

»Hunderte Jahre Beweislage sprechen dagegen.«

Sie hat recht. Das Vermögen wurde in unserer Familie stets an männliche Erben weitergegeben. Natürlich hat Elle einen üppigen Treuhandfonds wie ich auch, aber eine Erbschaft an sich ist »nicht notwendig«, da erwartet wird, dass ihr Ehemann für sie sorgen wird.

Selbst wenn Pa das anders hätte machen wollen – es gibt viele Regularien dafür, was man mit dem Vermögen tun darf und was nicht.

Altes Geld par excellence.

»Vielen Dank, dass alle gekommen sind, um an der Verlesung des letzten Willens und Testaments von Jean Cromwell teilzunehmen. Er war ein kluger Mann, wurde von seinen Familienmitgliedern sehr geliebt, und hat ein beträchtliches Vermögen zu vererben. Zunächst möchte ich die von Jean Cromwell verfassten Briefe verteilen. Ich habe einen an seine Frau, seine Tochter, seine Enkel Clifford Cromwell, Émile Cromwell–«

Ich hebe ruckartig den Kopf, während er weiterspricht, und als der Assistent mir meinen Brief aushändigt, nehme ich ihn mit hölzerner Bewegung an mich. Er steckt in einem versiegelten, leicht vergilbten Umschlag, auf dem außer meinem Namen nichts weiter steht.

Der tiefe Schmerz in der Brust ist wieder da, als ich den Umschlag anstarre. Ich brenne darauf, ihn zu öffnen, kann mich aber nicht dazu durchringen. Das sind die letzten von Pa an mich gerichteten Worte, die ich jemals lesen werde. Und ohne zu wissen, was er mir zu sagen hatte, will ich das nicht in Anwesenheit so vieler Menschen lesen. Vielleicht brauche ich Privatsphäre, um zu weinen oder zu trauern.

Ich höre, wie mein Cousin Neil seinen Umschlag aufreißt. Er überfliegt das Schreiben, schüttelt den Kopf, dann nimmt er sich zusammen und stopft es in die Tasche.

Ich blende den Testamentsvollstrecker aus. Mich interessiert nicht besonders, wie die reichen Menschen hier im Raum in Zukunft noch reicher werden. Mich beschäftigt, was in dem Brief stehen könnte, und ich muss zu meiner Schande gestehen, dass ich einfach nur auf ein paar freundliche Worte hoffe.

Ich versuche wirklich angestrengt, zu vergessen, wie sehr ich dieses Leben verabscheue, nur für den heutigen Tag, aber es setzt mir zu, dass diese Leute sich ernsthaft für gute Menschen halten können, nur um sich anschließend mit gegenseitigem Beglück-wünschen zu ihren dicken Bankkonten wieder voneinander zu verabschieden.

Wie ich das hasse.

Die Spiele, die Erwartungen. Ich will mich einfach nur davon befreien. Wieder nach Amsterdam zurückkehren und ein einfa-ches Leben führen, in dem ich nicht mehr dieser Émile Cromwell bin.

»Was Jeans beträchtliches Vermögen angeht, geht dieses zu gleichen Teilen an seine männlichen Enkel Clifford Cromwell, Neil Cromwell, Émile Cromwell ...«

Die Stimme wird übertönt von dem Klingen in meinen Ohren.

Seine *Enkel?*

Die Überraschung ist im ganzen Raum spürbar. Mein Dad ist empört und versucht, zu begreifen, was geschieht. Normalerweise sind die Testamente ganz unkompliziert, und das Vermögen wird erwartungsgemäß zwischen den Familienmitgliedern aufgeteilt, genau wie es bisher immer üblich war.

Das Geld hätte an Pas Söhne und Schwiegersöhne gehen müssen, und meine Cousins und ich hätten einen wesentlich klei-neren Anteil erben müssen.

Stattdessen hat er eine komplette Generation ausgelassen.

Verdammt nochmal, *dieses ganze Geld*.

Meine Gedanken fangen an zu rasen. Was ich alles damit machen könnte. Wie ich Menschen damit helfen könnte.

Ich bin schon so weit in meinen Überlegungen, dass ich fast nicht mitbekomme, was der Testamentsvollstrecker sagt, aber dann registriere ich noch den Schluss. Und mit einem Schlag sind all meine Fantasien zunichte gemacht.

»Die genannten Erben erhalten ihre Erbschaft nach ihrer Hochzeit.«

Die anschließende Trauerfeier ist genauso absurd wie erwartet. Bei solchen Anlässen spiele ich gern ein Spiel, um mir über die Zeit mit den enervierenden entfernten Verwandten hinwegzuhelfen. Es geht dabei darum, auszutesten, wie weit ich es mit meinen erfundenen Geschichten treiben kann, bis mir jemand auf die Schliche kommt.

»Geht es deiner Schwester gut?«, fragt meine Tante in ihrem süßlichsten Tonfall. »Ich erinnere mich, als Britney Spears sich den Schädel rasierte und –«

»Alles in Ordnung. Einfach Läuse, nichts weiter – aber das ist ja nun in Ordnung gebracht worden.«

Meine Tante verzieht das Gesicht, als hätte sie an einer Zitrone gelutscht. Anders als Mama versteckt sie nicht alles hinter einer Maske der Gleichgültigkeit.

»Bist du ganz sicher, dass keine zurückgeblieben sind?«, fragt sie, während sie sich geistesabwesend hinter dem Ohr kratzt. »Ich habe mich gerade mit ihr unterhalten, und niemand hat mir davon berichtet.«

Ich zucke die Achseln. »Soweit man hört, sind sie schwer loszuwerden, könnte also durchaus sein, dass sie ein paar übersehen hat.«

Mit einem erstickten Geräusch eilt meine Tante davon, und ich gehe hinüber zu Elle, die sich ein Stück Kuchen genehmigt.

»Gut möglich, dass dir heute niemand mehr zu nahe kommt«, teile ich ihr mit.

»Wäre das nicht ein Glück.«

Ich setze mich lächelnd neben sie. »Könnte sein, dass ich Sheryl weisgemacht habe, dass du dir die Haare wegen Läusebefall abrasiert hast.«

»Ohhh, gute Story.« Sie nimmt noch einen Bissen und fährt mit vollem Mund fort: »Zu Rupert habe ich gesagt, dass ich es satthatte, dass Männer mir auf die Haare ejakulieren.«

Ich verschlucke mich fast an Luft. »Du hast was?«

»Tja …« Sie macht eine Geste, als würde sie jemandem einen runterholen. »Ich habe es eher *angedeutet*. Die Worte würde ich nicht laut aussprechen, sonst würde er sicher einen Herzinfarkt bekommen. Für wie ordinär hältst du mich eigentlich?«

Ich umfasse grinsend ihre Hand und drücke sie wieder auf den Tisch herunter. »Das waren erstmal genug imaginäre Hand-Jobs für einen Tag.«

»Ich dachte mir, entweder Kaugummi oder Sperma, also habe ich mich für die Version entschieden, mit der ich mich am schnellsten aus der Unterhaltung befreien konnte.«

»Und doch ist es bis heute ein Rätsel, warum du als das schwarze Schaf der Familie giltst.« Immerhin hat sie inzwischen ein »akzeptables« Kleid angezogen. »Hat Dad dich schon gesehen?«

»Japp. Und ich habe immer darauf geachtet, dass ein gesamter Raum Abstand zwischen uns liegt.«

Mein Gewissen regt sich. »Sorry, dass ich nichts gesagt habe.«

»Warum denn? Du musst mich nicht beschützen.«

»Ja, aber –«

»Neee.« Sie schiebt ihren Teller von sich und sieht mir in die Augen. »Du hast gerade *wichtigere* Dinge, auf die du dich konzentrieren solltest.«

Das Testament. Diese Heiratsklausel. Was Pa sich wohl *dabei* gedacht hat, ist mir ein Rätsel. »Hast du Clifford schon gesehen?«

»Nö. Aber ich gehe davon aus, dass er Großmama in den Arsch gekrochen ist, und ich hatte wenig Lust, dort nach ihm zu suchen.«

Die Vorstellung lässt mich erschauern. »Tu mir einen Gefallen und erzähl ihm diese Sperma-Geschichte nicht.«

»Ich werde einfach sagen, dass ich die Haare passend zu meiner feministischen Pussy rasiert habe.«

»Der Amerikaner in mir verabscheut dieses Wort.«

»Und der Brite?«

»Der Brite in mir fragt sich, was Pussys feministisch macht.«

»Die Zähne, Schätzchen.« Elle klopft mir auf den Arm. »Sie reißen unerwünschte Schwänze in Stücke.«

»Hast du dich wieder mit Jungs aus den Studentenverbindungen abgegeben? Du drückst dich etwas unflätiger aus als normalerweise.«

»Jede Menge toxische Typen bei der Arbeit. Deren Gehirne kommen nicht damit klar, wenn ein hübsches Mädchen fluchen kann wie ein Seemann.« Anders als ich hat Elle etwas Sinnvolles aus ihrem Unistudium gemacht.

»Also tust du es die ganze Zeit, nehme ich an.«

Sie summt zustimmend. »Vorhin habe ich Mama und Dad über Darcy reden hören.«

Ich versuche, nicht aufzustöhnen. »Es ist erstaunlich, dass sie uns noch nicht zusammen in einen Schrank gesperrt haben.«

»Das kann nicht mehr lange dauern. *Du bist schon fast Dreißig, Émile. Es wird Zeit, dass du sesshaft wirst. Clifford der Perversling ist dir da schon zuvorgekommen* –« Ich schnaube. Nie im Leben würden unsere Eltern Clifford so nennen. »Oh! Und was sie jetzt auch noch hinzufügen werden: *Willst du denn dein Geld gar nicht? Blablablaaaaa.*«

»Er ist doch auch noch nicht verlobt.«

Elle sieht mich scharf an. »Ist es dir nicht aufgefallen?«

»Was denn?«

Aber ihr Gesichtsausdruck ist einfach zu lesen. »Der gigantische Klunker an Marthas Finger. Er steht schon seit *Monaten* mit ihrer Familie in Verhandlungen.«

Wow. Nie im Leben hätte ich gedacht, dass er je jemanden finden würde – eine Person, die vermögend genug ist, um infrage zu kommen, die sich tatsächlich mit ihm abgeben und auch noch seinen Antrag annehmen würde. Sicher, Frauen finden ihn attraktiv; was ihn abstoßend macht, sind die Finger, die er nicht bei sich behalten kann, und sein schleimiges Gerede. Welche arme Seele hat sich einverstanden erklärt, sich ein ganzes Leben lang damit herumzuplagen? Und wie viel verdammtes Geld hat wohl den Besitzer gewechselt, um das zu arrangieren?

»Jetzt werden sie mir endgültig im Nacken sitzen, mich endlich für jemanden zu entscheiden, stimmt's?«

»Vielleicht wird es tatsächlich Zeit, Darcy eine Chance zu geben?«, schlägt Elle vor.

Selbst ich muss zugeben, dass sie nicht ganz unrecht hat. Wir sind im weitesten Sinne befreundet, er hat Verstand, ist sexy, und würde wahrscheinlich einen anständigen Ehemann abgeben. In unserer Familie gibt es keine Märchenhochzeiten. Da geht es nicht um Liebe. Heiraten sind das Ergebnis vieler Monate Brüten über Einkommenssteuererklärungen, während unsere Anwälte Vermögen schätzen und Verträge aufsetzen, bevor die Verlobung in der *New York Post* annonciert wird.

Damit will ich nichts zu schaffen haben.

Blöder Clifford.

»Was steht denn nun im Brief?«, fragt Elle.

»Hab' ihn noch nicht gelesen. Ich wollte warten, bis ich später alleine bin. Er ist ganz klar nur für meine Augen bestimmt, und ich will ihn ungestört lesen, ohne von neugierigen Klatschbasen genervt zu werden.«

»Wie ist es dir eigentlich gelungen, in *dieser* Familie ein solcher Softie zu werden?« Sie drückt meine Hand. »Ich sollte dann wohl

– oh, Scheiße.« Und damit ist sie so schnell vom Stuhl gerutscht und unter dem Tisch verschwunden, dass ich es kaum mitbekomme. Ich höre sie nur unter der Tischdecke zischen: »*Clifford*.«

Verstehe.

Er läuft in unsere Richtung, hat mich aber noch nicht erblickt, also stehe ich so beiläufig wie möglich auf und wende mich zur Tür. Ein paar Menschen versuchen, mich aufzuhalten, aber mein Bedürfnis, mich zu entfernen, überwiegt – ich will mich nicht in eine Unterhaltung mit ihm verwickeln lassen. Ich muss nichts über seine Yacht oder seinen Job oder sein neues Haus, Auto oder Aktien erfahren, um zu wissen, dass sich hier nichts verändert hat. Und die selbstzufriedene Miene, mit der er mir von seiner Verlobung erzählt, muss ich erst recht nicht sehen.

Er ist nicht nur schleimig. Er ist der Einzige in der Familie, der sich ganz offen homophob zeigt – *natürlich nie ernst gemeint*. Tja, ich kann nicht darüber lachen. Es ist schon schwierig genug, mich unter Menschen zu wissen, die nur deswegen beschlossen haben, mein Schwulsein zu tolerieren, weil das die Familie in einem guten Licht dastehen lässt. Ich bin so etwas wie ein *Aktivposten*.

Mir dreht sich wieder der Magen um.

Ich muss hier verschwinden.

Sobald niemand hinschaut, schlüpfe ich aus der Seitentür in den stillen Korridor und atme einmal tief durch. Der verklemmte, gehorsame Sohn löst sich in Luft auf, und ich empfinde Erleichterung, weil ich mich zum ersten Mal am heutigen Tag wie *ich selbst* fühle. Ich muss nach Hause, raus aus diesem Anzug, und das Gel aus den Haaren waschen. Dann werde ich meinen Brief lesen und diesen Tag hoffentlich hinter mir lassen.

Ich laufe Richtung Ausgang, um frische Luft zu schnappen, als sich vor mir die Türen öffnen und Menschen hereinströmen, bei denen es sich nur um eine Hochzeitsgesellschaft handeln kann. Die Belegschaft des Regency geleitet sie zur neuen Örtlichkeit der Zeremonie, also laufe ich mit gesenktem Kopf in die andere Richtung, bis ich eine Tür finde, die hinter das Gebäude führt.

Ich stoße sie lautlos auf und stehle mich hinaus in den riesigen Garten.

Ein Gefühl des Friedens überkommt mich, dann schallt ein Wort durch die Stille.

»*Fuck.*«

KAPITEL
VIER

CHRISTIAN

OH NEIN. *Neinneinneinnein.*

Mit offenem Mund lese ich die Nachricht von *DatesforRates*, und mir rutscht das Herz in die Hose. Das darf nicht wahr sein. Es *darf* einfach nicht wahr sein.

Klar kannte ich den Typ nicht persönlich, aber jemanden an meiner Seite zu haben, der die Aufmerksamkeit von mir ablenkt, während ich so tue, als sei ich erfolgreich, und allen mein Schwulsein und mein tolles Leben unter die Nase zu reiben war das Einzige, das mich heute aufrecht hielt.

Ich spüre förmlich, wie das falsche Selbstbewusstsein, das ich aufgesetzt hatte, sich in mein tiefstes Inneres zurückzieht und meinem wahren Ich Platz macht – dem bemitleidenswerten, ungeschickten Loser. Einem Loser, der meinen Eltern und dem Rest meiner Familie bestätigen wird, dass sie froh sein können, mich losgeworden zu sein, als sie Gelegenheit dazu hatten.

Hilflos lese ich nochmal seine Nachricht, aus der das Wort *Lebensmittelvergiftung* mich wieder und wieder anspringt, und obwohl ich einen Kloß im Hals habe, weil ich gleich losheulen muss, tippe ich meine Antwort: *Gute Besserung*!

Dann schiebe ich das Handy in die Hosentasche und lasse die Wut heraus. »*Fuck*!« Ich kicke gegen den Kies, der den Pfad bedeckt. »Fuck, Fuck, Fuck, *Fuck*!«

»Das ist auch eines meiner Lieblingsworte.«

Der Klang der Stimme erschreckt mich so, dass ich auf der Stelle hochhüpfe, herumwirbele und fast hinfalle. Ein blonder Mann steht oben an der kurzen Steintreppe, locker an die Seitenwand des Gebäudes gelehnt. Alles, von seiner Frisur über seinen Anzug bis zu den Loafers strahlt Reichtum aus, aber in seiner Miene nehme ich etwas wahr, das eher nach Abenteuer aussieht.

»Tut mir leid«, presse ich hervor. Mein Herz schlägt so laut, dass ich es in meinen eigenen Ohren höre.

»Muss es nicht. Es ist ein herrlicher Kraftausdruck.« Er verzieht die rosa Lippen zum einseitigen Schmunzeln.

Ich schaffe ein kurzes Lachen, obwohl ich mich immer noch nicht wohl in meiner Haut fühle. »Bist du … bist du auch zur Hochzeit hier?«

»Nein. Ich nehme mal an, du schon.«

Ich zögere kurz, denn – *bin* ich das überhaupt noch? Jetzt, da mein Date abgesagt hat, habe ich es nicht eilig, da reinzugehen. Aber ich nicke, denn wenn er keiner der Gäste ist, hat er sicher keine Ahnung.

»Und deiner beeindruckenden Vorstellung nach gehe ich mal davon aus, dass du nicht allzu glücklich darüber bist. Was ist denn los? Ist die Braut eine Ex von dir?«

Ich schüttele hastig den Kopf. »Cousine.«

»Also …«

Mein Herzschlag hat sich wieder beruhigt, und ich betrachte den Mann zum ersten Mal mit Interesse. »Willst du etwa meine Lebensgeschichte hören, oder so?«

»Oder so.«

Was soll's. »Mein Date hat abgesagt. Hab' gerade seine Nachricht bekommen.«

»Oh.«

»Ja. Bin ziemlich sauer, ehrlich gesagt.«

»Macht er so etwas öfter?«

Ich zucke die Achseln. »Keine Ahnung. Ich bin ihm noch nie begegnet.«

Der Kerl lacht leise. »Dann war das ein Fuck zu viel für die Absage eines Blind Dates.«

»Tatsache ist, dass es genau die angebrachte Anzahl war, wenn man bedenkt, dass ich meine Familie seit zehn Jahren nicht gesehen habe, und jetzt mutterseelenallein da rein muss, um von jedem einzelnen Anwesenden abschätzig gemustert zu werden …« Mist. Ich habe schon wieder einen Kloß in der Kehle. Ich wende mich etwas ab, um den Mann nicht sehen zu lassen, dass ich jetzt wirklich kurz davor bin, in Tränen auszubrechen.

Als ich aufblicke, hat seine ganze Ausstrahlung sich verändert. Mit fest vor der Brust verschränkten Armen fixiert er mich aus hellblauen Augen.

»Warum hast du sie seit zehn Jahren nicht mehr gesehen?«

Ich atme durch den Mund aus und schiebe die Hand in meine mit reichlich Haargel gestylten Locken. »Ist doch egal. Sorry, dass du das gerade abbekommen hast. Ich denke ich werde dann mal … es war sowieso eine Schnapsidee, hierherzukommen.«

»Vielleicht. Aber du hattest offensichtlich einen Grund, zu kommen.«

Ach verdammt. Jetzt habe ich schon davon angefangen. Ich schüttele das Handy in seine Richtung. »Ich wollte ihnen diesen Typ unter die Nase reiben. Er hat dieses ganze Online-Leben, in dem er super erfolgreich und wichtig rüberkommt, und ich dachte, wenn sie sehen, dass ich mit einem solchen Typ zusammen bin … keine Ahnung. Wie gesagt. Eine bescheuerte Idee.«

»Sich Anerkennung zu wünschen ist nicht bescheuert.«

»Doch, das ist es, wenn die Familie deutlich klar gemacht hat, dass sie nichts mehr von einem wissen will.«

Der Mann löst sich von der Wand und kommt leichtfüßig die paar Stufen herunter. Er ist groß und schlank, hat breite Schultern, und wenn er mich anschaut, sieht er auch wirklich hin. Je näher er kommt, desto unsicherer werde ich. Was nicht so toll ist, da mein eigener Körper sich für mich schon an guten Tagen zu groß und ungeschickt anfühlt.

»Haben sie dich enterbt, weil du auf Männer stehst?«, fragt er unverblümt. In seiner Stimme schwingt weder Anklage noch Urteil mit, also fasse ich Mut und nicke.

Er fängt an zu strahlen. »Tja, dann bekommen sie jetzt, was sie verdienen. Ich bin nämlich der queerste männerliebende Homo, der ihnen je unterkommen wird.« Er streckt mir die Hand hin. »Émile. Ich bin heute dein Date.«

Mir bleibt der Mund offenstehen. »W-was?«

»Ich finde es unglaublich mutig von dir, hierher zu kommen, obwohl du ganz genau weißt, was dich erwartet, und du scheinst ein netter Kerl zu sein. Außerdem habe ich Fragen. *So* viele Fragen. Zum Beispiel wieso du eingeladen wurdest, und was du so machst, und warum du findest, dass du eine so gewaltige Enttäuschung bist.« Er atmet durch und vibriert am ganzen Körper vor Aufregung.

»Und du willst ernsthaft … so tun, als wärst du mein fester Freund? Weil du *neugierig* bist?«

»Es ist eine wesentlich sinnvollere Beschäftigung als der ganze Zirkus da drin«, sagt er mit einer Geste Richtung Gebäude.

Ich werde zusehends verwirrter, denn ich glaube … ich glaube, der Kerl meint das tatsächlich ernst. Ich mache einen Schritt auf ihn zu, hauptsächlich vor Schreck. »Bist du sicher?«

»Ich würde es nicht anbieten, wenn nicht.«

»Oh, Mann. Du würdest mir einen Riesengefallen tun. Also, du hättest *einiges* gut bei mir.«

»Fangen wir doch mal mit deinem Namen an, und dann machen wir einfach eins nach dem anderen.«

»Christian.« Ich verziehe das Gesicht, denn es klingt wie ein Grunzen. »Sorry, bin nervös.«

»Du meinst, du hörst dich sonst nicht wie ein Neandertaler an?«

Ich spüre, wie ich rot werde, und stopfe die Hände in die Hosentaschen. »Ich wollte, ich könnte nein sagen, aber ich werde schnell nervös und verlegen.«

»Verstehe. Ich dagegen werde niemals verlegen.«

»Wir werden ja sehen, ob das nach einem Abend mit mir immer noch so ist.«

»Je länger ich dich reden höre, desto neugieriger werde ich.«

»Großartig. Ich bin also wie ein Affe im Zirkus.«

Er lacht leise. »Korrigiere mich, wenn ich falsch liege, aber die können eigentlich nicht sprechen.«

Ob ich es schaffen werde, all das zu ruinieren, noch bevor es begonnen hat? »Siehst du? Nervös.«

Émile dreht die Hand, die er mir immer noch entgegenstreckt. »Geben wir uns denn nun die Hand darauf?«

»Oh.« Ich mache noch einen Schritt und umfasse seine Hand. Seine Haut ist … sowas von weich. Und warm, und … und … ich reiße den Blick von unseren Händen los, suche seinen Blick, und stelle fest, dass er mich beobachtet. Er hat die Lippen geschürzt, als würde er sich das Lachen verkneifen.

»Wann fängt die Hochzeit denn an?«

»In knapp einer Stunde. Ich wollte die Zeit nutzen, um mit Jordan ein paar Kennenlern-Details zu besprechen.«

»Tja, da die Zeit inzwischen knapp ist, wie wär's mit der Kurzfassung?«

»Ich bekomme plötzlich Zweifel.«

»Du kannst so lange zweifeln, wie du willst – wir haben jetzt eine Vereinbarung. Ich fange mal an. Ich bin in Amerika geboren, in meiner Kindheit von Land zu Land gezogen, bis meine Eltern und Großeltern sich hier statt in England niedergelassen haben. Dort habe ich aber studiert. Von Beruf bin ich … Geschäftsmann. Ich habe eine große, zudringliche Familie und finde dich absolut bezaubernd.«

Ich spüre ein Flattern in der Magengegend bei dem Wort bezaubernd, aber dann erinnere ich mich daran, dass er natürlich diesen Eindruck erwecken will, wenn er mein Date spielt. »Ja. Klar. Ich finde dich auch super. Logischerweise. Christian Kilpatrick. Ich wohne im George Park District mit, äh–« meine Wangen sind jetzt flammend rot, aber ich spreche weiter, denn es mag vielleicht peinlich sein, wenn man mit siebenundzwanzig in einer Wohngemeinschaft lebt, aber Seattle ist *teuer* – »fünf Mitbewohnern, weil die Mieten hier verdammt teuer sind. Ich bin Schauspieler, könnte man sagen. Ich habe gerade ein Engagement.«

»Theater?«, fragt er aufhorchend.

»Ja. Nur als Ensemblemitglied, aber –«

Er drückt meine Hand, dann lässt er sie los. »Wir werden an deinem Selbstvertrauen arbeiten müssen. Erstens: Das Wort *nur* ist ab jetzt aus deinem Wortschatz gestrichen.« Émile hüpft auf die unterste Stufe der Treppe und breitet die Arme aus. »Ich bin Tänzer in einer unglaublich tollen Produktion voller talentierter Kollegen, und meine Arbeit erlaubt mir, fünf weiteren Menschen eine Bleibe zu geben. Ich bin eine gottverdammte Mutter Theresa.«

Ich greife ihn am Arm und ziehe ihn wieder herunter. »Erstens, keine Schimpfworte. Sie sind, äh … unentspannt. Religiös. Haben ein überhöhtes Selbstbild. Du kannst es dir aussuchen.«

»Lass mich raten – eine reiche Familie?«

Wenn es das nur wäre. «Dad und seine Brüder haben in Kryptowährung investiert, als es das neue Ding war, und sich dabei eine goldene Nase verdient. Das war, bevor … tja, bevor wir in ein riesiges Haus umgezogen sind. Aber nach meinem Coming-out war das Haus dann auf einmal zu klein für uns drei.«

»Deine Familie klingt sehr charmant.«

»Bitte beurteile mich nicht danach, wie die sind.«

»Oh, das tue ich durchaus.«

Meine Gesichtszüge entgleiten mir.

»Ich frage mich, wie es dir gelingen konnte, so nett zu werden. Stehst du vielleicht irgendwie auf Hardcore-Sadismus oder so?«

»W-was? Nein?«

»Hmm. Schade.«

Mir fallen fast die Augen aus dem Kopf. »*Du* etwa?«

»Ich würde dich so gerne auf die Folter spannen und ganz geheimnisvoll tun, aber das würdest du glaube ich nicht überleben. Für jemanden mit einem französischen Namen bin ich relativ vanilla. Meine Ahnen wären entsetzt.«

Ich muss lachen, aber die bohrende Angst erstickt die Belustigung schnell wieder. »Was, wenn sie uns auf die Schliche kommen?«

»Wie sollten sie? Wenn es stimmt, was du sagst, kenne ich dich mittlerweile schon besser als sie.«

»Da ist was dran, aber …« Ich schaue zu ihm hinüber. Er sieht mich mit stetem Blick an, und ich wende mich schnell wieder ab. »Wir müssen … wie feste Freunde wirken. Ich hatte meiner Cousine Josie gesagt, dass ich jemanden mitbringe, mit dem ich seit zwei Jahren zusammen bin.« Ich kann immer noch nicht fassen, dass mir das rausgerutscht ist. Wie soll ich mit einem völlig Fremden eine solche Verbindung simulieren? »Oh nein, die werden es merken, die werden –«

»Vermuten, dass du dich wegen ihrer Frömmigkeit zurückhältst?«

Ich klammere mich an seine Worte. »Glaubst du wirklich?«

Émile kommt näher, bis unsere Oberkörper sich berühren würden, wenn wir beide tief einatmen würden. »Ich habe keine Scheu, dich anzufassen.« Er streicht mit den Fingern zart über meine Wange. »Womit würdest du dich denn wohlfühlen?«

»Vor denen? Wahrscheinlich wäre mir alles unangenehm. Aber

...« Ich schlucke und lege ihm die Hand auf die Brust. »Nicht, weil ich ängstlich bin.«

»Sondern weil du nervös und verlegen bist?«

Ich lache auf. »Genau. Das ist quasi mein natürlicher Zustand.«

»Tja, dann sollten wir uns vielleicht auf Händchenhalten beschränken. Das ist eine ganz typische Sache zwischen festen Freunden, und da wir beide Männer sind, wird es so skandalös sein, als würden wir uns nackt ausziehen und auf dem Tisch Dirty-Cowboy-Dancing machen.«

Ich lege den Kopf schief. »Dirty-Cowboy-Dancing?«

Émile schwenkt seine Hand über dem Kopf, als würde er ein Lasso schwingen. »So. Und du vornübergebeugt vor mir.«

Hoppla! Das ist ja ein Bild – und obwohl ich bisher zu abgelenkt war, um ihn mir genauer anzuschauen, sehe ich ihn plötzlich mit ganz neuen Augen, nachdem er diesen Satz von sich gegeben hat. Dirty-Cowboy-Dancing mit Émile – *ohne* Zuschauer – klingt eigentlich nach einem perfekten Abschluss für diesen Abend.

Aber ... davor müssen wir zuerst den Abend hinter uns bringen. Und nach meinen Erfahrungen in der Vergangenheit habe ich nicht allzu viel Hoffnung, dass er mich wiedersehen wollen wird.

Also, scheiß drauf. Ich nehme einfach die Zeit, die ich bekommen kann, um so zu tun, als wäre ich tatsächlich der Freund eines so ... *charismatischen* Mannes.

Ich lasse meine Hand in seine gleiten. »Ich bin bereit – soweit irgend möglich.«

Ich spüre, wie er meine Hand fester umfasst, dann tippt er mir mit der anderen an die Nasenspitze. »Keine Sorge, Liebling, ich habe mein ganzes Leben dafür geübt, bereit für diesen Abend zu sein.«

KAPITEL
FÜNF

ÉMILE

TJA, dass der Tag diesen Lauf nehmen würde, hatte ich nicht erwartet. Das Einzige, was mich daran hindert, in irres Gelächter auszubrechen, ist Christians Gesicht. Er sieht kränklich aus, fast grün. Die Hand, die ich halte, wird kalt und feucht, aber ich habe kein Verlangen, sie loszulassen. Und zwar nicht nur, weil Christian ein Kerl ist, den ich sofort auf der Tanzfläche anmachen würde.

Er trägt die Haare an den Seiten kurz und auf dem Oberkopf einen braunen Lockenschopf, ist nicht ganz frisch rasiert, aber ein Bart ist das auch nicht ganz, und er hat einen kleinen, frechen Nasenring. Seine Hände sind auffallend groß, die Finger lang und dick, und er sieht so aus, als würde er sich absolut keine Gedanken oder Sorgen machen – wenn da nicht seine Augen wären.

Seine Verletzlichkeit und Unsicherheit sind für jeden, der ihn sieht, ganz deutlich.

»Du siehst aus wie ein ausgesetztes Hündchen.«

»Was meinst du?« *Oh mein Gott, die süße gerunzelte Stirn lässt mich schwach werden.*

Ich lache leise. »Deine Ausstrahlung ist so, als würdest du zu deiner eigenen Hinrichtung gehen.«

»Ich bin nervös.« Seine Stimme wird etwas höher.

»Ich weiß, aber wir wollen nicht, dass *die* das mitbekommen. Du bist ein äußerst erfolgreicher Schauspieler mit einem äußerst erfolgreichen festen Freund, schon vergessen? Also ...« ich lasse seine Hand schließlich los und umfasse seine Schultern. Wir gut sich die Muskeln unter meinen Händen anfühlen. »Denk an etwas, das dich glücklich macht.«

Er sieht so aus, als wollte er mich hinterfragen, aber dann lässt er die Augen zufallen. Diese niedliche Konzentrationsfalte ist noch da, aber einen Moment später glättet sie sich. »Okay.«

»Und jetzt denk daran, *warum* es dich glücklich macht. Denk an das letzte Mal, als du dich so gefühlt hast, denk daran, wie wir diese Feier wieder verlassen werden, und uns dabei auch so fühlen werden.«

Er verzieht wieder das Gesicht, und ich spreche schnell weiter, bevor er etwas sagen kann.

»Denn so wird es sein. Ich werde das tollste Date sein, das du je hattest. Wenn du nervös wirst, rede einfach ich, wir werden tanzen und uns so verhalten, als wären wir überglücklich, in der Gesellschaft des anderen zu sein, und dann, wenn der Abend zu Ende geht, werde ich allen verkünden, die in der Nähe sind, dass ich dich nach Hause bringen und unter mir spüren will.«

Christian schlägt hastig die Augen auf. »Äh ... das Letztere sollen wir vielleicht weglassen.« Aber so unsicher er auch klingt, ich sehe es um seine Lippen zucken, als würde er sich das Lachen verbeißen.

»Das werden wir davon abhängig machen, wie sie dich behandeln.«

»Okay, einverstanden.«

Ich mustere ihn kurz, während er sich unter meinem

prüfenden Blick windet. Ich kann nicht genau benennen, was mich dazu bewogen hat, ihm meine Hilfe anzubieten. Eigentlich habe ich genügend Probleme mit meiner eigenen Familie, ohne mir über die von jemand anderem den Kopf zu zerbrechen – aber vielleicht ist genau das auch der Grund. Bei meiner Familie muss ich mich benehmen. Ich muss mir auf die Zunge beißen und den Erwartungen entsprechen, die in mich gesetzt werden. Bei Christians Familie unterliege ich solchen Hemmungen nicht.

Und wenn ich ihn so ansehe, macht sich ein *Beschützerinstinkt* bemerkbar.

Ich kenne ihn erst ungefähr zwei Minuten, aber ich weiß jetzt schon, dass er nicht verdient hat, was sie ihm angetan haben.

Niemand hat so etwas verdient.

Die ganzen Fehler meiner eigenen scheußlichen Familie kann ich nicht wieder gutmachen, aber ich kann diesem süßen Mann das Leben ein wenig erleichtern.

»Besser?«, frage ich.

»Ich glaub' schon …«

»Mit etwas mehr Überzeugung, bitte.«

»Ja. Ja, ich fühle mich besser.«

»Gut.« Ich nehme wieder seine Hand und drücke sie einmal. »Wann immer ich das tue, heißt das: mehr Selbstvertrauen in deine Antwort legen. Klingt das gut?«

»Ich glau– äh, ja. Klingt gut.«

»Bist du bereit, reinzugehen?«

Er atmet einmal zittrig aus. »Ich bin nervös.«

»Verständlicherweise.«

»Was, wenn ich alles ruiniere?«

»Dann ruinierst du es, und man kann nichts daran ändern, aber meiner Erfahrung nach ist die Anspannung im Vorhinein oft gar nicht berechtigt. Es ist eine Hochzeit. Wir sitzen während der Zeremonie hinten, machen höfliche Konversation während des Empfangs, essen etwas, tanzen, erzählen allen, wie toll du bist, und gehen dann wieder. Da ist nicht wirklich viel Raum für potenzielle Fehler. Oder muss ich dich daran erinnern, dass bei Hochzeiten meist alle auf das Brautpaar konzentriert sind?«

»Du hast recht.« Er nickt entschieden. »Ich mache aus einer Mücke einen Elefanten.«

Er ist so nervös, dass ich ziemlich sicher bin: Früher oder später wird er aus der Rolle fallen, und für ihn wird es sich wie der Weltuntergang anfühlen. Aber ich werde da sein, um bei etwaigen Missgeschicken einzuschreiten. Solche Veranstaltungen kann ich im Schlaf hinter mich bringen. »Weißt du meinen Namen noch?«

»Ja. Émile.«

Verdammt, klingt das gut in seiner bedächtigen, tiefen Stimme. »Perfekt. Und falls du ihn vergisst, oder Panik bekommst oder so, denk dir einen Kosenamen aus. Ich werde mitspielen.«

Christian seufzt abgrundtief. »Du rettest mir gerade ernsthaft den Arsch. Es muss doch etwas geben, was ich für dich tun kann. Ich bin zwar arm wie eine Kirchenmaus, aber ich könnte dich auf einen Burger einladen, oder falls du Kinder haben solltest, ich biete auch Geburtstagpartys an, oder … oder, verdammt, soll ich vielleicht jemanden für dich umlegen?« Er winkt ungeschickt ab. »Das war natürlich ein Scherz, aber ich bin dir wirklich so dankbar.«

»Lass mal sehen, wie das heute läuft, dann können wir immer noch entscheiden, ob du dich überhaupt revanchieren musst.«

»Das wäre sicher vernünftig, nehme ich an.« Ich drücke seine Hand, weil er so unsicher klingt, und er lacht leise und tief auf, bezaubernd. »Ja. Das hört sich gut an.«

»Bist du bereit?«

»Nee, aber die Zeit läuft uns davon, also sollte ich es besser hinter mich bringen.«

Ich drücke wieder seine Hand, und sofort hebt er den Kopf, den er gerade nach vorne sinken lassen hat.

»Ja, ich bin bereit.« Christian lächelt mich nervös an. »Besser so?«

»Ich mag Männer, die Anweisungen befolgen können.«

Er zwingt sich ein kurzes Lachen ab, während wir zur Tür laufen. »Und du bist auch wirklich sicher, dass du vanilla bist?«

»Tja, ein leichter Hang zum Rumkommandieren und ein paar Klapse sind heutzutage wohl kaum noch als besonders versaut zu bezeichnen, oder?«

»Da könntest du recht haben.«

Dieses Mal ist mein Händedruck fester.

»Nein. *Nicht* versaut.«

Und obgleich ich stolz darauf bin, wie bereitwillig er sich auf meine Strategie eingelassen hat, schafft er es leider, diese Worte viel zu laut auszusprechen, just als wir in den Korridor treten.

Wo uns ein Grüppchen Leute entgegenkommt.

Eine Frau wirft uns einen angewiderten Blick zu, zwei weitere bleiben stehen wie angewurzelt.

Ich spüre, wie Christian sich verkrampft, ohne ihn überhaupt anschauen zu müssen. Aber wenn das das Schlimmste ist, was heute passiert, wird das alles halb so wild.

»Siehst du? Nächstes Mal kannst du ruhig auf mich hören. Ich habe dir doch gesagt, dass du dein Jackett nicht versaut hast.« Mit charmantem Lächeln wende ich mich an die plötzlich peinlich berührten Umstehenden. »Gehören Sie zur Hochzeitsgesellschaft? Wir auch. Uns wurde gesagt, dass es hier entlang geht, folgen Sie mir.«

Dann marschiere ich strammen Schrittes los, Christian im Schlepptau. Ob sie meine Notlüge geglaubt haben oder nicht bereitet mir kein Kopfzerbrechen. Einzig und allein die Tatsache, dass eine solche Bagatelle ihm schon den Wind aus den Segeln nehmen kann, lässt mich befürchten, dass er die Genugtuung, die er so offensichtlich sucht, heute vielleicht nicht bekommen wird.

Mal ehrlich, wenn seine beschissenen Eltern es zehn Jahre lang ohne Kontakt zu ihm ausgehalten haben, werden sie niemals ihren Fehler einsehen. Ich hoffe nur, dass es andere Familienmitglieder gibt, die das Herz am rechten Fleck haben.

Der Korridor führt zu einem großen, offenen Innenhof, in dem rechts und links von einem mit Blumenblättern bestreuten Gang Reihen weißer Stühle aufgebaut sind. Auf einer erhöhten Plattform ist ein wunderschönes Gewölbe errichtet worden, das von allen Plätzen aus gut zu sehen ist. Verglichen mit den spießigen Zeremonien, an denen ich sonst teilnehmen muss, liegt das hier eindeutig weit vorne.

Auch wenn es sich bei der Familie um Scheusale handelt.

Christian zieht mich in die vorletzte Reihe. Einige sitzen schon, aber es scheint ihn niemand zu beachten. Solange wir halbwegs unter uns sind, frage ich: »Warum *hat* dich deine Cousine eigentlich eingeladen? Das ist keine Situation, in der man sich verpflichtet fühlen musste, und sie wollte dich gar nicht wirklich dabeihaben, oder?«

»Neenee, Josie ist cool. Sie ist jetzt ...«, er überlegt mit gerunzelter Stirn. »Vierundzwanzig? Jedenfalls sind wir uns vor einem Monat oder so zufällig über den Weg gelaufen, und sie hat irgendwie darauf bestanden. Sie sagte, die ganze Familie sollte langsam mal aufwachen und sich abregen.«

»Und doch sind sie alle eingeladen.«

Er zieht die Mundwinkel nach unten, und ich bedaure sofort, davon angefangen zu haben. Wenn sie die Einzige ist, die ihn unterstützt, sollte ich das respektieren. Vermutlich ist es gar nicht so einfach, etwas so offensichtlich Rebellisches zu tun, schätze ich.

Ich lege die Lippen an sein Ohr. »Sag mal, glaubst du, ich werde heute der Einzige sein, der dir den ganzen Abend auf den Arsch guckt?«

Sein Lachen ist lauter, als wir beide erwartet haben, und als die Leute sich aus den vorderen Reihen umdrehen, schlägt Christian sich die Hände vor den Mund, um sich selbst zum Schweigen zu bringen.

»Sorry, das kam ein bisschen unerwartet.«

»Wofür entschuldigst du dich denn?«

»Äh ... dafür, dass ich so laut war, glaube ich.«

»Das war doch keine Absicht.«

»Tja, dann vielleicht dafür, dass ich Aufsehen erregt habe.«

»Ist es deine Schuld, dass die Leute sich nicht um ihren eigenen verdammten Kram kümmern können?«

Christian atmet tief durch. »Was soll ich denn dazu sagen?«

»Nichts.« Ich mustere ihn. »Du hättest natürlich sagen können, dass du auch vorhast, mich abzuchecken. Ich mag Komplimente genauso, musst du wissen.«

Der Blick, den er mir zuwirft, als wäre er nicht sicher, ob er belustigt oder verwirrt sein soll, ist hinreißend. Er lehnt sich herüber, während die Sitzreihen vor und hinter uns sich langsam füllen. »Wer sagt denn, dass ich das nicht schon längst gemacht habe?«

Oh, hoppla. Mein scheues kleines Pflänzchen scheint Temperament zu haben.

Er hält meinen Blick, und fast wünschte ich, ich hätte ihn wirklich auf der Tanzfläche kennengelernt, wo ich dieses aufkeimende Begehren weiter anfeuern könnte. Aber dann wendet er den Blick ab und setzt sich gerade hin.

Ich fühle mich wie ein König, als ich wieder seine Hand nehme und mich in meinem Stuhl zurücklehne. Es ist inzwischen viel zu voll für ein persönliches Gespräch, aber Christian erklärt mir, wer die Menschen sind, die hereinkommen und ihm bekannt sind.

Ich habe nicht den Hauch einer Chance, mir Namen zu merken, also ordne ich sie seinem Tonfall nach in Kategorien ein. Arschgeigen, Fremde, und Akzeptable. Die Akzeptablen mag ich am wenigsten, denn sie sind zu feige, um sich hinter Christian zu stellen. Wahrscheinlich halten sie sich trotzdem für Verbündete.

Mir tut das Herz weh für ihn. Diesen süßen Unbekannten, der, wie ich jetzt schon weiß, ein besserer Mensch ist als alle anderen, die an dieser verdammten Veranstaltung teilnehmen. Vielleicht wäre die Welt kein so verkorkster Ort, wenn mehr Leute so wären wie er.

Christian zieht scharf die Luft ein und lehnt sich enger an mich, fast, als würde er Trost suchen. »Meine Eltern.«

Und damit habe ich eine vierte Kategorie gefunden: Blinde Hassobjekte.

Ich drücke meine Schulter an seine als Zeichen der Solidarität. »Kurze Frage: Trägt dein Vater eine Ratte auf dem Kopf?«

»W-Was?« Damit habe ich ihn erfolgreich abgelenkt.

»Ich meine ja nur – ich habe schon diverse Toupets gesehen im Laufe der Jahre, aber das da ist das schlechteste, das ich jemals zu Gesicht bekommen habe.«

»Als ich ihn das letzte Mal gesehen habe, hatte er seine Haare noch.« Christians wehmütiger Tonfall verheißt nichts Gutes.

»Und siehe da …«, sage ich, während ich Christians wilde Locken verstrubbele, dann versuche, sie wieder zu bändigen. »… und schon hast du ihn schon mit einer Sache übertrumpft. Der Tag beginnt mit einem Pluspunkt für dich. Ich habe ein gutes Gefühl.«

Christian lässt wieder den Kopf sinken, aber er lächelt dabei. »Danke.«

»Nichts zu danken.«

Trotzdem bleibt er angespannt, während der Bräutigam und seine Trauzeugen sich vorne postieren und wir auf seine Cousine warten. Sie ist pünktlich, was für sie spricht, und als sie in Sicht kommt, erkenne ich eine starke Familienähnlichkeit. Auf unserer Seite der Hochzeitsgesellschaft sehe ich überall das gleiche kräftige Kinn und die dunklen Locken.

Die Zeremonie ist wirklich gelungen. Es ist Schniefen zu hören, der Standesbeamte macht ein paar Scherze, und wenn ich nicht von der schweren Homophobie dieser Leute wissen würde, würde ich mich gut amüsieren.

Christian zuckt an meiner Seite.

»Alles okay?«, frage ich mit einem Seitenblick.

Er nickt, aber noch während des Nickens zuckt er erneut.

Oh bitte, lass ihn nicht Epileptiker sein oder so. Es ist viel zu lange her, dass ich meine Erste-Hilfe-Kurse gemacht habe.

Jetzt bewegen sich sein Kopf und die Schultern.

»Christian …«, murmele ich.

»Schon gut.« Seine Antwort ist ein kaum vernehmbares Grunzen. Aber obwohl er sich bemüht, still zu sitzen, zuckt er immer wieder. Und dann sehe ich es. Ein kleines schwarzes Insekt summt um seinen Kopf herum.

Er schlägt danach, dann schwirrt ein zweites heran.

»Verdammt …«, murmelt er, so leise, dass nur ich es höre.

»Brauchst du Hilfe?«

»Die lassen mir einfach keine …« wieder schüttelt er den Kopf, und sie fliegen davon, nur um dann erneut zu landen.

»Was hast du in den Haaren?«, frage ich.

»Keine Ahnung. Irgendein Haargel. Von meinem Mitbewohner.«

»Tja, was auch immer das war: Es scheint Fliegen anzuziehen.«

Er lacht tonlos. »War ja klar.«

Eine dritte Fliege nähert sich, und ich kann mir kaum das Lachen verbeißen. Irgendwie gelingt es mir aber, und ich scheuche sie weg, aber genau wie die anderen kehrt sie sofort zurück, um sich ebenfalls auf seinem Kopf niederzulassen.

Christian schüttelt heftiger den Kopf. Dann noch heftiger.

»Warum, warum, warum …« brummt er vor sich hin.

»Fast geschafft«, sage ich beruhigend.

»Sie … kitzeln mich.«

»Es sind nur Fliegen.«

»Sie nerven.«

»Ich weiß.«

»Sie …« wieder zuckt sein Kopf. Nochmal und nochmal und nochmal –

»Wenn jemand Einwände gegen die Eheschließung haben sollte –«

Ein lautes Scharren, Metall auf Stein unterbricht den Beamten, als Christian mit einem »*Argggh!*« aufspringt.

Alle Köpfe fahren zu uns um. Christian erstarrt. Der ganze Innenhof scheint sich vor unausgesprochener Worte aufzublähen, und ich schwöre, dass ich spüren kann, wie Christian innerlich in sich zusammensinkt.

Ich springe auf und schlage die Hände vors Gesicht. »Dieser *Gestank!* Widerlich!«

Dann bugsiere ich Christian aus unserer Sitzreihe, und er folgt mir wie ein Aufziehspielzeug. Alle starren mich an, während ich ihn auf einen Sitz auf der anderen Seite des Ganges schiebe und tief durchatme. »Viel angenehmer. Verzeihen Sie die Unterbrechung, aber das Personal sollte da dringend mal nachsehen. Fahren Sie bitte fort. Keine Einwände von unserer Seite.«

Während sich alle wieder nach vorne umwenden, lasse ich mich auf den Stuhl an Christians Seite sinken, die Hand immer noch an seiner Schulter, damit er nicht nach vorne wegsackt und sich versteckt.

Erst als ich sicher bin, dass mich niemand mehr beachtet, riskiere ich einen Blick in seine Richtung. Er hat das Gesicht in den Händen vergraben, seine Ohren sind leuchtend rot, und die drei blöden Fliegen umkreisen ihn immer noch.

»Lass mich einfach tot umfallen.«

KAPITEL
SECHS

CHRISTIAN

»... GENAU GENOMMEN NICHT DEINE SCHULD«, ruft Émile über das Summen des Händetrockners hinweg, während er mit den Fingern durch meine Locken fährt. Kaum war die Zeremonie vorbei, hat er mich den Korridor entlang und zur Toilette geschoben und dort meinen Kopf unter den Wasserhahn gehalten. Das Styling-Gel, das Madden mir gegeben hatte, ist längst verschwunden, und jetzt versucht Émile, meinen von Wirbeln durchzogenen Lockenschopf zu bändigen. Ich würde ihm ja mitteilen, dass das vergebene Liebesmüh ist, aber ... es fühlt sich gut an. Und es hilft mir, mich davon abzulenken, dass ich eine ganze verdammte Hochzeit unterbrochen habe.

»Danke. Dass du versuchst, es mir leichter zu machen. Ich hätte einfach nicht wie ein Vollidiot aufspringen sollen, es war nur ... ich konnte mich nicht bremsen. Es wurde mir zu viel.«

»Verständlich«, sagt er in seinem sexy englischen Akzent.

Mir wird bewusst, dass ich buchstäblich vor ihm knie, während Émile meine Kopfhaut massiert. Jede Sekunde, die ich in diesem Glückszustand verbringe, macht es schwerer und schwerer, mir über das Geschehene den Kopf zu zerbrechen.

Ich kann immer noch kaum fassen, wie unaufgeregt er von mir abgelenkt hat. Aber es liegt immer noch ein gutes Stück Hochzeit vor uns, und ich wäre nicht weiter verwundert, wenn er am Ende so schnell so viel Distanz wie möglich zwischen uns bringen will.

Aber im Moment ist es gerade nicht so übel.

»Danke«, sage ich etwas lauter, damit er mich hört, und sehe, wie seine rosa Mundwinkel zucken. Es muss sein Gesicht sein, dazu noch seine ganz selbstverständlich charismatische Ausstrahlung – aber ich fühle mich mit jeder Sekunde, die verstreicht, mehr zu ihm hingezogen.

Und dass ich in Augenhöhe seines besten Stücks knie, hilft auch nicht gerade.

Ich werde es zwar nicht in einer öffentlichen Toilette rausholen, aber die Versuchung ist definitiv da.

Er streckt mir die Hand entgegen und hilft mir hoch, und ein paar Sekunden später verstummt der Händetrockner.

»Komm, der Empfang geht gleich los.«

»Ja, nee. Da werde ich sicher nicht hingehen.« Ich würde mich lieber in den Abend davonstehlen und so tun, als hätten die heutigen Ereignisse nie stattgefunden.

»Okay.« Émile verschränkt die Arme. »Das ergibt natürlich Sinn, da dich alle da draußen schon gesehen haben und damit rechnen, dich gleich wiederzutreffen, und wenn du dann nicht da bist, werden alle annehmen, dass du verschämt abgehauen bist. Ein perfekter Plan, keine Frage.«

Ich kneife die Augen zusammen. »Ich durchschaue dich.«

»Weil ich Fakten aufzähle?«

»Du praktizierst umgekehrte Psychologie an mir. Es wird nicht funktionieren. Sozialer Druck hat keine Wirkung auf mich.«

»Sozialem Druck würde ich dich niemals aussetzen. Ich habe nur logisch nachvollzogen, was die meisten Leute denken würden. Um ehrlich zu sein würde ich tausendmal lieber hier abhauen und Burger essen gehen. Ich habe nur das Gefühl, dass dieser Abend dir dann noch ewig im Nacken sitzen würde.«

Burger essen gehen? Ich blinzele ihn kurz an. »Du würdest ernsthaft mit mir noch woanders hingehen? Ich habe dich gerade vor allen blamiert.«

»Es war meine Entscheidung, mich einzumischen, und wie ich dir vorhin schon gesagt habe, ist mir niemals etwas peinlich.«

Ich schaue nochmal genau hin. Das kann er doch kaum wirklich ernst meinen? Jedem ist mal etwas peinlich. Es ist … eine unvermeidliche Reaktion, besonders bei Leuten, die sich in meiner Gesellschaft befinden.

Émile drückt wieder meine Hand. »Du willst wieder da rein. Ich sehe es dir an.«

»Die verurteilen mich sicher alle.«

»Gut möglich. Wie wär's, wenn du sie eines Besseren belehrst?«

Wie macht er das eigentlich, mich einfach logisch zu widerlegen? Die meisten Leute hätten mir versichert, dass alles in bester Ordnung ist. Klar muss er sich keine Gedanken um die Gefühle eines Fremden machen; aber wenn es ihm wirklich egal wäre, hätte er auch keine Szene gemacht, um von mir abzulenken.

»Das ist nicht gerade meine Stärke, andere zu überzeugen.«

»Und die einzige Möglichkeit, Dinge zu ändern, die wir nicht gut können, ist zu *üben*.«

Ich ziehe den Kopf ein. »Du bist wie Meister Yoda.«

»Ich bin kein Fan von Trek Wars, also habe ich keine Ahnung, wovon du redest.«

»Trek …« Ich umfasse seine Hand fester und ziehe ihn hinter mir her aus dem Waschraum. »Wir müssen das heute so hinter uns bringen, dass ich es überlebe, denn ich muss dir ernsthaft Nachhilfe geben.«

»Wir bleiben also?«

»Unter einer Bedingung.«

»Ich höre«, antwortet er.

»Wenn ich mich heute Abend blamiere – und das werde ich – darfst du nicht lachen.«

Und als wären meine Worte ein Ansporn, platzt Émile schon los. »Das kann ich dir unmöglich versprechen, machst du Witze? Wenn du etwas Komisches machst, werde ich natürlich lachen. Aber wenn das hilft: Es wird nicht böse gemeint sein, und ich schwöre, dass ich dich nicht verurteilen werde.«

Das muss der schrägste Vogel sein, der mir je begegnet ist. »Damit kann ich leben.«

––––––

Der Empfang ist exakt so extravagant wie erwartet. Kellner mit Fliege, riesiger Ballsaal, bunte Lichter und aufwändige Tischdekoration. Ich passe nicht hierher, selbst in einem Smoking, der teurer war als eine Woche Miete.

Ich bin hin- und hergerissen, ob ich dankbar dafür sein soll, dass meine Verwandtschaft mich größtenteils meidet wie der Teufel das Weihwasser, oder nicht. Meine Eltern sitzen an einem Tisch an der anderen Seite des Raumes, und keiner von ihnen hat den Versuch gemacht, herüberzukommen und sich mit mir zu unterhalten. Jedes Mal, wenn ich einen Blick auf sie erhasche oder an sie denke, wird der Knoten in meiner Magengrube größer.

Ich hätte nicht kommen sollen.

Ohne es zu wollen bin ich für die Anwesenden interessanter geworden als Josie, und mir ist klar, dass das Brautpaar bei einer Hochzeit im Vordergrund stehen sollte, auch wenn ich nicht unbedingt Experte für Hochzeiten bin.

»Christian!«

Als ich den Kopf hebe, sehe ich Josie auf mich zu sausen, die Arme ausgebreitet, das voluminöse Kleid wie einen Fallschirm hinter sich herziehend.

»Hey, herzlichen Glückwunsch.« Ich stehe auf, bereit, sie zu umarmen, wobei mein Stuhl nach hinten umkippt. Aber bevor ich ihn auffangen kann, hat Émile ihn schon sicher hinter mir abgestellt.

Ich werde rot, und bin kurz davor, mich zu entschuldigen, als Josie mich von der Seite rammt.

»Bin ich froh, dass du gekommen bist«, quiekt sie mir ins Ohr. Sie hat eindeutig schon ein paar Gläser getrunken, trotzdem ist es nett, dass wenigstens eine Person sich freut, mich zu sehen.

»Auch wenn ich euer Ehegelübde unterbrochen habe?«

Sie lehnt sich zurück. »Nein, das war doch perfektes Timing. Ich muss Sheppy schließlich auf Zack halten, oder?« Sie lässt die blauen Augen Richtung Émile blitzen. »Und du bist Christians Begleiter?«

Er erhebt sich mit einer flüssigen Bewegung, auf eine so elegante Weise, wie ich es niemals schaffen würde. »Émile Cromwell.«

Ach du Scheiße.

Ich hatte total vergessen, ihn nach seinen Nachnamen zu fragen, während ich mich bei ihm ausgekotzt habe. Ich kann davon ausgehen, dass jeder in Hörweite ihn googlen wird, und ja, Geschäftsmann ist natürlich ein super Job, aber das ist nicht die Art von super, die hier irgend jemanden beeindrucken wird.

Na dann. Ich kann es mir nicht wirklich aussuchen. Vielleicht wäre Jordan auf dem Papier die bessere Option gewesen, aber ich kann mir kaum vorstellen, dass ich von ihm den gleichen Rückhalt bekommen hätte wie von Émile.

»Freut mich sehr«, sagt Josie und gibt ihm die Hand. »Ich bin froh, dass mein Cousin jemanden hat, der ihm zur Seite steht.«

»Du meinst außer den fünf Menschen, die er bei sich wohnen lässt?«

»Bei sich wohnen lässt?«

»Oh, du weißt wahrscheinlich nichts von seiner philanthropischen Arbeit. Schließlich hat ihm ja die gesamte Familie den Rücken gekehrt.«

Ich reiße die Augen auf. Denken tun es sicher alle, aber

niemals würde es jemals laut aussprechen. Solchen Gesprächen hat man auszuweichen und so zu tun, als würde es die Themen nicht geben, um den Frieden zu wahren. Mir fehlen gerade die Worte, aber Émile schiebt nur die Hände in die Hosentasche und lächelt Josie höflich an. Als hätte er nicht gerade sämtliche Anwesenden beleidigt.

Fast muss ich lachen, aber da mir die Luft weggeblieben ist, geht das nicht.

»Ich war noch nicht mal vierzehn, als Christian rausgeworfen wurde, und habe die ganzen Jahre versucht, wieder mit ihm in Kontakt zu treten. Dann sind wir uns zufällig begegnet«, sagt Josie.

»Wirklich?«, frage ich.

Sie zuckt die Achseln. »Ich habe dir doch gesagt, wie beschissen ich das alles fand. Aber du bist nicht auf den sozialen Medien, also …«

»Nur unter meinem Künstlernamen«, erkläre ich. Es ist einfacher, dort nur als Chris Patrick aufzutreten. Außerdem hilft es mir auch, meine private Identität als wandelnde Katastrophe und die Person, die ich auf der Bühne bin, getrennt zu halten.

»Mein Fehler.« Émiles höfliches Lächeln wird zusehends wärmer. »Anscheinend sind nicht alle hier im Raum homophobe Arschgeigen.«

Josie schnaubt. »Nein, nicht alle.« Dann wirft sie einen vielsagenden Blick auf meine Eltern, die schnell so zu tun versuchen, als würden sie uns nicht beobachten. »Aber *manche* Leute haben leider Null kritisches Denkvermögen und glauben einfach alles, was sie von den Medien eingetrichtert bekommen.«

»Wie wahr.«

Tante Barbara nähert sich, um Josie etwas zuzuflüstern, dann lehnt sie sich herüber und drückt meinen Arm. »Wie schön, dich zu sehen, mein Junge.«

»Äh, danke …«

»Ich muss weiter«, sagt Josie. »Hochzeits-Kram.«

Sie verschwindet wieder, und ich erwarte schon, weiter igno-riert zu werden, als eine Gruppe Cousins zweiten Grades zu uns herüberkommt. Dann mein Onkel. Dann die Eltern des Bräuti-gams. Alle sind ... unerwartet herzlich.

»Émile Cromwell«, sagt Sheppys Mutter. »Wie schön, dass Sie gekommen sind. Woher kennt ihr beiden euch denn?«

Ich zucke zusammen, und Émile schiebt mir einen warmen Arm um die Taille. »Es ist eine witzige Geschichte, aber wir haben nicht den ganzen Abend Zeit. Ich sage nur, dass unsere wilde Romanze mit einem Kraftausdruck begonnen hat, und ich habe nie wieder zurückgeblickt.« Er wendet sich zu mir und der Ausdruck in seinem Blick lässt Schmetterlingen in meinem Bauch umherfliegen. »Mir ist noch nie jemand begegnet, der so unglaub-lich selbstkritisch und gutherzig ist.«

»Ach, ist das süß.« Sie legt eine Hand auf die Brust. »Und Christian kennt ... äh, deine Familie schon?«

»Aber natürlich. Sie lieben ihn genau so sehr wie ich.«

Sie fängt schon von etwas anderem an, während sich immer mehr Menschen um uns scharen, und mein ungutes Gefühl sich verstärkt. Sind diese Menschen wirklich so an mir interessiert, nur weil Josie mich begrüßt hat? Haben sie vergessen, dass sie mich zehn Jahre lang geschnitten haben? Und jetzt sind sie plötzlich aufgeschlossen und unterstützen meine Beziehung zu einem Mann? Was zum Teufel passiert hier gerade?

»Émile«, fragt jemand aus der Gesellschaft des Bräutigams. »Wie ist es Christian nur gelungen, dich abzugreifen?«

Émile Griff um meine Mitte wird fester, und er dreht sich so, dass er mir ins Ohr flüstern kann. »Schnell, was ist dein Fluchtplan?«

»Äh ... wir könnten tanzen? Das ist etwas, bei dem ich mich tatsächlich wohl fühle.«

Er rutscht hin und her, reibt die Nase an meiner Schläfe und streift mit den Lippen meine Wange. Es ist beruhigend. Émile sagt, an die Umstehenden gewandt: »Tut mir leid, das hier zu unterbrechen, aber ich brenne darauf, meinen sexy Kerl auf die Tanzfläche zu bekommen. Entschuldigt uns bitte.«

Und ohne eine Antwort abzuwarten, zieht er mich durch die Menge in die Mitte des Raums.

Tanzen ist etwas, das ich schon seit Jahren mache. Sicher ist es meist choreographiert, aber Émile in die Arme zu nehmen, sich zu den Klängen der Musik zu bewegen, seinen liebevollen Blick zu sehen … ich beginne zu lächeln, und der Knoten der Angst, der mir schon den ganzen Tag die Luft abschnürt, löst sich ein wenig. Es ist das erste Mal heute, dass ich mich wirklich entspanne.

»Erzähl mir eine glückliche Geschichte von dir«, sagt er.

»Glücklich? Hm …« Ich bin es nicht gerade gewöhnt, mich auf das Positive zu konzentrieren. »Ich liebe meine Mitbewohner. Ich lebe gern mit ihnen zusammen und mag es, Zeit mit ihnen zu verbringen. Sicher würden manche das schräg finden, wenn ein paar erwachsene Männer zusammen wohnen, aber …«

»Sowas Negatives. Manchmal wünschte ich, wir könnten zu den Idealen von Gemeinschaften zurückkehren, in denen Ressourcen geteilt wurden und es ein Netzwerk der gegenseitigen Unterstützung gab. Menschen sind soziale Wesen, sogar die intro-vertierten. Wir wünschen uns doch alle, Gleichgesinnte zu finden.« Er reibt mit dem Daumen über meine Wange. »Ich finde es verdammt beeindruckend, dass du deine Sippe gefunden hast.«

Meine Wangen werden ganz heiß bei dem Kompliment, denn so habe ich es noch nie gesehen. Die meisten Menschen halten uns für faul, oder für unreif, oder nehmen an, dass wir uns weigern, erwachsen zu werden. Émiles Interpretation erfüllt mich mit einem seltsamen Stolz.

»Was gibt es von dir Glückliches zu erzählen?«, gebe ich die Frage an ihn zurück.

»Ich bin einem mit Sicherheit höllischen Nachmittag mit meiner Familie entronnen und darf ihn stattdessen mit einem unglaublich gutaussehenden Mann verbringen, dem gar nicht klar ist, wie süß er ist.«

Oh, Shit. Jetzt fliegen die Schmetterlinge durch meinen ganzen Körper, aber ich stelle mich dumm, denn so etwas sagt mir einfach nie jemand. »W-wann war das denn?«

Er lacht und zieht mich an sich, bis wir eng aneinandergeschmiegt sind. »Tu nicht so, Liebling. Wir beide wissen ganz genau, dass ich von dir rede.« Sein warmer Atem kitzelt die Stelle an meinem Hals knapp unter dem Ohr. Es erwärmt meine Haut bis zur Schulter, und ich spüre, wie sich die Hitze über meine Schlüsselbeine ausbreitet und mein Blut zum Kochen bringt, bis runter zu meinem Unterleib.

»Ich bin nicht durch und durch süß, musst du wissen«, murmele ich. »Heute ist eine Ausnahme.«

»Das wage ich zu bezweifeln.«

»Ich kann auch … sauer sein? Das ist doch das Gegenteil von süß?«

»Sag du's mir.« Von diesem sexy britischen Akzent an meinem Ohr wird mir ganz schwindelig. Außerdem strömt jetzt mein gesamtes Blut nach unten: Hier findet gerade eine super schwule Begegnung statt, im Kreise meiner Familie, denen mein Schwulsein unangenehm ist.

Émile hat die Hände an den Hüften in mein Hemd gekrallt, schnuppert mit der Nase an meinen Haaren, und mein Oberschenkel ist zwischen seine Beine gepresst: Unsere Haltung besagt mehr als eindeutig, wie schwul wir sind.

Ich will hier raus. Ihm im Laufe einer ganzen Nacht voller sexueller Gefälligkeiten beweisen, wie dankbar ich bin, dass er das hier für mich getan hat. Auch wenn ich meinen *Pretty-Woman*-Moment nicht bekommen habe, auch wenn niemand heute mit dem Eindruck nach Hause geht, dass mein Leben und das, was ich daraus gemacht habe, besonders toll ist, auch wenn sie wahrscheinlich denken, dass ich ein ganz normaler Typ mit einem zweitklassigen festen Freund bin, habe ich Schwierigkeiten, in Émiles Nähe etwas darauf zu geben.

»Ich … « Mist, wie sage ich das jetzt, ohne wie ein notgeiler

Depp rüberzukommen? Sicher, er hat mir angeboten, mit mir hierherzukommen, und hat mich süß genannt und seine Rolle perfekt
gespielt, aber was, wenn das alles nur zum Schein ist? Ach
verdammt, vielleicht sollte ich lieber nicht fragen. Vielleicht sollte
ich das alles nicht völlig schräg machen, wo es doch gerade ganz
gut läuft.

»Du bist plötzlich ganz angespannt«, sagt er. »Was ist denn?«

»Ich will's lieber nicht sagen.«

»Warum? Weil du bisher so erfolgreich all deine Gedanken für
dich behalten hast?«

Ich muss auflachen. Da hat er nicht unrecht. »Also gut, ich
dachte nur … ich dachte … es war so schön heute und … und ich
…«

»Wollen wir machen, dass wir hier wegkommen?«

Erleichterung durchströmt mich. »Ganz genau.«

»Zu dir oder zu mir?«

»Mir egal, aber vielleicht zu dir? Ich habe Mitbewohner, schon
vergessen?«

»Oh, ich erinnere mich. Ich bin schon so neugierig, sie kennenzulernen. Aber wahrscheinlich ist es besser, wir gehen zu mir. Ich
bin gespannt, ob du im Schlafzimmer auch so schnell verlegen
wirst, oder ob ich dir Lustschreie entlocken kann.«

»Oh Gott …«

»Vergiss Ihn. Das Einzige, was du heute anbeten wirst, ist
mein Penis.«

Ich spüre einen Blitz von Erregung durch meinen Körper
jagen, der all meine Nervenenden weckt. Ich erschauere, bin geil
und so verdammt hart, dass es mir schwerfällt, meinen Verstand
zu benutzen statt mich von meinen Trieben steuern zu lassen.

»Lass uns gehen.« Hastig mache ich einen Schritt nach hinten.
Ich brauche den Abstand zu Émile, um mich zu fassen, bevor ich
noch unfreiwillig in der Anzughose komme. Es ist eine Weile her,
dass ich mit jemandem zusammen war, der kein Sex Date von

Grindr war, und ich kann es kaum erwarten, diesen unglaublichen Mann nackt zu sehen.

Ich drehe mich um, um so schnell wie möglich zu meinen Sachen zu gelangen, und da passiert es.

Ein kleines Mädchen springt mir wie aus dem Nichts entgegen, und ich mache einen Schritt zur Seite, um ihr auszuweichen, stoße dabei fast mit einem anderen Tanzenden zusammen, den ich durch einen Hüpfer zur Seite knapp verfehle, trete jemandem ans Bein … und dann rutscht mir den Boden unter den Füßen weg.

Und ich spüre, wie mein Magen abhebt, als ich hinfalle.

Instinktiv strecke ich die Arme aus, greife nach an einem Tisch, aber anstatt dass der mir hilft … reiße ich ihn mit herunter. Ich höre nur noch ein lautes Scheppern, spüre einen stechenden Schmerz in der Hüfte, und dann klatscht mir *etwas* ins Gesicht.

Und dann verstummt alles um mich herum.

Verdammte. Scheiße.

Ich liege einen Moment mit zusammengekniffenen Augen da. Vielleicht merkt keiner etwas, solange ich mich nicht bewege, aber dann macht die ohrenbetäubende Stille einem plötzlichen Stimmengewirr Platz.

Ich spüre Hände an meinem Arm.

»Alles okay bei dir?«, fragt eine unbekannte Stimme, und während ich aus dem Matsch hochgezogen werde, erhasche ich einen Blick auf die überall verteilte Torte und die zerbrochenen Reste des Eis-Schlosses auf dem Fußboden.

Mein Herz rutscht mir in die Hose, während sich meine Augen mit Tränen füllen.

In meinem verschwimmenden Blickfeld sehe ich das besorgte Gesicht von Sheppy, und hinter ihm … starren mich alle Anwesenden an.

»Fuck. Shit. Tut mir leid.« Ich reiße mich aus seinem Griff los, um zu fliehen, aber meine Schuhe rutschen in der Kuchenglasur ab und ich falle zurück in Sheppys Arme.

Ich rudere wild mit allen Gliedmaßen, dann schlagen wir beide hart auf dem Boden auf.

KAPITEL
SIEBEN

ÉMILE

WAS. War. Das. Denn?

Ich stehe wie angewurzelt mit offenem Mund und aufgerissenen Augen da, die plötzliche Stille hallt in meinen Ohren, und als ich mich endlich so weit von dem Schreck erhole, um mich auf den Weg zu Christian zu begeben, stürzt er ein *zweites* Mal.

Ich spüre das Lachen in mir aufsteigen, als ich seine wilden Ruderbewegungen sehe. Er hatte vollkommen recht: Er ist ein wandelndes Destaster.

Ich glaube, ich bin verliebt.

Meine Belustigung zu unterdrücken ist möglicherweise das Schwerste, was ich je getan habe, während ich durch die Kuchenglasur zu ihm schlittere. Sein sonnengebräuntes Gesicht ist knallrot, und als ich ihm die Hand entgegenstrecke, schüttelt er so vehement den Kopf, dass ich Angst bekomme, er könnte ihm abfallen.

»Na komm schon, hoch mit dir.«

Als er immer noch keine Anstalten macht, sich aufzurichten, gehe ich in die Hocke, packe ihn mit festem Griff und ziehe ihn hoch. Er ist vollkommen mit Glasur bedeckt, die Haare stehen auf der einen Seite in alle Richtungen ab, auf der anderen liegen sie voller Buttercreme glatt an seinem Kopf.

Er senkt drohend seine dunklen Wimpern. »Nicht lachen.«

»Ich versuche es aus Leibeskräften.«

Der Bräutigam stöhnt neben uns auf, und ich wende mich zu ihm um. Seine Nase ist blutverschmiert – es ist nicht allzu schlimm, aber seine Mutter zetert trotzdem los. Während sie noch darüber jammert, ob die Nase wohl gebrochen ist, bücke ich mich nach einem Stück vom zerbrochenen Eisschloss und reiche es ihm.

»Danke«, presst er schwach hervor.

»Es tut mir so, so leid«, krächzt Christian, wieder und wieder, als wäre er unfähig, aufzuhören, und *großer Gott*, es klingt ja, als wäre er unterwegs zu seiner eigenen Hinrichtung.

Ich schwöre, wir wären alle glücklicher, wenn endlich alle damit aufhören würden, sich so ernst zu nehmen.

»Schöne Scheiße«, kommt schließlich von Josie.

»Ausdrücke!«, sagt ihre Mutter scharf, als wäre das hier nicht die perfekte Entschuldigung, alle erdenklichen blumigen Kraftausdrücke zu bemühen.

Immerhin hat Christian jetzt endlich aufgehört, sich zu entschuldigen, allerdings sieht er so aus, als würde er gleich in Ohnmacht fallen, was die Sache auch nicht besser machen würde.

Zeit zu gehen.

»In der Tat, schöne Scheiße«, sage ich zustimmend und lege den Arm um Christian. »Eine wunderschöne Hochzeit, Josie, vielen Dank für die Einladung, auch wenn ich nicht wirklich begeistert bin, dass einer der Gäste meinen armen Schatz gegen den Tisch geschubst hat.« Ich drücke ihn fester an mich.

»Wir fühlen uns jetzt nicht mehr besonders willkommen, also werde ich ihn gleich nach Hause bringen und mich um ihn kümmern.« Ich improvisiere, aber es ist mir sowas von egal, ob sie sich noch den gesamten Abend den Kopf zerbrechen, wer ihn angeblich geschubst hat, so, wie er von den Anwesenden behandelt wurde, allemal.

Selbst vorhin, als einige von ihnen auf uns zukamen, waren sie mehr daran interessiert, über mich und meine Familie zu sprechen als über ihn, woraus ich schließen muss, dass sie ganz genau wissen, wer ich bin, und genauso oberflächlich und mit sich selbst beschäftigt sind wie angenommen.

Christian ist besser dran ohne sie.

»Ist ... ist er in Ordnung?«, fragt Josie.

»Aber ja. Ich muss sagen ...« ich beuge mich vor und lecke etwas Kuchenglasur von seinem Gesicht ab, was ihm wieder etwas Leben einhaucht, »... er schmeckt köstlich. Ausgezeichnete Wahl, diese Torte.«

Und damit drehe ich mich auf dem Absatz um und manövriere Christian vorsichtig aus der Gefahrenzone zurück zu unserem Tisch, wo ich unsere abgelegten Jacketts an mich nehme. Dann marschiere ich fast im Stechschritt mit ihm aus der Tür.

Obwohl ich es verdient hätte, zum Ritter geschlagen zu werden, weil ich nicht darüber gelacht habe, wie seine Familie auf ein kleines Tortenmalheur reagiert hat, lässt meine Belustigung abrupt nach, sowie wir in den Flur treten.

Christian sackt vornüber. »Es war nur ... es war nur ...«

»Komm schon.« Ich ziehe ihn sanft hoch, dann helfe ich ihm nach draußen. Es ist etwas kühler als vorhin; inzwischen ist es dunkel geworden, und Christian ist sogar unter dem Schein der Straßenlaterne und mit Kuchenglasur beschmiert eine Schönheit.

Ich muss ihm wieder Mut machen.

»Hör mal, das war –«

»Ich ... ich muss gehen.« Er macht einen Schritt zurück.

»Bitte tu das nicht.«

»Nein, ich ...«, sagt er und holt zittrig Luft. »Ich will nur–« Noch bevor er etwas Dramatisches tun kann wie zu flüchten, trete ich vor und nehme sein Gesicht in beide Hände. Sein Bart fühlt sich rau an in meinen Handflächen. »Ich wollte, du würdest bleiben.«

»Du wirst überall Torte abbekommen«, sagt er warnend.

Ich erwähne mal nicht, dass ich schon das meiste abgeleckt habe. »Mir egal.«

»Hast du denn nicht mitgekriegt, was da drin passiert ist?«, fragt er ungläubig.

»Habe ich. Eines Tages wird es eine sehr witzige Geschichte abgeben. *Nicht* heute. Aber eines Tages.«

Christian mustert mich, als wäre er besorgt um meinen Verstand. »Wieso bist du überhaupt noch hier?«

»Was meinst du?«

»Tja, was da drin passiert ist wäre für die meisten ein hartes Limit. Ich kann's beurteilen. Ich bin verwundert, dass du noch nicht abgehauen bist.«

Du meine Güte. Wie mies ist er eigentlich in seinem Leben behandelt worden, wenn er davon ausgeht, dass ich ihm jetzt den Rücken kehren werde? Zugegeben, ich finde das alles nicht so schlimm, er aber schon. Er braucht jetzt Unterstützung anstatt im Stich gelassen zu werden.

»Ich gehe nirgendwohin. Also ich sehe das so: Du hast ihren Tag unvergesslich gemacht. Ist es nicht das, worum es bei Hochzeiten geht?«

Er lacht erstickt auf, klingt aber gar nicht belustigt dabei. Dann entzieht er sich mir und fährt sich mit der Hand durch die Haare. »Danke für heute, aber ich bin leider ein hoffnungsloser Fall, genau wie befürchtet.«

»Da bin ich anderer Meinung.«

»Du bist nicht besonders aufmerksam, stimmt's?«

»Ich bin einfach relativ unbeirrbar der Meinung, dass Unfälle nun mal Unfälle sind.«

»Ich bin mal übers Geländer in den Puget Sound gefallen.«

»Es gibt durchaus Badestellen–«

»Da, wo die Schiffe reinfahren.«

Da fehlen mir nun tatsächlich die Worte. »Ich wusste gar nicht, dass das möglich ist.«

»Bei mir ist alles möglich.« Und ich weiß, dass er das selbstironisch meint – aber ich bin geneigt, es wörtlich zu nehmen.

»Das kann ich nur hoffen.« Ich strecke ihm die Hand hin. »Wie sieht's denn nun aus mit diesen Burgern?«

Er wirkt überrascht, und starrt meine Hand so lange an, dass ich schon glaube, ihn überzeugt zu haben. »Nee. Ich bestelle mir lieber einen Uber und mache, dass ich nach Hause komme.«

Ich tue mein Bestes, um nicht zu enttäuscht auszusehen. »Lass mich dich wenigstens nach Hause fahren.«

Und just als ich schon überzeugt bin, dass er ablehnen wird, nickt er. Ich kann ihn offensichtlich nur sehr schlecht einschätzen.

»Okay. Ja. Danke. Aber … ähm…« Er streckt die Arme zur Seite und schaut an sich herunter. »Ich bin total eingesaut.«

»Zum Glück habe ich Ledersitze. Obwohl ich sicher nichts dagegen hätte, wenn du dich ausziehen würdest, falls du deswegen Sorge hast.«

Endlich, ein echtes Grinsen. »Du bist sehr interessiert, mich nackt zu sehen.«

»Ich bin ein gesunder schwuler Mann, und du siehst unglaublich gut aus.« Ich mustere ihn schamlos. »Ich dachte, ich versuche mein Glück, mal sehen, wo es hinführt.«

Der Frechdachs blinzelt mir zu und geht Richtung Parkplatz voraus. »Dann lass uns sehen, wo es hinführt.«

Ja, *na bitte*. Ich folge Christian um die Ecke und gehe dann voraus, als klar wird, dass er keine Ahnung hat, in welche Richtung er muss. Schade. Der Anblick seines Hinterns hat mir wirklich gefallen. Ich kann mir vorstellen, dass all das Tanzen und Proben und was sein Job noch alles mit sich bringt, ihn fit hält, denn wie sich seine Hosen an die runden Pobacken schmiegen, ist geradezu kriminell. Die Vorstellung, das ganze Päckchen auspacken zu dürfen? Knopf für Knopf? Ich spüre, wie Verlangen mich durchströmt, und tippe an den Knopf an meinem Schlüsselbund, um mich davon abzulenken, mir auszumalen, wie er wohl nackt aussieht.

»Das da ist dein Auto?«, fragt er, die Hände Richtung Motorhaube ausgestreckt, während er um das Auto herumläuft. Es ist, als wollte er ihn anfassen, würde sich aber nicht trauen. »Eine E-Klasse?«

Ein Bestechungsversuch meiner Eltern, um mich in der Stadt zu halten – nicht, dass ich das verraten würde. »Management zahlt sich aus.«

»Sehr.« Er lässt einen langen Pfiff ertönen. »Jetzt bin ich wirklich versucht, mich auszuziehen.«

»Wenn du heil nach Hause kommen willst, solltest du mich nicht so ablenken. Komm, steig ein. Ein bisschen Kuchenglasur hat noch nie jemandem geschadet.«

Er murmelt vor sich hin, während er die Beifahrertür öffnet und einsteigt. Ich sehe zu, wie er den Sicherheitsgurt zwischen die Finger klemmt und vergeblich versucht, ihn anzulegen, ohne etwas anzufassen.

»Irgendwann wirst du hoffentlich anfangen, auf mich zu hören.« Ich tue, als würde ich seufzen, dann reiche ich hinüber und schnalle ihn an. So aus der Nähe sehe ich den dunklen Ring um seine blaue Iris, auch in dem schwachen Licht von draußen.

»Ich weiß nicht recht, was ich von dir halten soll«, gibt er dann zu.

»Ich habe dir doch gesagt, dass ich nicht lügen werde.«

»Ja, aber die meisten Leute, die so etwas sagen, tun es trotzdem, um niemanden wehzutun.«

Wenn ich am heutigen Tag eines gelernt habe: Diesem tollen Mann würde ich niemals wehtun wollen. »Ich glaube gar nicht, dass es möglich ist, noch mehr auf deinen Gefühlen herumzutrampeln als du selbst es schon tust.«

Wieder ein kleines Lächeln. Wunderschön. »Könnte sein, dass ich ein bisschen an meinem Selbstvertrauen arbeiten muss.«

»Eine wirklich abwegige Vorstellung, da du ja Schauspieler bist.«

»Ja, das höre ich oft.«

Ich starte den Wagen und überlege, welche meiner zahlreichen Fragen ich ihm stellen kann. Womit das begonnen hat, ob es mit seiner Familie zu tun hat, wie er es schafft, aufzutreten, wenn er schon im Alltag mit solchen Problemen zu kämpfen hat. Es macht mir zu schaffen, mir das alles zu verkneifen, aber er ist bisher kaum mehr als ein flüchtiger Bekannter, und nur weil ich ihm einmal aus der Klemme geholfen habe, habe ich kein Anrecht auf seine kompletten Lebensumstände.

Christian lotst mich in den George Park District; dieses Viertel von Seattle ist als künstlerisch und alternativ bekannt, und wird an drei Seiten vom Universitätscampus von Georgetown eingerahmt, wo die ganzen Technologie-Unternehmen sitzen; an der vierten Seite liegt Maple Park, eine snobistische Gegend mit wohlhabenden Bewohnern – zu denen ich leider auch gehöre, denn dort wohne ich.

Man muss schließlich den guten Eindruck aufrechterhalten.

Aber als wir vor einem wunderschönen viktorianischen Haus anhalten, bin ich doch beeindruckt. Mein modernes, kühles Apartment kann dem Gebäude hier nicht das Wasser reichen. Es ist von riesigen Bäumen und Gärten umgeben, die so aussehen, als hätte man sie absichtlich etwas verwildern lassen. Solche Häuser stehen in der gesamten Straße, die von jahrhundertealten Eichen gesäumt ist. Insgesamt erweckt es den Eindruck von organisiertem Chaos.

»Das hier?«, frage ich, während ich mich vorbeuge, um besser sehen zu können.

»Japp, das ist Bertha.«

»Bertha?«

Christian fährt sich durch die Haare. »Die Eigentümer haben eine Namensplakette neben der Tür anbringen lassen, auf der Big

Boned Bertha steht, und wir haben sie drangelassen. Unsere Nachbarn nennen uns Die Jungs von Bertha.«

»Nett.« Ich betrachte das gigantische Haus. »Und das nach dem Gejammer über die teuren Mietpreise in Seattle.«

»Ich mit meinem Schuldenberg habe auf jeden Fall damit zu kämpfen.« Er lacht und reibt sich den Oberarm. »Aber wir sind ja zu sechst. Den Eigentümern gehören anscheinend mehrere Objekte, die sie günstiger vermieten, an solche Leute wie uns.«

»Leute wie euch?« Ich rechne schon damit, dass die Kriterien schwul und enterbt sind, aber er überrascht mich.

»Am Hungertuch nagende Künstler.«

Ich lasse den Blick über seinen großartigen Körper wandern. »Du siehst nicht so aus, als würdest du am Hungertuch nagen.«

Dann überrascht er mich komplett: Er beugt sich über die Mittelkonsole, so nah, dass ich seinen Atem an meinen Lippen spüre, und sagt: »Warum kommst du nicht mit nach oben und überzeugst dich selbst?«

KAPITEL
ACHT

CHRISTIAN

NACH MEINEM GERADEZU EPISCHEN Versagen heute gehe ich mal davon aus, dass es kaum noch schlimmer werden kann. Aber selbst wenn, kann Émile nicht sagen, dass er nicht vorgewarnt war, wie meine mit Torte beschmierte Vorderseite klar beweist.

Ich werfe mein Jackett über die Schulter, dann nehme ich seine Hand, während wir den langen Pfad zum Haus entlanglaufen.

»Nur so als Hinweis: Meine Mitbewohner können manchmal etwas distanzlos sein.« Also immer, um genau zu sein. »Ich dachte, ich entschuldige mich besser schon im Voraus für sie.«

»Sie würden nicht reinkommen, während ich mich, äh, vom Zustand deines Körpers überzeuge, oder?«

»Ich wollte, ich könnte nein sagen.«

Émile lacht kurz auf. »Jetzt habe ich es nicht mehr ganz so eilig, sie kennenzulernen. Also ein ganz bisschen weniger.«

»Ach ja, was das Kennenlernen betrifft – es würde unseren Interessen etwas zuwiderlaufen, *wenn* das passieren würde.«

»Warum?«

»Weil sie sofort eine Million Fragen an dich hätten, und wir ihnen niemals entkommen würden.«

Sein warmer Griff um meine Hand wird fester. »Wenn das so ist, sollten wir einfach die Tür aufstoßen und rennen?«

Ich bleibe vor der Treppe stehen und sehe ihn an. »Das würdest du tun?«

»Christian.« Um seine Mundwinkel zuckt es, als er näher tritt. »Du machst dir keine Vorstellung, wie scharf ich darauf bin, dich endlich aus diesen Klamotten zu schälen, Liebling.«

Es ist dunkel unter dem Schatten der Bäume, die uns umgeben, aber jemand ist zu Hause, denn aus dem Wohnzimmer fällt goldenes Licht nach draußen, das Émiles blonde Haare erleuchtet. Ich schlucke heftig, lasse den Blick über sein glatt rasiertes Gesicht wandern, den leicht erhobenen Mundwinkeln, die immer ein bisschen so aussehen, als würde er sich das Lachen verbeißen. »Ja. Darauf bin ich ungefähr genau so scharf.«

Und typisch selbstbewusster Halunke, der er ist, packt Émile meine Hand fester, sprintet die Stufen nach oben und zieht mich mit. »Auf drei.«

»Eins.«

»Zwei.«

Zum Glückbringen tippe ich schnell an das *Big Boned Bertha*-Schild, und stoße die Tür auf. »*Drei.*«

Wir stolpern ins Haus, ich voran, und ich ziehe Émile zur großen Freitreppe und zwei Stufen auf einmal nehmend nach oben. Aus dem Augenwinkel nehme ich eine Bewegung wahr, aber ich schaue nicht näher hin.

Wir erreichen das Obergeschoss, aber bevor ich zu meinem Zimmer eilen kann, hält Émile mich vor dem Badezimmer zurück.

»Vielleicht sollten wir uns erst um das da kümmern?«, schlägt er mit einer Geste auf meinen Anzug vor.

„Wir?«

In seinen Augen blitzt es. »Ich würde dich ja wohl kaum alleine lassen beim Duschen, oder?«

Ich schwöre, meine Wangen werden heiß. Das hatte ich absolut nicht erwartet, aber ich bin sowas von dabei. »Damit bin ich sehr einverstanden.« Ich werfe das Jackett in meine geöffnete Tür und schiebe Émile Richtung Badezimmer. »Ich hole uns was zum Anziehen. Du gehst da rein und machst die Tür hinter dir zu.«

Zum Glück widerspricht er nicht, aber als ich Sweat Pants und ein Handtuch für uns beide gegriffen habe und mich umdrehe, stelle ich fest, dass der Ausgang blockiert ist.

»'Nabend«, sagt Seven, der beiläufig seine Fingernägel begutachtet.

»Äh, hi.«

»Ein schöner Abend.« Anders als Seven versucht Xander gar nicht, seine Aufregung zu kaschieren. Er grinst über das ganze, farbenverschmierte Gesicht und wippt auf den Zehenspitzen.

»Würdet ihr bitte die Tür freimachen?«

»Warum?«

Ich fixiere Seven mit einem Blick. »Du weißt, warum.«

»Ich dachte, du wolltest nicht mit *DatesforRates* schlafen.« Endlich blickt er auf und seine Augen werden ganz groß. »Was zur Wolle ist denn mit dir passiert?«

»Das ist eine lange Geschichte. Ich werde nicht mit *Datesfor-Rates* schlafen–« Seven macht Anstalten, mich zu unterbrechen, aber ich spreche einfach weiter: »...da das da drin nicht Jordan ist. Mehr werde ich dazu aber nicht sagen, denn dem Geräusch der Dusche nach zu schließen, wartet da ein sehr sexy, sehr nackter Mann schon auf mich, und ihr steht mir im Weg.«

»Glaubst du, er wäre mit einem Dreier einverstanden?«, fragt Xander.

»Erstens, nein, verdammt nochmal. Wir haben nicht umsonst die *kein Sex untereinander*-Regel. Zweitens würdest du, wenn du dir nicht dauernd einbilden würdest, krank zu sein oder im Sterben zu liegen, ausgehen und mehr Leute treffen, und dann wärst vermutlich inzwischen auch nicht mehr Jungfrau.«

Xander seufzt. »*Dieses Mal* war es nur Sodbrennen. Aber man weiß nie. Es ist nicht meine Schuld, dass die Symptome die gleichen sind wie bei *ganz vielen anderen Krankheiten.*

Ich trete auf die beiden zu. »Bewegt euch.«

Um Sevens Mundwinkel zuckt es, und er richtet sich auf. »Sonst ...?«

»Sonst werde ich euch später nicht verraten, was es hiermit auf sich hat«, drohe ich mit einer Geste auf meinen kuchenverschmierten Körper.

»Frech!«

»Wer seine Neugier befriedigen will, sollte mir bei meiner Befriedigung nicht im Weg stehen, also macht gefälligst Platz. Ich bin sehr viel aufgeschlossener, nachdem es mir gerade besorgt wurde.«

»Also gut.« Er macht einen Schritt zurück, Xander folgt seinem Beispiel.

Erst an der Tür zum Badezimmer rufe ich: »Und ich will keinen von euch beim Lauschen an der Tür erwischen!«

In diesem Haus gibt es tatsächlich keine Grenzen. Sicher, meistens versammeln sich alle nur zum Spaß vor der Tür, wenn ein One-Night-Stand gerade dabei ist, wieder zu gehen. Andererseits habe ich jeden einzelnen meiner Mitbewohner irgendwann schon Sex haben hören. Als sex-positiver Kerl kann man das auch ziemlich scharf finden, aber mit Absicht würde ich so etwas nicht machen.

Und wenn ich an Émiles Bemerkung von vorhin über die Lautstärke denke, zu der er mich zu bringen gedenkt, kann es gut sein, dass sie heute noch einiges zu hören bekommen werden.

»Wir gehen ja schon«, versichert Seven und zieht Xander mit sich. Ich warte, bis sie die Treppe hinunter gegangen sind, dann trete ich ins Bad. Es ist nicht garantiert, dass sie wirklich weg sind; möglich wäre, dass sie nur die anderen holen gehen, aber Seven ist trotz seines Hangs zur Tratschsucht auch mein Freund, also will ich mal hoffen, dass er meinen Wunsch respektiert.

Im Bad herrscht bereits Dampf, und *verflucht nochmal*. Émile steht splitternackt unter der Dusche.

Ich sehe üppige helle Pobacken, die einen Kontrast zu seiner Sonnenbräune bilden.

Mein Mund wird trocken, als ich die Wassertropfen beobachte, die seinen Rücken hinunterlaufen.

Mein Gott, ist der sexy.

»Sorry, dass du warten musstest«, sage ich. »Ich bin draußen in einen Hinterhalt geraten.«

»Das Rennen hat wohl nichts gebracht, hm?«, ruft er durch das Rauschen der Dusche.

»Leider nein, da ich ja noch kurz in mein Zimmer musste.« Ich knöpfe langsam mein Hemd auf, aber nach der Hälfte der Knöpfe dreht Émile sich zu mir um.

Ich sehe seine Augen dunkel werden, während er mich mustert, aber dann bin ich wie gebannt vom Anblick seines geröteten, steifen Schwanzes, der an der Wurzel in einem Nest von Schamhaaren sitzt, direkt darüber zwei sexy V-förmig nach unten führende Muskelstränge.

»Verdammt.« Ich schiebe meinen schnell anschwellenden Schwanz zurecht. »Du bist noch tausendmal schärfer als ich es mir vorgestellt hatte.«

Émile beginnt sich langsam zu streicheln. »Aus der Nähe sehe ich noch besser aus.«

Und mehr Ermutigung brauche ich nicht. Ich kämpfe kurz mit dem klebrigen Hemd und der schmalen Hose. Klamotten, die ein absolutes Vermögen gekostet haben, und ich sollte mir Sorgen machen, meine Kaution dafür nicht wieder zu bekommen, aber ich bin jetzt viel zu vernebelt von Lust, um mir darum Gedanken zu machen. Ich knülle die Sachen zusammen und werfe sie in die Ecke, dann schiebe ich die Unterhose herunter und mit dem Fuß beiseite.

Émile hält den Atem an, was seinen Brustkorb dramatisch weitet. »Du wirst dich jetzt etwas beeilen müssen.«

Das kommt mir entgegen. Ich trete in die Dusche und schließe die Tür hinter mir, dann stehen wir beide unter dem warmen Wasser und betrachten einander.

Seine rosa Nippel, die leichte, helle Brustbehaarung, wie seine schmale Taille sich nach unten verjüngt.

Émile streckt die Hand aus und fährt mit dem Finger die Linien meiner Bauchmuskeln nach. Die Berührung lässt meine Muskeln zucken. Ich unterdrücke mein Stöhnen und folge mit dem Blick der Spur seiner Finger. Es ist eine genüssliche Tortur. Selbst unter der heißen Dusche prickelt meine Haut in fast schmerzhafter Erwartung seiner nächsten Bewegung, flehentlich darum bittend, überall berührt zu werden.

Ich höre meine Atemzüge über das Geräusch des Wassers, sehe, wie mein Brustkorb sich beim schweren Atmen bewegt, dann sucht Émile meinen Blick. So aus der Nähe erkenne ich grüne und braune Sprenkel in seinen Augen.

»Kein am Hungertuch nagender Künstler also«, stellt er fest, die Stimme tief und rau.

»Sorry, dich enttäuschen zu müssen.«

»Du kannst mir glauben: Mich enttäuscht gerade genau gar nichts.«

Ich greife nach seinem Kinn und drehe seinen Kopf leicht zur Seite. »Darf ich dich küssen?«

»Nun, ich bin ja nicht hier, um dir beim Duschen zuzusehen.«

Ich lache kurz auf, dann lege ich die Lippen an seinen Mund. Erst vorsichtig, als würde ich einen Schluck von etwas Heißem nehmen, einen Zeh ins Wasser tauchen, aber sobald er seine Lippen unter meinen öffnet, stoße ich mit der Zunge dazwischen.

Émiles und mein Körper prallen aneinander, er lehnt den Rücken an die Fliesen, und ich halte sein Gesicht fest und küsse ihn so, wie ich es mir schon den ganzen Abend gewünscht habe. Seine Zunge ist kräftig, fest und drängt sich an meine, während er knabbert, beißt und lutscht. Der Kuss wird so tief, dass ich kaum noch Luft bekomme.

Das ist bei Weitem nicht mein erstes Sex Date oder der erste One-Night-Stand, aber irgendwie fühlt es sich auch nach mehr an. Ich bin kein Idiot, mir ist klar, was hier passiert, aber nach allem, was er heute für mich getan hat, ist es wie eine verdammt große Belohnung, das hier mit ihm tun zu dürfen.

Ich spüre, wie er lächelt, während er mit seinen geschickten Fingern meinen Rücken entlang streicht.

»Nicht das, was ich erwartet hatte«, murmelt er an meinen Lippen.

»Was meinst du?«

»Du hast die ganze Zeit das schüchterne kleine Mäuschen gespielt, und jetzt stellt sich heraus, dass du mich am liebsten bei lebendigem Leib verschlingen willst.«

Ich stöhne bei dieser Wortwahl. »Du hast ja keine Ahnung.« Dann spüre ich eine winzige Unsicherheit. »Ist das okay?«

Émile antwortet, indem er nach meiner Hand greift und sie um seinen Schwanz legt. »Ich steh total drauf. Den ganzen Abend warst du dieser süße, sexy Mann, der gerettet werden musste, und jetzt ergreifst du total von mir Besitz. Du bringst mich ganz durcheinander, und ich habe noch nie etwas so sehr genossen.«

Ich lache kurz auf, küsse mich von seinem Kiefer bis zu seinem Ohr, und umfasse seinen Schaft mit festem Griff. »Ich verspreche dir: Sobald ich dich tief in meinen Hals nehme, wirst du deine Worte bereuen.«

»Ganz ehrlich? Das, was ich wirklich bereuen würde, wäre, wenn ich dir nicht die Zunge in den Arsch schieben dürfte.«

Das ist eine Sache an ihm, die ich toll finde: Er scheint tatsächlich immer total ehrlich zu sein. Er streift meinen Hals mit den Lippen, dann leckt er an meinem Schlüsselbein, und ich schmelze dahin. Diese Stelle. Mein großer Schwachpunkt.

»Wer sagt denn, dass nicht beides möglich ist?«, frage ich.

Ein ersticktes Stöhnen entringt sich seiner Brust, als ich mich auf die Knie sinken lasse. Sofort strömt das Wasser über meine

Haare, und er tastet nach dem Duschkopf, um den Strahl wegzudrehen.

»Danke.«

»Das ist ja wohl das Mindeste, was ich tun kann.«

Ich schnaube. »Du wirst ganz sicher später noch einiges mehr tun können.«

»Worauf du dich verlassen kannst.«

Jetzt bin ich es, der grinst, als ich mich vorbeuge und mit der Zunge von seinen Eiern bis zur Eichel entlang fahre. Sein Schwanz zuckt bei der Berührung, also mache ich es wieder, und wieder. Jedes Mal achte ich darauf, wobei sein Atem ins Stocken gerät, wann seine Muskeln sich anspannen, und wann er mir unwillkürlich entgegenkommt.

Ich mochte es schon immer, Blowjobs zu geben. Es auszureizen, mich selbst zu würgen, bis ich kaum Luft bekam, dem Mann, mit dem ich zusammen war, dabei zuzusehen, wie er langsam den Verstand verliert – aber als ich nach oben blicke und sehe, wie Émile mich mit schweren Lidern unverwandt anstarrt, wird mir klar, dass es noch nie so war wie jetzt. Denn einen so selbstbewussten, souveränen Mann wie Émile dabei zu beobachten, wie er sich fallen lässt, macht süchtig.

Verdammt nochmal, ich hoffe, er hat das ernst gemeint, dass er die Nacht hier verbringen will. Ein Quickie in der Dusche wird mir heute nicht reichen.

Ohne ihn vorzuwarnen stürze ich mich auf seinen Schwanz. Er ist lang und dünn, mit einer dunkelroten pilzförmigen Eichel, die ich sofort in meiner Kehle spüre. Ich entspanne mich, sauge ihn ein und schlucke, und werde belohnt von seinen Fingern, die sich in meine Haare graben.

»Argh, du wirst mich noch umbringen«, keucht er, als ich mich zurückziehe, um einzuatmen, nur um ihn dann wieder herunterzuschlucken.

Nichts geht über das Gefühl, die Lippen um seinen Schwanz zu dehnen, sein Gewicht auf meiner Zunge zu spüren, mein Kinn an seinen Eiern zu reiben, während seine Oberschenkelmuskeln sich unter meinem Griff anspannen. Je fester er an meinen Haaren zieht, desto steifer wird mein Schwanz, bis ich kurz von ihm ablassen und an meinem Hodensack ziehen muss, um nicht sofort zu kommen.

»Wie geschwollen deine Lippen sind.« Sein Ausatmen ist schwer vor Lust. »Du siehst so verdammt gut aus, wie du da kniest.«

Ich spüre das Lob tief im Bauch, und kann nicht widerstehen, mich einmal fest zu streicheln.

»Willst du mich vor dir knien sehen, wenn ich dein Sperma im Gesicht habe?«

Émile flucht und führt seinen Schwanz wieder in meinen Mund ein. Jetzt versucht er nicht mehr, sich zurückzuhalten, überlässt mir nicht mehr die Kontrolle. Er fickt mich rücksichtslos in den Mund, und mir ist ganz schwindelig von der Kehrtwende, die er genommen hat.

Mein Schwanz pocht förmlich, ich spüre, wie meine Augen sich verdrehen, während ich mich durch den versautesten Blowjob japse, den ich jemals gegeben habe. Sein Schwanz gleitet immer und immer wieder in meinen Hals und schnürt mir dabei die Luft ab. Die Welt löst sich von meinem Bewusstsein, und ich spüre nur noch ein Brennen unter der Haut, meine Hand, die wie verrückt meinen eigenen Schwanz bearbeitet, und das schmerzliche Prickeln an der Kopfhaut von seinem festen Griff in meinen Haaren.

Émiles Rhythmus gerät ins Stocken, wird unberechenbar, und ich umfasse seine Eier.

»Oh, Shit«, grunzt er, sein Schwanz zuckt in meinem Mund und entlädt den ersten salzigen Strahl.

Hastig ziehe ich mich zurück und Émile umfasst mit langen Fingern seinen eigenen Schaft, mit der anderen hält er meinen Kopf fest.

Gerade rechtzeitig öffne ich den Mund wieder. Er spritzt mich voll, mein Gesicht, den Hals, meine Zunge. Und beim Anblick seiner über mir aufgebauten Gestalt, dem Gefühl, von seinem Sperma bedeckt zu werden, ziehen sich meine Eier zusammen. Ich bewege meine Hand schneller, das Kribbeln am unteren Rückgrat wird übermächtig, und dann ergieße ich mich in die Dusche.

Jetzt holt mich die Erleichterung ein, und als meine Glieder nach und nach nicht mehr vom Orgasmus durchgeschüttelt werden, schaue ich zu Émile auf.

Sein dunkler, hungriger Blick ist weicher geworden. Er atmet schwer. Seine Haare sind verstrubbelt. Sein Griff in meinen Haaren lockert sich, und er fährt mit dem Daumen durch die Masse auf meiner Wange.

»Nicht zu fassen, wie scharf du gerade aussiehst.«

Ich kann nur nicken. Mein Gehirn fühlt sich noch ganz weich an vor lauter post-orgiastischem Glücksgefühl. Ich wollte, ich könnte ihm sagen, dass das der vielleicht lustvollste Augenblick meines Lebens war, aber es ist gut möglich, dass das an den Nachwehen des Orgasmus liegt.

Émile zieht mich hoch, dann richtet er den Wasserstrahl wieder auf uns. Er fühlt sich heißer an als vorhin, aber ich bin immer noch ganz außer Atem.

»Das war dir hoffentlich nicht zu heftig?«, fragt er.

Ich war schon mit einigen Typen zusammen, die sich wenig Gedanken darum machen, ob sie zu brutal waren oder nicht, aber es wundert mich auch nicht, dass er da anders tickt.

»Es war verdammt perfekt. Kann aber sein, dass ich dir heute nicht nochmal einen blasen kann – geschweige denn morgen noch einen Ton rausbringe.« Auch jetzt klingt meine Stimme schon recht heiser. »Aber es war sowas von geil, wie du mich benutzt hast.«

Er umarmt mich, ruhig und tröstend, dann spüre ich seine Lippen an meinem Hals. »Ein Glück kann ich dich noch auf vielerlei andere Weise benutzen.« Er lehnt sich zurück und lächelt. »Und du mich auch.«

KAPITEL
NEUN

ÉMILE

MIT VERSPANNTEN GLIEDERN rolle ich mich auf den
Rücken und strecke mich wie eine Katze. Es war eine lange, lange
Nacht, und ich habe etwas den Überblick verloren, wie oft wir Sex
hatten, aber verdammt nochmal, es fühlt sich an, als hätte ich die
ganze Nacht über Sport getrieben.

Christian war unersättlich. Und trotz seiner Vorwarnung hatte
er einen weiteren Blowjob in sich, den er mir quer auf dem Bett
kniend gegeben hat, während ich seinen Arsch geleckt habe.

Wie sich herausstellt, stecken gelenkige Tänzer voller Überra-
schungen. Auch so muskulöse wie er.

Und zwischen all dem Sex haben wir einfach nur dagelegen
und … geredet. Witze gemacht. Uns kaputtgelacht, bis ich Seiten-
stechen hatte, und er mich abgelenkt hat, indem er mir einen
runtergeholt hat.

Ich schaue zu ihm hinüber. Er schläft noch, den Arm übers
Gesicht geworfen, man sieht das unrasierte Kinn darunter, und
der Nasenring blitzt im morgendlichen Sonnenlicht hervor. Er ist

immer noch nackt, das Bettzeug um ein Bein gewickelt, der Rest seines exquisiten Körpers eine Augenweide.

Seine definierten, eleganten Schlüsselbeine, die noch mein verdammter Ruin sein werden, und sein kräftiger Schwanz, der weich an seinem Oberschenkel liegt, und eine ebenso große Rolle bei meinem Ende spielen wird.

Es ist schon gegen zehn, da wir gestern wirklich lange aufgeblieben sind, was bedeutet, dass ich mir langsam meine Klamotten zusammensuchen und mich zum Aufbruch bereitmachen sollte.

Die Sache ist nur … ich will nicht gehen.

Die magnetische Anziehung, die er auf mich hat, wird langsam lächerlich, aber ich wünschte fast, ich würde noch schlafen, an seine Brust gekuschelt.

Zu meiner Verteidigung muss man sagen: Es ist eine herrliche Brust. Harte Muskeln, zarte Haut und so gut wie keine Körperhaare. Ich denke gerade darüber nach, ihn mit einem Blowjob zu wecken, als er sich zu rühren beginnt. Erst ein tiefes Stöhnen, dann ein tiefer Atemzug, und beim Aufatmen streckt er die muskulösen Beine zum Fuß des Bettes.

Langsam hebt er den Arm vom Gesicht, um mich anzuschielen, und ich befürchte einen kurzen Moment lang, dass er das Aufwachen gespielt hat und mich fragen wird, was zum Teufel ich eigentlich noch hier mache.

Christian mustert mich ungeniert. »Morgen.«

Ich muss wider Willen leise lachen. »Du klingst, als hättest du gestern eine ganze Packung Zigaretten geraucht.«

»Das Risiko des Schwanzlutschers par excellence.«

»Ganz ehrlich? Das wird den Tatsachen nicht ganz gerecht.« Ich rolle mich auf die Seite und versuche ein Gefühl dafür zu bekommen, ob er mich gerne loswerden will, aber er legt sich auch wieder hin, mir gegenüber in der gleichen Haltung.

»Du warst auch nicht übel.«

»Genau das, was jeder Mann am Morgen nach dem Sex gerne hören will.«

»Tja, vielleicht kannst du dich ja beim nächsten Mal ein bisschen mehr ins Zeug legen.«

Meine Überraschung ist mir offenbar anzusehen, denn er stupst mich mit dem Fuß an. »Es sei denn, es gibt kein nächstes Mal, was auch okay wäre. Gestern hat Spaß gemacht.«

»Das fand ich auch. Wenn ich gewusst hätte, was mich erwartet, als ich angeboten habe, dein Date zu spielen, hätte ich die ganze Hochzeit sausen lassen und dich stattdessen gleich abgeschleppt.«

Seine belustigte Miene verdüstert sich etwas.

»Neenee.« Ich stupse ihn auf die Nase. »Nicht daran denken, schon vergessen?«

»Das hat sich irgendwie für immer in mein Gedächtnis gebrannt, befürchte ich.«

»In meins auch. Deine Arschbombe war superwitzig.«

Zum Glück lacht Christian darüber wie ich gehofft hatte.

»Siehst du?«, frage ich. »Du kannst jetzt schon darüber lachen. Es wird nicht lange dauern, und es ist vergessen.«

»Ich bin nicht so sicher, dass es so einfach sein wird …« er sieht mir in die Augen und streicht mit dem Finger über meinen Handrücken. »Danke. Wirklich. Ich glaube nicht, dass ich das jemals wieder gut machen kann bei dir, denn obwohl der Abend dank mir ein Totalreinfall war, warst du einfach super. Ich wäre gar nicht erst zur Zeremonie gelangt ohne dich.«

»Und es war gut, dass du da warst?«

Er runzelt kurz die Stirn. »Ja. Ich glaube schon. Ich meine, das Ganze war natürlich problematisch, aber ich habe Menschen wieder getroffen, die ich lange nicht gesehen hatte. Ich habe ihnen die Tür geöffnet, falls sie sich je bei mir melden wollen, und …« er atmet tief durch, »… es ist sonnenklar, dass meine Eltern immer noch nichts mit mir zu tun haben wollen. Was echt weh tut, aber jetzt kann ich wenigstens aufhören, mir etwas vorzumachen. Die haben gar nicht nach einer Möglichkeit gesucht, das Gespräch zu suchen.«

Mir tut es in der Seele weh, das zu hören, und ich drehe die Hand um und greife nach seiner. »Die haben dich nicht verdient.«

»Ja, das ist mir klar. Es wäre nur schön, Eltern zu haben, die es tun.«

»Das verstehe ich.« Und obwohl ich nicht unbedingt Experte für Bettgeflüster bin, sollte es bestimmt nicht so melancholisch klingen. »Meine sind auch nicht gerade preisverdächtig.«

»Ach Mist. Wir haben gestern die ganze Zeit nur über mich geredet. Was ist denn mit deinen? Wieso sind die Scheiße?«

»Willst du das wirklich wissen?«, frage ich skeptisch. Ich meine, ich bin ja froh, dass er mich noch nicht rauskomplimentiert hat, und dass er mich wiedersehen will. Aber ob es dabei nur um Sex gehen soll oder ... mehr, ist nicht klar. Würde ich überhaupt mehr wollen? Könnte ich das überhaupt? Da ich ja so bald wie möglich wieder das Land verlassen will, ist eine Beziehung nicht wirklich drin für mich.

Und doch kann ich nicht leugnen, dass er eine gewisse Verletzlichkeit hat, ein gutes Herz, das mir nicht oft begegnet.

»Meine Mutter ist komplett leer«, sage ich schließlich. »Meist emotionslos, und wenn sie Gefühle zeigt, ist es Missbilligung oder Verachtung. Mein Vater ist zufrieden, solange alles nach seinen Vorstellungen läuft. Ist das nicht der Fall, ist die Hölle los. Meist bin ich Gegenstand von Prahlereien bei Partys, oder unrealistischer Erwartungen.«

Er verzieht das Gesicht. »Sorry. Das klingt wirklich nicht gut. Ich bin nicht sicher, was schlimmer ist: Eltern, die nichts von dir wissen wollen oder Eltern, die dich als, keine Ahnung, Vorzeigemodell betrachten oder so.«

»Ich bin geneigt zu denken, dass du es trotz allem besser getroffen hast.«

»Aber ...?«

Wie viel kann ich ihm erzählen? Es ist praktisch nach wie vor ein Fremder. Er hat mir zwar einiges von seinem Leben erzählt, aber ich bin es nicht gewöhnt, mit jemand außer meiner Schwester über meins zu reden.

Ach, egal.

»Meine Familie will, dass ich heirate.«

Er streicht sanft mit dem Daumen über meinen. »Das klingt verständlich. Wollen das nicht die meisten? Wie alt bist du eigentlich?«

»Sechsundzwanzig. Und obwohl ich sagen würde, dass die meisten Eltern sich das wünschen, erpressen sie einen nicht unbedingt damit.«

»Was meinst du?«

»Meine Erbschaft. Um sie zu antreten zu können, muss ich verheiratet sein, aber der Mann, mit dem sie mich schon die ganze Zeit zu verkuppeln versuchen …« Ich habe keine Worte, diesen Satz zu beenden, ohne mich wie ein verwöhntes Balg anzuhören.

»Du magst ihn nicht?«

»Das ist es gar nicht unbedingt. Ich habe eher … keine wirkliche Meinung zu ihm. Er ist nett. Gutaussehend. Reicher als die Krone. Und ich kenne ihn schon, seit wir klein waren, aber da ist kein Funken zwischen uns. Noch nicht mal als Freunde. Wir haben es noch nie geschafft, ein ganz normales Gespräch zu führen, waren uns nie über irgend etwas einig. Der Gedanke, mit ihm verheiratet zu sein, ist absurd.«

»Musst du ihn denn heiraten? Also, könntest du nicht einfach losziehen und dir selbst jemanden suchen, den du auch wirklich heiraten willst?«

»Ja und nein. Eine der Klauseln im Testament ist, dass zwei Familienmitglieder an der Hochzeit teilnehmen und sie bezeugen müssen. Elle wäre die erste Person, aber ich hätte Schwierigkeiten, eine zweite zu finden, wenn die Familie die Heirat nicht gutheißt. Und selbst wenn ich zwei finden würde, müsste ich es tatsächlich auch bis zur Hochzeit schaffen. Wenn der Mann nicht vermögend ist, ist die Chance groß, dass die Familie ihn schon lange vor der

Hochzeit vergraulen würde. Meine Eltern mögen einfach nur böse sein – aber meine Großmutter ist geradezu beängstigend. Wahrscheinlich würde sie meinen Freund einfach dafür bezahlen, dass er geht und nie wieder kommt.«

»Darauf würde sich doch niemand einlassen.«

Ich sehe ihn scharf an. »Die meisten schon. Jeder hat seinen Preis.«

»Ich nicht.«

»*Jeder*.« Ich zucke die Achseln, ohne ihm in die Augen zu sehen. »Vielleicht wäre es nicht das Geld, aber es gibt immer etwas, für das man alles andere aufgeben würde.«

Sein »Hm« klingt nicht allzu überzeugt. Ich verstehe ihn. Es ist schwer, sich so etwas vorzustellen, bis man es selbst erlebt hat. Und Leute wie Christian sind auch noch die leichteste Zielscheibe. Geldsorgen, große Träume, keine Familie – meine Großmutter würde ihn zum Frühstück verzehren.

»Vielleicht sollte ich mich mal auf den Weg machen«, sage ich, aber sein Griff um meine Hand wird fester.

»Brauchst du deine Erbschaft überhaupt? Du bist doch Manager, oder? Du würdest sicher selbst ganz gut verdienen.«

Ich zögere, weil ich wirklich ungern lüge, aber das Thema Treuhandfonds ist ein heikles. »Genau genommen nicht. Ich habe mehr als genug zum Leben, ohne die Erbschaft zu brauchen.«

»Tja, dann …«

Ich seufze und klettere aus dem Bett, dann greife ich nach meinen achtlos auf den Boden geworfenen Sachen. »Ich will das am liebsten alles hinter mir lassen. Keine Heirat, nichts. Einfach für immer zurück nach Amsterdam gehen. Aber es fällt mir schwer, meine Schwester zurückzulassen, und –«

Ich spüre etwas unter meiner Hand knistern, als ich mein Jackett hochnehme, und fasse in die Tasche. Es ist Pas Brief. »Ach, Mist.« Ich war gestern Abend so mit Christian beschäftigt, dass ich ihn ganz vergessen hatte.

»Was ist das?«, fragt er.

»Ein Brief von meinem Pa. Der verstorben ist.«

Er formt ein lautloses »O«, dann lasse ich mich wieder aufs Bett fallen und starre den Umschlag an.

Christian rutscht näher. »Hast du ihn schon aufgemacht?«

»Nee.«

Er sagt nichts, fragt auch nicht neugierig danach, was wohl drinsteht, sondern legt mir einfach die Hand auf den Rücken und reibt warme Kreise in meine Haut.

Ich zögere volle zehn Sekunden, bis mir klar wird, dass ich ihn tatsächlich gern jetzt gleich öffnen möchte. Gestern, in Anwesenheit der Familie, hatte ich mich nicht sicher genug gefühlt, aber aus irgendwelchen Gründen kann ich hier und jetzt, in diesem Raum mit diesem Fremden sein, wer ich wirklich sein muss, wenn ich den Brief lese. Er wird mich nicht dafür verurteilen.

Er wird keine Erwartungen an mich stellen, denn die hat er nicht, was mich betrifft.

»Ich würde ihn gerne jetzt aufmachen.« Ich sehe ihn aus dem Augenwinkel nicken.

»Soll ich dich alleine lassen?«

»Nein. Das ist doch dein Zimmer. Einfach …« Ich ringe um etwas Selbstvertrauen. »Mach bitte weiter, es hilft.«

Ich spüre seine Finger leicht meinen Nacken streifen, als er wieder nach oben streicht, und lehne mich in die Berührung.

Es ist Zeit.

Ich schiebe den Daumen in die Ecke und löse damit das Siegel. Das Papier macht ein befriedigendes Reißgeräusch, dann steht nichts mehr zwischen mir und dem, was auch immer es war, das Pa wichtig genug fand, es mir erst nach seinem Ableben mitzuteilen.

Allein seine Handschrift zu sehen lässt schon meine Augen brennen.

Emmy,

mein kleiner Freigeist. Die Zeiten, als ich dich über meine Schulter werfen und mit dir Flugzeug spielen, oder dich in den Fluss werfen konnte, wenn du mich geärgert hast, sind vorbei. Man könnte sagen: die Zeiten, wo ich irgend etwas tun konnte, sind vorbei.

Seit der Diagnose letztes Jahr hatte ich Zeit, über vieles nachzudenken, unter anderem über das Verhalten dieser Familie. Wenn ich mich umschaue, sehe ich meine Blutsverwandten, die nur eines im Blick haben: Wie lange noch, bis der alte Trottel abtritt und wir an sein Geld kommen?

Und dann sehe ich dich, der mich immer noch genauso ansieht wie früher, als du noch jünger warst. Aber ich sehe auch die Traurigkeit, die damals noch nicht da war. Ich möchte dir sagen, dass du meinetwegen nicht traurig sein solltest, aber es ist sinnlos, weiter über deine Gefühle zu schwafeln. Ehrlich gesagt bin sogar ich meinetwegen traurig. Ich nehme an, dass ich inzwischen Futter für die Insekten bin, also sind die wenigstens glücklich.

Wo ich hingehe, gibt es kein Geld. Da, wo ich dann bin, bin ich viel zu früh hingekommen. Dieses Alzheimer ist ein Fluch. Wie mein Gehirn mich langsam im Stich lässt. Selbst jetzt, beim Schreiben dieser Zeilen, bin ich paranoid, dass dieser Brief in falsche Hände gelangen könnte.

Wenn ich meine Zeit noch einmal geschenkt bekäme, würde ich mehr nachdenken. Ich würde meine Spielsachen und mein Haus sein lassen und mich mehr um den Rest der Welt kümmern. Ich würde das Geld für gute Zwecke verwenden.

Weißt du eigentlich, wie frustrierend es ist, einer der reichsten Männer der Welt zu sein und nicht über sein eigenes verfluchtes Geld verfügen zu können? Es nicht Menschen geben zu dürfen, die es tatsächlich brauchen können? Keiner von uns kann es nach diesem Leben mitnehmen, was bringt es also, jetzt alles zu horten?

Ich schweife ab. Ich bin frustriert, Emmy. Aber mehr als alles andere bin ich stolz. Auf dich. Darauf, wer du heute bist. Auf deine Fähigkeit, über die Familie hinaus zu schauen, wie ich es nie konnte.

Als letzte rebellische Aktion habe ich mein Testament komplett auf den Kopf gestellt, noch bevor es ihnen gelungen ist, all meine Konten zu sperren. Ich habe gemerkt, was sie vorhatten, und war schneller.

Inzwischen weißt du sicher, dass das Geld dir gehört – jedenfalls so *viel es mir erlaubt war, dir zu geben. Ich musste es unter meinen männlichen Enkeln aufteilen. Bei Elle habe ich mich entschuldigt, denn ich habe versucht, auch sie zu bedenken, und es ist mir nicht gelungen. Außerdem musste ich mir törichte Bedingungen ausdenken, damit ich ernst genommen wurde. Eine Generation ganz auszulassen ist nicht einfach, besonders wenn dein Anwalt alt genug ist, schon für deinen Vater gearbeitet zu haben. Immerhin haben sie angenommen, dass mit der Heirat genügend Kapital hereinkommt, um meinen Wunsch auszugleichen.*

Die Sache ist die: Mir ist es völlig gleichgültig, wen du heiratest.

Heirate diesen Darcy, oder irgendeinen Bettler, oder den queersten aller Homos, die du in Europa auftreiben kannst. Habt euch lieb, und tut Gutes zusammen.

Denn das ist alles, was ich dich bitten werde.

Gutes zu tun.

Der Mann zu sein, der ich nicht war.

Ich habe dich am liebsten von allen, Emmy.

Sofort schnürt sich mir die Kehle zu, und ich lasse die Hände in den Schoß sinken. Mein Kopf schwirrt wegen des Gelesenen.

»Alles okay?«, fragt Christian leise.

Ich reiche ihm stumm den Brief, und nachdem er fertiggelesen hat, sagt er leise: »Wow.«

»Ja.«

»Ich werde nicht versuchen, so zu tun, als würde ich etwas davon verstehen, aber er hat offensichtlich große Stücke auf dich gehalten, wenn er dir dieses ganze Geld vererben wollte. Mir wird ganz schwindelig, wenn ich das Ganze mit den Rechtsanwälten und so lese, aber alles in allem muss er dich wirklich geliebt haben.«

»Das hat er.« Ich wische mir über die Nase, um nicht loszuheulen. Das ist genau der Grund, warum ich eigentlich damit warten wollte, bis ich zu Hause bin. Christian braucht mich nicht beim Zusammenbrechen zu erleben. »*Fuck.*«

»Was hast du jetzt vor?« Er verzieht das Gesicht. »Ich meine, du muss es mir nicht auf die Nase binden. Logischerweise. Aber wenn du darüber reden willst, können wir das machen.«

»Danke. Es ist nur ... ich war so bereit, wieder zu gehen. Alles hinter mir zu lassen. Aber wie soll ich das denn machen, nach so einem Brief?«

Er summt zustimmend. »Es wird etwas erschwert.«

»Ich weiß nicht, was ich tun soll.«

»Du könntest einfach jemanden heiraten. Irgend jemand beliebigen. Das Geld einkassieren. Es spenden, oder so, und *dann* abhauen.«

»Jemanden heiraten ist nicht so einfach.«

Das ist das, was die meisten Leute nicht verstehen. Bei den Cromwells gibt es keine Scheidungen, keinen Fluchtplan, falls es nicht gutgehen sollte. Ich schüttele den Kopf. »Es gibt in meiner Familie einen ganzen Prozess für das Werben um jemanden, und ich mag niemanden so sehr, um mir diese Prozedur anzutun.« Ich atme einmal durch. »Außerdem wird jeder, den ich heiraten würde, im Ehevertrag genau festlegen wollen, was mit diesem Geld passieren soll. Niemand würde zum Beispiel einen reichen Mann heiraten wollen, der dann alles verspielt.«

»Hm ...« Sein Blick wird unscharf, während er die Wand anstarrt. »Du könntest jemanden heiraten, der in deine Pläne eingeweiht wäre? Jemanden, der damit einverstanden wäre, sich wieder zu trennen, nachdem alles vorbei ist.«

»Ich kenne keine einzige Person, die dazu bereit wäre.«

»Ja, aber es *gibt* solche Leute. Du würdest sie vielleicht bezahlen müssen ...« Er schüttelt sein Handy vor meiner Nase. »Aber denk doch mal an den Typ, der mich gestern versetzt hat, und der ein gutes Geschäft damit macht, für Dates gebucht zu werden. Ich kann mir vorstellen, dass du auch einen *Ehemann* buchen könntest.«

»Sie würden sofort merken, wenn die Familie der Person kein Geld hätte.«

»Könnten sie dich davon abhalten?«

»Mich? Nein. Aber eine solche Person könnte man sehr einfach bestechen, damit er aussteigt.«

»Was, wenn es jemand wäre, bei dem das nicht geht?«

Ich lege den Kopf schief, während ich beobachte, wie sich ein Lächeln auf seinem Gesicht breit macht. »Was meinst du?«

»Schau mal, ich will es nur mal gesagt haben, und ich schwöre, dass ich keine Hintergedanken habe. Ob du mir glauben willst oder nicht, musst du wissen. Meine Eltern haben jede Menge Geld, okay? Also die meisten in meiner Familie. Und natürlich habe ich keinen Anspruch darauf, aber würden deine Eltern das erfahren?«

Ich kneife die Augen zusammen. »Was willst du damit sagen?«

»Heirate mich.«

»Was?« Ich schnelle förmlich vom Bett hoch.

»Also nicht in Wirklichkeit. Ich würde nie von dir erwarten, dass du einem Fremden vertraust, und du kannst alle Verträge machen, die du brauchst, um dich mit der Sache wohlzufühlen. Aber dann würde deine Familie denken, dass du jemand Reichen heiratest, du würdest dein Geld bekommen, und könntest es geben, wem du willst. Und danach lassen wir die Ehe annullieren, oder lassen uns scheiden, oder wie auch immer.«

Ich ... weiß gar nicht, was ich sagen soll. »Was hättest du denn davon?«

Er wirkt ehrlich überrascht. »Ich? Wieso sollte ich etwas davon haben?«

»Du würdest so tun, als wärst du mein Verlobter, damit ich einen irrwitzigen Haufen Geld erbe. Die meisten Menschen würden gerne einen Anteil davon haben.«

Christian zuckt die Achseln und sieht peinlich berührt aus. »Du hast mir geholfen, ohne eine Gegenleistung zu verlangen. Ich wollte mich einfach revanchieren.«

»So zu tun als wärst du mein Fast-Ehemann wäre wesentlich mehr als einen Abend lang deinen Freund zu spielen.«

»Stimmt schon, aber ich würde es gern machen.« Er sieht mich aus seinen schönen Augen mit verletzlichem Blick an. »Ich wusste sofort, als ich dich kennengelernt habe, dass du ein selbstloser Mensch bist. Dein Großvater hat es ganz klar auch so gesehen.«

Ich kann hören, dass er die Wahrheit sagt, und kann es kaum fassen. Wie kann jemand so von Grund auf gut sein? Sicher, er hat keine Ahnung, dass wir hier über Millionen reden, aber das Gespräch muss ihm zumindest eine Ahnung davon gegeben haben, dass es um keine ganz kleinen Summen geht.

Ich weiß, dass er mich entschädigen will, aber ich weiß auch, in welche Position ich sein ohnehin angeknackstes Selbstbewusstsein bringen würde.

»Ich bezahle all deine Schulden.«

Er setzt sich ruckartig auf. »Was?«

»Ich würde deine–«

»Ich habe dich schon gehört, aber das will ich nicht. Ich wollte nur helfen.«

»Das weiß ich, und es ist wirklich lieb von dir, aber ich glaube, dir ist nicht ganz klar, was du mir da anbietest. Meine Familie wird sich über deine erkundigen. Sie werden alles prüfen, was wir über deine finanzielle Situation sagen; mehr werden sie glaube ich nicht tun, denn ihnen ist es im Grunde gar nicht wichtig genug, offen gesagt. Sie überlassen die Details den Rechtsanwälten. Aber es sind keine netten Menschen, und wenn ich gestern Abend eines gelernt habe, dann dass du sehr streng mit dir ins Gericht gehst, wenn du Fehler machst.«

Er spielt mit seinen Fingern, immer noch deutlich unsicher. Ich will keinen Raum für Missverständnisse lassen. Mit untergeschlagenen Beinen setze ich mich ihm gegenüber und warte, bis er mich ansieht.

»Entweder nimmst du das Geld an, oder ich wäre gezwungen, dein großzügiges Angebot auszuschlagen.«

Endlich blitzt Belustigung in seinen Augen auf. »Dir ist sicher klar, dass ich das nicht wirklich machen *oder* dein Geld annehmen muss, also wäre es mir ein Leichtes, nein zu sagen.«

»Ich weiß. Und das wäre auch total okay.« Aber wenn ich ihn richtig einschätze, wird es ihm nicht leicht fallen, sich in meiner Schuld zu fühlen. »Sieh es einfach als Entschädigung. Deine Familie mag vielleicht homophob sein, aber meine würde richtig eklig zu dir sein. Nimm es nicht persönlich, so sind sie zu allen, aber du solltest dich darauf gefasst machen, dass ein gewaltiger Haufen Scheiße auf dich zukommt, solltest du dich dem in den Weg stellen, was in ihren Augen die *perfekte Verbindung* wäre.«

Aber er wäre von all den Schulden, die ihn zu erdrücken drohen, befreit. Ich kann förmlich sehen, wie er mit sich kämpft.

Nach etwa einer Minute, die sich für mich eher nach zehn anfühlt, atmet er zittrig durch. »Okay. Lass es uns so machen.«

Ich reiche ihm die Hand. »Hand darauf?«

Er schiebt seine warme Handfläche in meine, bewegt sie aber nicht. »Du hast gerade angeboten, alles abzuzahlen, Mann. Ich weiß ja nicht, ob dir klar ist, wieviel Studentendarlehen, Kreditkarten, das Darlehen für mein Auto …«

Wieviel es auch ist, ich kann es mir leisten.

»Hand darauf, Christian.«

Ich spüre, wie eine Last von ihm genommen wird, als er zudrückt.

KAPITEL
ZEHN

CHRISTIAN

WAS ZUM TEUFEL ist eigentlich gerade passiert? Ich wollte doch nur anbieten, ihm einen Gefallen zu tun, und jetzt ... Ich versuche, meine Aufregung zu zügeln. All meine Schulden auf einen Schlag los sein? Kaum zu fassen. Ich kann mich kaum noch erinnern, wie mein Leben ohne das erdrückende Gefühl überfälliger Zahlungen und Anrufe von der Bank eigentlich war. Jetzt für dieses Stück engagiert zu werden war ein Geschenk des Himmels, denn es wird anständig bezahlt, aber nach den ganzen Ratenzahlungen bleibt mir trotzdem kaum etwas für Essen und Nebenkosten übrig. Ich bin am Schwimmen. Gestern habe ich noch einen Anzug ruiniert, der mich einige Hundert kosten wird, und obwohl ich liebend gerne nobel sein und Émiles Angebot ablehnen würde ... *kann* ich es einfach nicht.

Ich spüre den Druck in der Magengrube und hinter den Augen, während sich die Frustration in mir anstaut, weil ich mich in diese Position manövriert habe. Allerdings hatte ich auch nicht wirklich eine andere Wahl. Zugegeben, es war meine Entscheidung, diesen Karriereweg einzuschlagen und meine Träume verwirklichen zu wollen; meinen Eltern beweisen zu wollen, dass ich kein Versager bin, dass sie mich nicht zerstört haben; all das ist selbst gewählt. Vielleicht hätte ich ein praktischeres Studienfach ausgesucht, wenn ich nicht so stur wäre, und dann hätte ich ...

Was hättest du, Christian? Was genau?

Vermutlich hätte ich um einen Platz im Großraumbüro gekämpft, und würde auch dabei von mehr Krediten erstickt werden als ich bedienen könnte.

Meine Würde reicht vielleicht nicht so weit, sein Geld auszuschlagen, aber in meinem Hinterkopf meldet sich die Überzeugung, dass es zu weit geht, Geld von dem Mann zu nehmen, mit dem ich Sex habe.

»Wir können nicht mehr miteinander schlafen.« Es war so unglaublich schwer, das auszusprechen, dass ich fast daran erstickt wäre. Und zwar nicht auf die gute Weise, wie an seinem Schwanz.

Seine Enttäuschung ist offensichtlich. »Es ist doch nicht so, als würde ich dich dafür bezahlen ...«

»Nein, das weiß ich auch. Es ist ... na ja, das hier ist wichtig für dich. Und ich kann nicht leugnen, dass es auch für mich wichtig ist. Ich bin eine verkrachte Existenz, jedenfalls meistens, und ich will es dir nicht kaputtmachen.«

»Wie bitte? Du glaubst, dass eine solche Lappalie, wie dass du bisschen tollpatschig bist, es kaputtmachen würde? Niemals. Im Gegenteil, ich würde dich ermutigen, so viele Torten umzuwerfen wie möglich. Diese Menschen können etwas Aufregung in ihrem Leben gut brauchen.«

Wie erkläre ich das nur? »Ich kann kein Geld von dir nehmen und trotzdem ... keine Ahnung. Mit dir ausgehen? Sex haben? Ich bin nicht sicher, was das hier eigentlich wäre, aber wenn wir den Plan durchziehen, würde ich es gern trennen.«

Er stützt die Hände hinter sich auf dem Bett ab und lehnt sich zurück. »Ach, verdammt.«

»Ich wette du hältst mich jetzt für bekloppt.«

»Nein – ich kann sogar verstehen, was du meinst.« Er mustert mich langsam und ausgiebig, und ich sehe ihm an, dass er hin und hergerissen ist. »Du hast ja keine Ahnung, wie sehr ich sagen will, Scheiß drauf, und stattdessen einen Ganztages-Sexmarathon mit dir abziehen, ohne mir Gedanken um das Geld oder Darcy oder meine Familie machen zu müssen, aber ...« Der Konflikt steht ihm ins Gesicht geschrieben. Es ist ihm wichtig, die abscheulichen Handlungen seiner Familie wieder gutzumachen. Ich kenne noch nicht mal die ganze Geschichte, trotzdem ist es auch mir schon wichtig.

»Ich wollte, du hättest mir das Geld nie angeboten, oder ich könnte mich dagegen sträuben und es ablehnen, aber zu sagen, dass ich es nicht brauchen kann, wäre gelogen.« Ich verziehe das Gesicht. »Sorry. Du sagst immer die Wahrheit, also will ich auch ehrlich zu dir sein.« Der Kloß, der sich in meinem Hals bemerkbar macht, macht mich wütend. Auf mich selbst, weil ich mich so in diese unberechenbare Karriere gestürzt habe. Weil ich schon verdammte siebenundzwanzig bin und immer noch nicht in der Lage, auf eigenen Füßen zu stehen. Weil ich Geld von einem Mann annehmen muss, an dem ich wirklich interessiert sein könnte.

»Du musst dich nicht dafür hassen, Liebling«, flüstert er, denn er merkt genau, was in mir vorgeht. »Geld ist nicht alles.«

»Das sagt sich leicht, wenn man welches hat.«

»Autsch.«

Ich bin kurz davor, mich zu entschuldigen, als er spricht.

»Aber du hast vollkommen recht. Danke.«

Das hatte ich nicht erwartet. »Wie bitte?«

»Ich weiß es zu schätzen, dass du mich daran erinnerst, auf dem Teppich zu bleiben.«

Japp. Ich könnte sehr leicht sehr an ihm interessiert sein. Ich lasse den Blick über seine langgliedrige Gestalt wandern, seinen festen Bauch, diese v-förmigen Linien, die mich noch ruinieren werden, dann hebt Émile mein Kinn mit zwei Fingern an. »Ich werde dich bitten müssen, mich nicht mehr so anzuschauen.«

»Stimmt.« Ich räuspere mich. »Unpassend.«

»Überhaupt nicht. Aber wenn ich Distanz wahren soll, solltest du mich auch nicht blickficken.«

Ich muss lauter lachen als erwartet, und verbeiße es mir schnell. »Sorry. Ich habe einen scharfen nackten Kerl in meinem Bett. Dich anzuglotzen ist eine automatische Reaktion.«

»Tja, dann solltest du dir einen letzten Blick gönnen.« Er steht auf, wirft einen Blick auf den Anzug auf meinem Bett, dann zieht er die Sweat Pants über, die ich ihm gestern für den Weg vom Bad in mein Zimmer gegeben hatte … und die ich ihm sofort wieder ausgezogen habe. Sie sitzen locker an den Hüften, und ich verfolge ihn mit Blicken, als er sich ein T-Shirt aus einer Schublade stibitzt.

»Bediene dich ruhig.« Ich grinse.

»Du bist jetzt mein Verlobter. Es wäre quasi illegal, nicht deine Klamotten zu tragen.«

Verlobter. Verdammt nochmal. Das ist … unheimlich. Mich zu verloben hätte eigentlich die nächsten zehn Jahre nichts auf meiner To-Do-Liste verloren gehabt, und da binde ich mich an einen Typ, den ich noch nicht mal vierundzwanzig Stunden kenne.

Er sieht mich verständnisvoll an, tritt näher und fährt mir mit den Fingern durch die Haare. »Hör mal, du lässt dich gerade auf ein Riesending ein, ohne viel zu wissen. Wir machen es einfach so: Ich werde jetzt meine Nummer in dein Handy einspeichern und gehen. Sobald ich weg bin, wirst du nach meinem Namen suchen und mich auf den sozialen Medien recherchieren. Mach dich über meine Familie schlau, sieh dir die kürzlich veröffentlichten Heirats- und Verlobungsanzeigen an – denn ja, das würden wir auch machen müssen. Es wäre sehr viel öffentliche Aufmerksamkeit, und ich will sicher sein, dass du darauf vorbereitet bist.«

»Moment mal, bist du … irgendwie berühmt oder so?« Ich

entsperre stumm das Handy, das er mir anreicht, dann nimmt er es mir wieder ab und tippt seine Nummer ein.

»Oder so. Alles klar dann?«

Ich starre den Eintrag auf dem Display an. »Ja. Ich glaube schon.«

»Gut.« Er drückt mir einen langen, ausgiebigen Kuss auf die Lippen. »Und wenn du dich entscheidest, einen Rückzieher zu machen, bin ich sofort wieder hier, um dich um den Verstand zu vögeln.«

Verdammt nochmal, ich bin kurz davor, alles abzublasen. »Du kämpfst nicht fair, weißt du das?«

»Ich wollte nur, dass es keine Missverständnisse gibt.«

Er nimmt seinen Brief und seine Klamotten und ich sehe ihm nach, wie er sich auf den Weg zur Tür macht. Ich bin noch ganz durcheinander von gestern, heute Morgen, und der Frage, worauf ich mich da eigentlich eingelassen habe. Seine Haare sind noch verstrubbelt von meinen Kissen, an meiner Haut klebt noch sein getrocknetes Sperma, in meinem ganzen Zimmer hängt schwer der Geruch von Sex, und es schmerzt fast, dass ich ihn nicht wieder zurück ins Bett und unter mich ziehen kann, bis ich herausgefunden habe, wie jeder Quadratzentimeter seines Körpers schmeckt.

Émile öffnet die Tür, dann hält er inne. »Hm. Christian? Da steht ein nackter Mann im Flur.«

Ich stöhne. »Jesses, Madden. Du weißt doch, dass du etwas anhaben sollst, wenn wir Gäste haben!«

Er tritt näher und hebt die Hände wie ein ertappter Spanner. »Zu meiner Verteidigung: Wir waren ziemlich sicher, dass er sich heute früh rausgeschlichen hat. Ich meine, es ist schon fast elf, Mann.« Madden mustert Émile. »Seit wann bleiben Sex Dates so lange?«

Ach, Mist. Was sage ich denn jetzt? Fester Freund? Verlobter? Trickbetrüger-Kollege?

Émile wirft mir einen Luftkuss zu. »Dann weiß ich wenigstens beim nächsten Mal, dass Kleidung optional ist.«

»Nächstes Mal?«, wiederholt Madden, während Émile den Flur entlang aus meinem Gesichtsfeld verschwindet. Mein Mitbewohner mustert mich. »Da steckt eine Geschichte dahinter, stimmt's? Soll ich die anderen holen? Popcorn? Pizza? Oder ist das etwa eine Situation, die nach Rum ruft?«

Am besten bringe ich es hinter mich. »Lass mich erst duschen, dann treffen wir uns unten.«

»War das ein Ja oder Nein zu Rum?«

»Es ist *Vormittag*.«

Er hebt beide Hände mit den Handflächen nach oben, als wollte er eine Waage simulieren.

»Das war ein Nein.«

»Alles klar.«

Das kann ein langer Tag werden.

Die Jungs sind nicht für ihre Geduld bekannt, also schnappe ich mir ein Handtuch und Klamotten, dann dusche ich so rasch wie möglich. Dass die sich alle im Bad versammeln, weil ich zu lange brauche, ist so ungefähr das Letzte, was ich brauchen kann. Ist alles schon vorgekommen.

———

Als ich runterkomme, sind alle bereits versammelt. Ich bin zwar erleichtert, die Erinnerung jetzt nur einmal wieder aufleben lassen zu müssen, aber es ist auch klar, was ihre vollzählige Anwesenheit bedeutet. Sie haben geplant, hier zu sein, weil sie damit rechnen, dass ich von gestern fix und fertig bin, da vermutlich alles schiefgelaufen ist. Und hey, sie hätten normalerweise auch nicht unrecht, wenn Émile nicht gewesen wäre. Er hat mich die ganze Nacht erfolgreich von den durchlebten Schrecknissen abgelenkt und es auch gestern irgendwie geschafft, alles halb so schlimm werden zu lassen.

Ich habe kaum im freien Sessel Platz genommen, als Xander schon mit der Tür ins Haus fällt.

»Wie schlimm war es denn?«, fragt er, während er sich bei Seven ankuschelt.

»Im Grunde ist all das passiert, wovor ich Angst hatte ... nur noch übler.«

Madden verzieht das Gesicht. »Ja, das klingt in der Tat nicht so ideal.«

»Danke für den Hinweis.«

»Ich verstehe das einfach nicht. Ich nehme an, du warst vorsichtig und hast versucht, kein Aufsehen zu erregen. Wie ist es also schief gegangen? Was hat *DatesforRates* angestellt?«

Mit trockenem Lächeln antworte ich: »Jordan hat abgesagt.«

»Blödes Arschloch«, murmelt Gabe. Er kann erst vor wenigen Stunden nach Hause gekommen sein, und ich würde ihn am liebsten direkt ins Bett schicken.

»Was ich eigentlich als Zeichen hätte nehmen sollen, sofort alles abzublasen.«

»Und warum hast du es nicht gemacht?«, erkundigt sich Seven.

Ich seufze bei der Erinnerung an Émile, der wie ein rettender Engel aufgetaucht ist. »Mir ist ein Engel erschienen.«

Seven bricht in schallendes Gelächter aus. »Bitte sag mir, dass du das nicht wörtlich meinst – das wäre einfach zu viel des Guten.«

»Nein. Ich übertreibe, aber ehrlich, auf einmal stand da dieser Typ vor mir und hat sich als Date angeboten. Es fühlte sich so an ... wie ... wie Vorsehung.«

»Vielleicht würde es helfen, wenn du von vorne anfängst«, sagt Rush. »Wer war der Typ, und wie kommt er dazu, dir zu helfen? Ich meine, nicht falsch verstehen. Du weißt genau, dass jeder von uns es auch getan hätte, aber er kannte dich doch gar nicht.«

Ich rutsche tiefer in meinen Sessel. »Ich habe ihm erzählt, dass meine Eltern mich rausgeworfen haben und ich sie seither nicht mehr gesehen habe. Das schien er echt schrecklich zu finden.«

»Gratuliere«, sagt Gabe in trockenem Tonfall. »Er erfüllt also die Mindesterwartung an einen anständigen Menschen.«

»Gabe hat recht«, sagt Madden zustimmend, der ausgestreckt auf der Seite auf dem Fußboden liegt. »Was hat ihn denn zum Engel gemacht?«

Ach, Scheiß drauf. Ich erzähle alles. Angefangen mit dem Stylingprodukt – schönen Dank auch, Madden – über die Fliegen und Émiles Geistesgegenwart, dass er mir das Haargel aus den Haaren gewaschen hat, sich bei Josie für mich stark gemacht hat, das Tanzen, unseren Plan, uns abzuseilen, und schließlich, wie sich die Tore der Hölle aufgetan und mich bei lebendigem Leib verschlungen haben.

Fünf Personen starren mich mit offenen Mündern an.

»Du … du…«

»Die Torte …«

»Und der Bräutigam …«

»Wieso hatten die denn eine Eisskulptur?«, ruft Gabe aus.

»*Daran* bleibst du jetzt hängen?«, gebe ich zurück.

Er verzieht spöttisch das Gesicht. »Ernsthaft, ich weiß ja, sie sind mit dir verwandt, aber eine Eisskulptur? Von einem *Schloss*? Gerade als ich dachte, sie wären vielleicht doch nicht ganz so übel, müssen sie hingehen und eine *verdammte Eisskulptur* aufstellen.«

Um meine Mundwinkel zuckt es, als es mir wieder einfällt: »Émile hat ein Stück Eis für Sheppys Nase benutzt.«

»Praktisch veranlagter Typ.«

»Ja …«, ich versuche, nicht ins Schwärmen zu geraten, während ich mich erinnere.

»Okay, er klingt ja ganz cool«, räumt Gabe ein. »Was hat er denn gemacht, als du dich hingelegt hast?«

»Versucht nicht zu lachen, hauptsächlich.«

»*Wie bitte?*« Gabe springt auf. »Ich steche ihn ab. Bring mich einfach zu ihm und ich schwöre, den mach' ich fertig.«

»Setz dich wieder hin, du Dussel. Es war nicht … ich habe mich nicht schlecht gefühlt deswegen. Was eigentlich komisch ist. Denn anstatt mich *noch* verlegener zu machen, hat es mich auch fast zum Lachen gebracht. Also fast. Wenn mir nicht schon übel gewesen wäre, weil ich eine Szene gemacht hatte, jedenfalls.«

»Ich wundere mich eigentlich, dass du inzwischen nicht schon daran gewöhnt bist«, sagt Seven.

»Ich will nicht mehr daran denken.« Aber als ich das laut ausspreche, fällt mir wieder ein, was nach dem Torten-Malheur passiert ist. »Moment mal … er hat dann auch noch behauptet, dass ich geschubst wurde.« Die ganze Sache ist so verschwommen, und ich versuche, zu vergessen, aber an der Erinnerung, an seiner Stimme, und wie energisch er ihnen die Meinung gesagt hat, halte ich fest. An dem Gefühl seiner Hand, mit der er mich sanft, aber entschieden hinausbugsiert hat.

»Ist das wirklich ein Lächeln?«, fragt Seven.

»Ja. Er … er war wirklich toll.«

»Du wirst ihn also wiedersehen?«, fragt Rush.

Und jetzt kommt der Teil, von dem ich noch nicht weiß, wie ich ihn erklären soll. Wir sprechen untereinander offen über alles, und ich weiß, dass sie alles, was ich ihnen erzähle, mit ins Grab nehmen würden. Mir ist aber auch klar, dass sie sehr deutlich ihre sicher unterschiedlichen Meinungen dazu äußern werden. Und da ich selbst noch nicht ganz damit im Reinen bin, will ich erstmal meine Entscheidung fällen, bevor ich mir anhöre, was sie dazu zu sagen haben.

»Das hoffe ich. Er hat mir seine Nummer gegeben, aber ich … soll erstmal über ihn nachlesen.«

»Warum denn?«, fragt Gabe mit kraus gezogener Nase.

Ich zucke die Achseln. »Keine Ahnung. Ich hatte noch keine Gelegenheit dazu.«

»Wie ist denn sein Name?«, fragt Rush, der schon das Handy zückt.

»Émile Cromwell.«

Das Handy fällt klappernd zu Boden und Rush starrt mich mit weit aufgerissenen Augen an. »Du weißt nicht, wer das ist?«

KAPITEL
ELF

ÉMILE

INZWISCHEN SIND STUNDEN VERGANGEN, ohne dass Christian sich gemeldet hat, und ich versuche, mir deswegen keine Sorgen zu machen.

Arrgh, wem will ich hier eigentlich etwas vormachen?

Die Besorgnis hat schon vor einer ganzen Weile begonnen. Jetzt spüre ich sie wie einen Klumpen im Magen. Bestimmt hat er es sich anders überlegt. Und ich kann ihn verstehen, ich habe schließlich einiges an Ballast. Meine Familie ist extrem und wir würden nicht nur sie anlügen, sondern die gesamte Öffentlichkeit. Diejenigen, denen so viel an mir liegt, dass sie mein Leben verfolgen. Und davon gibt es mehrere hunderttausend. Das allein wäre schon genug, um jeden vernünftigen Menschen abzuschrecken. Christians Selbstschutz scheint also doch ausgeprägt zu sein.

»Na?«, fragt Elle, die hereinschlendert, ohne sich die Mühe zu machen, anzuklopfen. »Wo hast du denn übernachtet?«

»Komm schon. Woher willst du wissen, dass ich mir nicht einsam und allein zu Hause einen runtergeholt habe?«

»Weil du die ganze Nacht nicht zu Hause warst. Ich wäre

ehrlich erstaunt und enttäuscht, wenn du noch Körperflüssig-keiten übrighättest.«

Einen kurzen Moment lang hebt sich meine schwarze Stimmung. Die ganze Nacht war unglaublich, aber ich muss vor allem immer wieder an den Moment in der Dusche zurückdenken, als Christian vor mir gekniet hat, die Lippen rot und aufgeworfen, meine Spermaspuren im Gesicht. Ich würde alles dafür geben, ihn wieder so zu sehen.

»Oh, darum musst du dir keine Gedanken machen. Ich wurde regelrecht ausgetrocknet gestern Nacht.« Ich lasse mich wieder auf mein Bett zurückfallen.

»Warum siehst du dann so aus, als hättest du gerade ein Glas Tequila gekippt?«

Ich werfe ein Kissen nach ihr. »Tu ich gar nicht. Ich … bin nur in Gedanken.«

»Ach nee.« Elle schiebt meine Beine zur Seite und setzt sich neben mich. »Und ist der Gegenstand deiner Gedanken auch der Grund, warum du gestern Abend verschwunden bist?«

»Japp. Er brauchte ein Date, und das hat mir praktischerweise den Rest der Trauerfeier erspart.«

»Glückspilz.« Sie mustert ihre Fingernägel. »Clifford ist mit Martha rumstolziert, als wäre sie ein verdammtes Turnierpony. Sie hat gesagt, meine Frisur hätte einen *ausgefallenen* Stil. Ausgefallen«, faucht Elle. »Als ob ich ihre Anerkennung nötig hätte.«

»Welche Frisur?«, frage ich spöttisch grinsend, und werde dafür mit meinem Kissen geschlagen.

»Jedenfalls verlange ich, alles zu erfahren, dafür, dass du mich im Stich gelassen hast.«

»Okay – aber denke daran: Du hast gefragt.«

Je mehr ich erzähle, desto sprachloser wird Elle.

»War er süß?«

Natürlich ist das die erste Frage, die Elle einfällt.

»Ein Traum.« Je mehr ich an ihn denke, desto betörend

schöner finde ich ihn. Für ein unrasiertes, wandelndes Desaster.
Es sind diese Augen …

»Und wann siehst du ihn wieder?«, fragt sie ganz gelassen, als ob das selbstverständlich wäre. Diese Frage lässt mein Inneres bleischwer werden.

»Ich weiß gar nicht genau, ob ich ihn wiedersehe.«

»Machst du Witze?«

»Ich wollte, es wäre so. Ich habe ihm geraten, über mich nachzulesen, und mir dann mitzuteilen, ob er immer noch Interesse hat.«

»Und …«

»Funkstille.«

»Autsch«, kommentiert sie.

»Danke, dass du meinen Schmerz noch verstärkst.«

»Aber wieso … ich bin verwirrt. Wieso sollte es etwas damit zu tun haben, wer du bist?«

»Weil er möglicherweise zugestimmt hat, mein Verlobter zu werden.«

Sie öffnet den Mund und schließt ihn dann wieder, macht ihn wieder auf und –klatscht mir das Kissen um die Ohren.«

»Ich habe doch schon Schmerzen, danke.«

Sie schlägt erneut nach mir, und ich entwinde ihr das Kissen.

»War's das dann?«

»Was meinst du damit? Verlobter? Du bist verlobt? Mit jemandem, den du *gerade erst* kennengelernt hast?«

Mit einem langen Seufzer ziehe ich den Brief aus der Tasche und zeige ihn Elle. Aber statt Verständnis zeigt ihre Miene noch größere Verwirrung.

»Also …«

»Er hat angeboten, mir zu helfen, an das Geld zu kommen. Ohne Gegenleistung. Er sagt, ich kann einen Vertrag aufsetzen lassen und alles.«

»Emmy … was, wenn er es jemandem erzählt?«

»Wird er nicht.«

»Das kannst du nicht wissen.«

»Ich vertraue ihm.«

»Warum nur? Weil du ihn schon das ganze eine Mal kennengelernt hast?«

»Ich habe angeboten, seine Schulden abzuzahlen.«

»Ja, aber wir wissen beide, dass seine Schulden nicht mal ansatzweise so hoch sein können wie deine Erbschaft. Was, wenn ihm das klar wird, und er mehr will? Man kann Menschen nicht trauen, wenn es um Geld geht.«

Vielleicht hat sie recht. Vielleicht bin ich ein Idiot, der sich total lächerlich macht, der sich von einem hübschen Gesicht und einem talentierten Mund betören lässt.

»Könntest du bitte versuchen, mir zu vertrauen?«

Ihr Schock lässt sichtlich nach, aber sie sieht nicht weniger besorgt aus. »Du vergisst, dass ich genau weiß, wie sehr du Pa geliebt hast. Wenn du das tust, um sein Andenken zu ehren und Gutes zu tun, würde ich es schlimm finden, wenn das alles durch einen Typ ruiniert wird, der auf das schnelle Geld aus ist.«

»Das weiß ich ja. Aber er hat sich sowieso noch nicht gemeldet, es kann also gut sein, dass diese ganze Diskussion hinfällig ist.«

»Es sei denn, er ist gerade schon auf dem Weg zu Großmama.«

Ich muss leise lachen. Ich wollte, Elle könnte Christian kennenlernen – dann würde sie sicher sehen, was ich sehe. »Lass uns einfach die Daumen drücken, dass das nicht passieren wird.«

Elle berichtet mir alles, was ich gestern verpasst habe. Ich versuche, nicht zu zappeln. Das nervöse Summen unter meiner Haut will nicht nachlassen, und ich rufe mir vor Augen, dass ich genau deswegen Christian meine Nummer gegeben habe und nicht umgekehrt. Ich wäre nicht in der Lage gewesen, mich zurückzuhalten, und hätte ihm längst geschrieben.

»Hast du mir überhaupt zugehört?«

»Ja, ja. Snobistisch und unhöflich, und Clifford ein Perversling wie immer.« Ich seufze. »Ich hätte wirklich gedacht, dass er sich meldet.«

Ohne Christian habe ich nichts in der Hand. Keinen Plan, keinen Verlobten – im Grunde bin ich genau da, wo ich gestern vor Christians Hochzeits-Debakel schon war, und doch fühlt es sich unendlich viel schlimmer an. Als hätte ich tatsächlich etwas verloren. Was lächerlich ist, da ich ja eigentlich gar nichts haben wollte.

Mit gesenkter Stimme fragt Elle: »Was wirst du tun?«

»Ehrlich gesagt: keine Ahnung.« Ich zwinge mir ein Lächeln ab. »Aber mir wird schon etwas einfallen. Und wenn nicht, werde ich bestimmt *irgendwo* jemanden finden, der mich heiraten will. Irgendwann.«

Elle runzelt die Stirn und die Nase. »Du klingst so niedergeschlagen. Hör auf damit.«

»Ich versuche nur, mich darauf einzustellen.«

»Dann stelle dich während des Essens darauf ein. Wir sind schon spät dran.«

Ich sehe ihr nach, während sie aufsteht und zur Tür geht. »Bitte sag nicht, dass sie dich geschickt haben, mich zu holen.«

»Okay. Ich sage es nicht.«

»Du bist schon eine halbe Stunde hier.«

»Es wird sie nicht umbringen, zu warten.«

Sie geht und ich stehe stöhnend auf und ziehe ein Hemd über. Wie erwartet sehen meine Eltern nicht erbaut aus, als ich bei ihnen ankomme. Sie wohnen in der gleichen Straße. Man muss sagen: Richtig erbaut sehen sie selten aus. Aber ... emotionslos sehen sie auch nicht aus. Beide wirken über die Maßen enttäuscht.

Wie ich mich schon auf dieses Abendessen freue.

»Guten Abend, Familie«, sage ich im Versuch, so zu tun, als würde ich nicht unter ihren kalten Blicken ersticken.

»Émile. Um acht Uhr ist Abendessenszeit. Wo warst du?«

»Tut mir leid, wir sind ins Plaudern gekommen.« Und um der nächsten Frage gleich vorzubeugen, fahre ich fort: »Elle hat gefragt, wo ich gestern Abend hin verschwunden bin, und ich habe erklärt, dass ich mich nicht wohl fühlte und früher gehen musste.«

Der missbilligende Gesichtsausdruck verändert sich überhaupt nicht. Kein Mitleid, keine Besorgnis.

Dad atmet schwer durch die Nase aus. »Das erklärt aber nicht, warum du erst gegen Mittag nach Hause gekommen bist.«

Natürlich wissen sie das. Ich spüre, wie es um meine Mundwinkel zuckt. »Na sowas, Vater, spioniert ihr mir etwa nach?«

»So benimmt man sich nicht als Gentleman. Wir haben das Andenken deines Großvaters festlich begangen, und du bist losgezogen, um dich mit Gott weiß *was* für Menschen zu treffen.«

»Mit den Queers.« Ich nicke. »Die waren es dieses Mal. Ich bin ins Land meiner Artgenossen entschwunden, um mich im Glanze herrlicher Penisse zu sonnen –«

»*Émile.*« Immerhin ist sie jetzt interessiert. »Das ist jetzt nicht die Zeit für deinen Humor.«

»Ich glaube nicht, dass das humorvoll gemeint war«, murmelt Elle und duckt sich unter Dads vernichtendem Blick weg.

»Abgesehen davon«, sage ich fieberhaft nach einer Ausrede suchend, bevor sie sich an der anderen Geschichte festbeißen können, »habe ich beschlossen, noch etwas zu bleiben. Ich möchte Pa zu Ehren eine Benefizveranstaltung organisieren. Um die Alzheimerforschung zu unterstützen. Ich glaube, dass er das einer sinnentleerten Trauerfeier vorgezogen hätte.« Ich plaudere völlig aus dem Stegreif vor mich hin, aber je mehr ich sage, desto mehr Sinn ergibt es. Wenn ich damit beschäftigt bin, werden sie nicht versuchen, mich ins Unternehmen hineinzuziehen, solange ich hier bin, und obwohl ich noch keine Ahnung habe, was ich letztendlich mit dem Geld anfangen werde, sobald ich es bekomme, wird es sicher nicht schlecht sein, wohltätige Kontakte zu pflegen.

Meine Eltern nehmen ohnehin nichts davon zur Kenntnis.

»Nun, ich bedaure, dass du sie verpasst hast«, sagt Dad schneidend, »denn es war von nichts anderem die Rede außer der

Verlobung deines Cousins. Willst du etwa Clifford als den Favoriten für die Leitung von C.W. Shipping sehen?«

»Ich würde ihn am liebsten überhaupt nicht sehen, um ganz ehrlich zu sein.«

»Es war eine ernst gemeint Frage.«

»Wirklich? Denn es klingt wie ein Scherz, dass er heiratet.«

»Wir haben Darcy Ritcherson für diese Woche zum Lunch eingeladen, und da du gerade nicht arbeitest, sehe ich keinen Grund, warum du nicht daran teilnehmen solltest.«

»Ich schaue mal in meinen Terminkalender. Eine Benefizveranstaltung zu planen ist nicht so einfach.«

»Ich bin sicher, du wirst dafür Zeit finden.«

Ach, was bin ich für ein Glückspilz. Lunch mit meiner Familie, die anscheinend nur darauf wartet, dass ich einen Heiratsantrag mache. Elle und ich wechseln einen Blick und sie blickt betont mit großen Augen auf mein auf dem Tisch liegendes Handy. Ich weiß, dass sie mir bedeutet, nachzuschauen, ob ich von Christian gehört habe. Und siehe da, plötzlich ist sie auf meiner Seite. Sie befürchtet anscheinend, Darcy als Schwager zu bekommen.

Aber es wäre ja auch zu schön gewesen, während des Abendessens eine Nachricht zu bekommen, wenn er sich den ganzen Tag schon nicht gemeldet hat. Es ist Stunden her. Ich hätte wenigstens gedacht, dass er mein Angebot mit einem *Tut-mir-leid*-Fick ablehnen würde.

Dann war das Gerede, dass er mich wiedersehen will, wohl auch Blödsinn.

Oder … vielleicht hat er tatsächlich auch noch anderes zu tun?

Ich schlucke ein Lachen herunter. Wie sehr kann man sich wegen eines Mannes anstellen? Einem, den ich kaum kenne, auch wenn er der süßeste Schatz aller Zeiten in einer sehr sexy Verpackung ist.

»Ist irgend etwas komisch?«, fragt Dad.

»Ich verstehe diese Fixierung auf Darcy nicht.«

»Er ist eben … wie du.« Das ist wahrscheinlich die diplomatischste Formulierung für *Ihr seid die einzigen Schwulen, die wir kennen,* die mein Vater zustande bringen kann. »Außerdem wird er ein Medien-Imperium erben.«

Schwul und reich. Verdammt nochmal. Selbst wenn Christian sich dafür entscheiden sollte, bin ich nicht sicher, dass das schnelle Geld seiner Familie mit all dem mithalten kann.

Ich versuche, ihn mir vorzustellen, wie er neben mir am Tisch sitzt, das Salzfass umwirft und das Besteck in der falschen Hand hält. Seine Suppe mit dem Dessertlöffel isst.

Es ist absurd, wie sehr ich mich nach diesem Anblick sehne.

»Weißt du was? Vielleicht komme ich tatsächlich zu diesem Lunch. Ich habe nämlich jemanden, den ich gerne mitbringen würde.«

Mein mit dem Display nach unten liegendes Handy brennt mir allerdings ein Loch ins Gehirn. Ich versuche, mich selbst zu überzeugen, dass da nichts ist. Er hat nicht geschrieben. Ich werde es zur Hand nehmen und eine Enttäuschung erleben. Während des ganzen Essens bin ich so abgelenkt, dass ich es bin, der um ein Haar sein Wasserglas umkippt. Ich schaffe es mit knapper Not, nicht draufzuschauen.

Das Abendessen geht dem Ende entgegen mit weiteren Androhungen von Darcy und Lunchterminen und »Ihr kennt euch doch schon euer ganzes Leben, nun lass den Mann doch nicht länger warten«, aber Mamas Worte treten in den Hintergrund. In dem Augenblick, als ich das Handy vom Tisch nehme und eine unbekannte Nummer auf dem Display sehe, blende ich Mamas Worte aus. In meinem Bauch flattern Schmetterlinge. Ich vergesse alle Höflichkeit und öffne die Nachricht. Es erscheinen zwei kleine Wörter.

Bin dabei.

Meine Stimmung hebt sich sofort, und ich sage: »Ich bin extrem gespannt auf diesen Lunch. Ich glaube, das wird für alle *sehr* erbaulich werden.«

KAPITEL
ZWÖLF

CHRISTIAN

»WIE FEST HAST du dir eigentlich den Kopf gestoßen?«, fragt Gabe, der auf meinem Schreibtischstuhl vor und zurück kippelt. »Ich meine, ist es denkbar, dass du dir an der Eisskulptur eine Gehirnerschütterung geholt hast?«

Mein lautes Lachen erfüllt den Raum. »Du bist so ein Arsch. Es ist schon mehrere Tage her. Es wird alles gut werden.«

»Richtig. Alles wird gut – die Premiere und gleichzeitig einen Multimillionär als Verlobten oder so, das machst du doch mit links.«

»Argh. Erinnere mich bloß nicht daran.«

Nachdem Rush mir erklärt hatte, wer Émile ist, und ich den gesamten Nachmittag über ihn nachgelesen habe, schwirrte mir der Kopf. Wir haben tatsächlich alle dem Rum zugesprochen – danke auch, Madden – und viel zu viele Stunden damit verbracht, Fotos und Videos von der Familie Cromwell zu durchforsten. Es ist ein bisschen wie eine Art Reality-TV-Unfug, und die Vorstellung, ein solches Leben zu führen, fühlt sich nicht wirklich real an.

Ich habe im Verlauf eines Nachmittags mehr über Émile

erfahren als wahrscheinlich jemals über jemand anderen in meinem ganzen Leben. Etwa um den Dreh, als wir die Flasche Captain Morgan zur Hälfte geleert hatten, habe ich dann das Handy gezückt und zugestimmt. Außerdem war ich plötzlich ganz aufgeregt und habe von der Scheinhochzeit erzählt, was alle superwitzig fanden, bis sie anfingen, darüber zu streiten, wer meine Trauzeugen sein würden.

Ich mag vielleicht nicht in Bestform gewesen sein, aber ich bin irgendwie ohne Reue aufgewacht. Und Émile hat mir geschrieben und mich zu einem Familien-Lunch eingeladen.

Seither habe ich nicht mehr aufgehört, auf und ab zu laufen, vor lauter Sorge, das für ihn zu ruinieren. »Hast du eigentlich teuer aussehende Klamotten?«

Gabe sieht mich verständnislos an. »*Teuer aussehende* Klamotten?«

»Du weißt schon.« Ich halte meine zerrissenen Skinny-Jeans hoch. »Irgendwie habe ich das Gefühl, das hier wäre nicht ganz das Richtige.«

»Gibt es einen Grund dafür, dass du nicht du selbst sein kannst?«

»Hatte ich dir doch gesagt. Ich muss die Rolle eines reichen Familienerben spielen.« Oh je, meine Handflächen werden feucht. In diesem Augenblick kommt Kismet herein und rennt direkt zu mir, schlängelt sich durch meine Beine, und ich nehme ihn hoch und kuschele ihn an meine Brust. Das warme, weiche Gewicht hilft, meinen Herzschlag zu beruhigen.

»Blöde Katze«, beschwert sich Gabe.

»Ist doch nicht seine Schuld, dass du allergisch bist.« Für ihn ist es ein Glück, dass Kismet kommt und geht, statt wirklich in diesem Haus zu leben, sonst müsste Gabe meistens mit laufender Nase und geschwollenen Augen leben.

»Es ist seine Schuld, dass er niemanden außer dir wirklich mag.«

Ich grinse. »Bin eben ein netter Kerl.«

»Oder er erkennt, dass du eine ebenso verkrachte Existenz bist wie er.« Gabe schaut mir zu, wie ich Kismet kuschele, dann sagt er: »Ich mache mir Sorgen.«

»Ich mir auch.«

Erleichtert sehe ich sein Grinsen – es bedeutet, dass mir seine Strafpredigt für den Moment erspart bleibt. »Das ist doch eigentlich dein normaler Zustand. Aber jetzt mal im Ernst. Du bist ja noch aufgeregter als bei der Hochzeit deiner Cousine, und das war schon ein Riesending für dich. Wieso beschäftigt dich das eigentlich so?«

Ich weigere mich, Gabe von Émiles Plan für das Vermögen zu erzählen. Das geht niemanden etwas an, und ich bin immer noch etwas verblüfft, dass er mir diesen Brief anvertraut hat. Einem Typen, den er gerade erst kennengelernt hatte. Und ich mag vielleicht nicht verstehen, warum, aber ich werde ihm beweisen, dass es nicht umsonst war.

Aber Gabe kennt mich, und weiß, dass ich mir das nicht antun würde, wenn es nicht wichtig wäre. Ich laufe zur Tür und schließe sie. Irgendwas *muss* ich ihm erzählen.

»Das bleibt jetzt unter uns«, fange ich an.

»Ja, natürlich.«

»Wenn ich das mache, zahlt er alles ab. All meine Schulden, Kredite, Kreditkartenminus, alles.«

Gabe bleibt der Mund offenstehen. »Echt jetzt?«

Ich bin erleichtert, und Kismet springt mir aus den Armen und setzt sich vor die Tür. Ich lasse ihn hinaus, dann lehne ich mich mit dem Rücken an. »Ich versuche, auf dem Teppich zu bleiben. Vielleicht ist er ein Arsch, der mich anlügt und auch gar nichts bezahlen wird.« Das glaube ich keine Minute. Aber der Gedanke daran, all meine Geldsorgen einfach so los zu sein, scheint so unrealistisch. Ich bin überzeugt, dass trotz aller guten Absichten von Émile etwas dazwischenkommen und alles zum Scheitern bringen wird.

»Das ist ja … falls es passiert, wäre es ja unglaublich.«

»Ich weiß.« Meine Stimme bricht vor lauter Hoffnung, und ich versuche, es zu vertuschen, indem ich mich umdrehe und mir mit der Hand durch die Haare fahre. »Verrückt, oder?«

»So verdammt verrückt. Aber eines sage ich dir – wenn er dich verarscht und du das machst und er dich dann hängen lässt, steche ich ihn ab.«

»Anderen körperliche Strafen androhen.« Ich lege die Hand an die Brust. »Das ist wahre Liebe.«

»Ist so«, murmelt er, sieht mich aber nicht an. »Du bist mein Kerl.«

»Und ich wüsste gar nicht, wo ich ohne dich wäre. Ehrlich. Wenn ich dich nicht hätte, wäre ich nie im Leben da, wo ich heute bin.«

Gabe schüttelt den Kopf. »Das hast du ganz alleine erreicht. Du brauchst mich gar nicht so sehr wie du denkst. Wenn ich zum Beispiel hier ausziehen würde –«

»Wenn du ausziehen würdest, würde ich nie im Leben klarkommen.« Ein Schauer überläuft mich. »Ich will es mir noch nicht mal vorstellen.«

»Du musst dir einfach mehr zutrauen.«

»Ich traue mir genau so viel zu wie ich es verdiene.«

Er zieht die Augenbrauen zusammen und denkt eindeutig über etwas nach.

»Alles okay bei dir?«

»Das ist … verdammt nochmal, Mann. Ich freue mich für dich. Hoffe ich.«

»Ja, ich auch.« Es ist offensichtlich, dass wir das gleiche Gefühl haben: Es ist der zu-gut-um-wahr-zu-sein-Faktor. Jeder hier im Haus würde das Gleiche denken, vielleicht mit Ausnahme von Rush. Er ist der Einzige von uns, der plant. Der vernünftige Entscheidungen trifft. Auch wenn er es irgendwie schafft, chronisch zu buchstäblich jedem Termin zu spät zu kommen.

»Aber auch wenn das Geld – naja, ein verdammter Traum wäre, ehrlich gesagt – möchte ich, dass du mir versprichst, dass du dich nicht davon mitreißen lässt. Wenn dir etwas unangenehm ist, oder dich dieser Kerl zu irgendwas drängt –«

»So tickt der nicht.«

Gabe grinst mich schief an. »Du hältst alle Menschen für gut. Selbst deine beknackten Eltern. Ich sage ja nur, pass auf dich auf, okay? Du schläfst mit ihm und tust so als wärst du sein Mann, und er bietet dir ein Märchen dafür an, das ist eine ganze Menge. Ich möchte nicht, dass du ihn als eine Art … keine Ahnung. Retter siehst, oder so.«

Gabe hat vollkommen recht, mich zu warnen, denn ich mache mir etwas Sorgen, dass ich das irgendwie bereits tue.

»Wir schlafen nicht miteinander.«

»Ja, genau. Alle haben euch gehört.«

Ich verziehe das Gesicht. »Bitte sag mir, dass sie nicht an der Tür gelauscht haben.«

»Das war gar nicht nötig. Seven sagt, das Geschrei war im ganzen Haus zu hören. Kismet ist eine Stunde lang vor der Tür auf und ab gelaufen.«

Ich fühle mich rot werden. »Du kannst mich mal. Ich schreie nicht beim Sex.«

Gabe senkt die Stimme und stöhnt wie ein Pornostar. »Ja. Émile. Tiefer. Mit der Zunge. Oh, oh, *oh*. Genau so.«

Verdammt nochmal. Ich habe tatsächlich um seine Zunge gebettelt.

»Ich gehe dann mal ins Wasser.«

Er lehnt sich so weit im Schreibtischstuhl zurück, dass er fast quer liegt. »Du bist sowas von leicht in Verlegenheit zu bringen. Wahnsinn.«

»Freut mich sehr, dass dir das so viel Freude bereitet«, sage ich empört. »Wir haben diesen ganzen Plan erst nach dem Sex geschmiedet, und waren uns einig, dass es zu schräg wäre, das noch zu machen, wenn wir so tun als wären wir verheiratet und er mir Geld gibt und so Zeug.«

»Bin stolz auf dich.«

»Danke.«

»Ich gebe euch eine Woche.«

Ich stoße mich von der Tür ab und wende mich wieder meinen Kleidern zu. »Ach, Schwamm drüber. Wir haben das alles neulich Nacht hinter uns gebracht, und wenn nochmal etwas passiert, dann erst, wenn die ganze Sache hinter uns liegt.«

»Du wirst den Typ doch nicht ernsthaft heiraten, oder?«

Das ist der heikle Teil. »Ich habe keine Ahnung von der rechtlichen Situation und so, aber das werden wir schon noch rausbekommen. Es wird sich glaube ich nicht vermeiden lassen, damit er das Geld auch wirklich erhält.«

»Und wenn es dann passiert ist?«

»Annullieren oder Scheidung oder so.«

Gabe sieht immer noch besorgt aus. »Das ist ein ganz schönes Opfer.«

Ich zucke die Achseln. »Findest du? Es ist ja nicht so, dass es sich auf mich auswirken würde. Sobald er sein Geld hat, können wir beide unserer Wege gehen.«

Gabe schaut mich aus aufgerissenen Augen an. »Ich hab dich wirklich lieb, aber das ist total Banane.«

»Kann sein. Ich werde es aber trotzdem machen.«

Denn egal wie schräg Gabe es findet, ich selbst bin tatsächlich … freudig aufgeregt? Total nervös natürlich, und ich bin logischerweise sicher, dass ich es verpatzen werde – aber die Vorstellung, etwas so komplett anderes zu tun als das, woraus sonst mein Alltag besteht, klingt, als könnte es Spaß machen.

Ich habe mir den Arsch abgearbeitet. Ich habe mich reingehängt, gelernt, drei Jobs gehabt, ehrenamtlich gearbeitet, meine Freizeit fast auf null reduziert, und das alles, um in einer sehr unrealistischen Karriere Erfolg zu haben.

Ist es wirklich so falsch, sich diese Chance zu wünschen? Sich zu wünschen, mal zu erleben, wie die andere Hälfte eigentlich lebt, und wenn auch nur für kurze Zeit?

»Ich passe auf mich auf, versprochen«, sage ich zu Gabe.

»Gut. Und jetzt zur wichtigen Frage.«

»Ja?«

»Wieso bist du eigentlich so besessen davon, Schwänze zu lutschen?«

Ich platze laut heraus.

»Mal im Ernst, Alter, du hast dich danach so schlimm angehört. Ich würde mir fast wünschen, dass deine Stimme immer noch so rau wäre. Dann könntest du die Eltern mit ›Hallo Mr. und Mrs. Cromwell. Normalerweise klinge ich nicht so, es liegt nur daran, dass der Schwanz Ihres Sohnes so eine intensive Bekanntschaft mit meinen Stimmbändern gemacht hat‹ begrüßen.«

Ich vergrabe das Gesicht in den Händen. »Du bist echt das Letzte. Raus mit dir.«

»Ist ja gut, ist ja gut, ich gehe ja schon.« Ich höre, wie er aufsteht, dann drückt er mir einen Kuss auf die Schulter. »Benimm dich. Pass auf dich auf. Ich schaue mal, ob Madden nicht irgendeinen Weihrauch hat, den man als Glücksbringer verbrennen könnte.«

»Frag die anderen nach etwas zum Anziehen.«

»Du passt nie im Leben in Maddens oder Sevens Sachen, und Xanders Hemden würden vielleicht auf einen deiner Arme passen. Aber du könntest Rush anrufen. Ich glaube, er ist schon los zur Arbeit.«

Rush antwortet nicht, also lasse ich ihn mit einer Nachricht wissen, dass ich mir etwas ausleihe. In seiner Freizeit designt und näht er Kleidung, von denen mir einige Stücke viel zu avantgardistisch sind. Aber er hat auch einen Bürojob, also sollte er auf jeden Fall auch etwas Präsentables haben. Ich meine, es ist nur ein Lunch. Soll ich mich schick machen? Einen Anzug anziehen? Oder einen Frack mit Weste?

Ich versuche, Émile zu erreichen, aber der nimmt auch nicht ab, also werde ich improvisieren und hoffen, dass ich es richtig mache. Ihm beweisen, dass ich auch alleine etwas zustande bringe.

Rushs Garderobe ist nach Kleidungsstücken und Farben

sortiert, also achte ich darauf, alles wieder dort hinzuhängen, wo ich es gefunden habe. Ich entscheide mich für ein paar schwarze Hosen und ein marineblaues Hemd. Die hellen Hosen sahen besser aus, aber ich bin paranoid, mir etwas über den Schoß zu kippen und dieses Schreckgespenst brauche ich nicht während der gesamten Mahlzeit.

Ich schicke Rush ein Foto davon, was ich mir ausleihe, und bekomme ein zustimmendes Herz zurück.

Émile hat gesagt, dass ich mich weder rasieren noch mein Piercing entfernen muss, eine große Erleichterung einerseits, andererseits bin ich ziemlich sicher, dass ich mir mit beidem keine Freunde machen werde. Auf allen Fotos, die ich von seiner Familie gesehen habe, waren sie entweder glattrasiert oder hatten kurze, gepflegte Stoppeln, und ordentliche Frisuren.

Ich passe nicht dazu. Absolut nicht. Mit jeder Minute, die vergeht, habe ich das Gefühl, einen Fehler zu begehen – aber was soll's. Ich mache es trotzdem.

Vielleicht brauche ich mir heute Abend auch gar keine Gedanken mehr um diesen verrückten Plan zu machen, weil Émile erkennen wird, was es für eine Schnapsidee war, aber hey, versuchen werde ich es.

Ich werde der beste Scheinverlobte und potenzielle Ehemann sein, der sich denken lässt.

Und wer weiß? Vielleicht werde ich alle überraschen, und am Ende liebt mich dann die ganze Familie.

Das ist wahrscheinlich der realitätsfernste Gedanke des Tages.

KAPITEL
DREIZEHN

ÉMILE

ICH BEUGE mich über die Auslage mit den Ringen. Elle und ich haben uns etwas in der Detailplanung für meine Benefizveranstaltung verloren, und ich habe fast keine Zeit mehr, das hier noch vor dem Mittagessen zu erledigen.

»Ich kann nicht fassen, dass du tatsächlich einem Fremden einen Heiratsantrag machen willst.«

Plötzlich bleibt mein Blick an einem Titanring mit Onyx-Verzierung hängen, und ich schiebe Elle beiseite. Der Ring ist dezent, teuer, aber nicht zu protzig, und ich kann ihn mir richtig gut an Christian vorstellen.

Wir haben diese Woche an den meisten Abenden telefoniert und uns Einzelheiten über unser Leben erzählt, und ich habe ihn über meine Familienmitglieder aufgeklärt.

»Hab' einen gefunden.«

Elles Missbilligung ist sofort vergessen, als sie sich aufgeregt vorbeugt. »Okay, den finde ich sehr gut. Ich finde immer noch nicht toll, was du vorhast, aber du wirst dich auch nicht davon abbringen lassen, stimmt's?«

»Nee.«

Sie seufzt. »Ich hasse es, diejenige zu sein, die dir den Rücken stärken muss.«

»Oh Gott, bitte lass mich jetzt nicht hängen. Dann bin ich der einzige Angepasste in der Familie, und ich weiß nicht recht, wie ich mich dabei fühlen soll.«

»Gewagte Behauptung, dich als angepasst zu beschreiben.«

Ich schubse sie und sie schubst zurück, aber bevor wir das Spiel noch weiter treiben können, räuspert sich der Juwelier.

»Würden Sie sich den Ring gerne näher ansehen, Sir?«

»Nein. Den nehme ich« Es ist keine echte Verlobung, also werde ich mir nicht stundenlang um die Wahl des Ringes Gedanken machen. Ich konnte ihn mir an Christians Hand vorstellen, sobald ich ihn erblickt hatte, also ist das gut genug für mich.

»Und würde Ihre junge ...« Er mustert Elles rasierten Schädel. »*Liebste* ihn gerne anprobieren?«

Hat er ... glaubt er etwa ...?

Elle und ich starren uns mit großen Augen an, dann brechen wir beide in lautes Gelächter aus.

»Oh, nein. Mein junger Liebster muss ihn nicht anprobieren. Er ist auch gar nicht hier.«

Der Juwelier wirkt, als müsste er hart um seine professionelle Fassung kämpfen. »Mein Fehler. Darf ich den Ring für Sie einpacken?«

»Ja. Danke Ihnen.«

»Das ist mit weitem Abstand das Ekligste, was ich das ganze Jahr gehört habe.«

»Clifford heiratet«, erinnere ich sie.

Sie kneift die Lippen zusammen. »Ich bin hin- und hergerissen zwischen Ekel und Mitleid.«

»Warum nicht auch noch Entsetzen dazunehmen und einen Hattrick daraus machen?«

»Weil ich dann eine sehr große Xanax brauche und ganz lange schlafen müsste.«

Ich pruste, während ich um die Fassung ringe, die ich heute schon einmal hier drin verloren habe; angesichts meines Kaufs wäre ich nicht weiter überrascht, wenn *Seattleite* schon Bescheid wüsste, noch bevor ich es bis nach Hause schaffe. Normalerweise lassen uns die billigen Klatschseiten in Ruhe, aber die Nachricht von einem Cromwell, der bald unter die Haube kommt? Dieser Teil meines Lebens wird leider von öffentlichem Interesse sein, ob es mir nun gefällt oder nicht.

Mit großer innerer Genugtuung, weil Mama und Dad annehmen werden, dass der Ring für Darcy sein soll, wende ich mein Gesicht wieder zum Schaufenster, um auch bestimmt ein gutes Motiv vor der Auslage mit den Verlobungsringen abzugeben.

»Entspann dich«, murmelt Elle. »Es hing schon vor zehn Minuten jemand mit dem Handy an der Glasscheibe.«

Ich unterdrücke einen Seufzer. Das ist eines der Dinge, die ich am meisten daran verabscheue, hier zu leben. Im Ausland kümmert es niemanden, wer ich bin, aber seit die Superhirne der Technologie-Startups sich in Georgetown angesiedelt haben, dazu das viele alte Geld in Maple Park, blüht und gedeiht die Society-Plattform von Seattle. Für die Menschen, über die dauernd dort berichtet wird, ist es beklemmend.

Sicher ist meine Familie die Aufmerksamkeit von Medien wie der *New York Post* gewöhnt, aber da wird kein schnöder Gesellschafts-Tratsch geschrieben. Eigentlich sollte man annehmen, dass die College-Studenten, die diese Plattform betreiben, andere Sorgen hätten als einem Haufen langweiliger reicher Erben zu folgen.

Der Juwelier nimmt meine Kreditkarte entgegen, dann kommt er mit der Quittung und einem eleganten Ring-Etui wieder. Elle und ich bedanken uns für seine Mühe, dann setzen wir unsere Sonnenbrillen wieder auf und gehen.

»Wirst du langsam nervös?«, fragt sie.

»Nee. Wir kennen das Spiel doch.«

»Und du glaubst, er schafft das? Unserer Familie etwas vorzumachen? *Großmama* etwas vorzumachen?«

Die Erinnerung daran, wie Christian kopfüber in die Torte gestürzt ist, bringt mich zum Lächeln. »Auf seine Art.«

»Ich versuche gar nicht erst, so zu tun, als wüsste ich, was das heißt.«

»Ich muss in diesem Fall auf glaubhafte Bestreitbarkeit plädieren.« Ich schaue auf die Uhr. »Okay, gerade noch genug Zeit, dich abzusetzen und ihn abzuholen.«

Sie winkt ab. »Um mich brauchst du dich nicht zu sorgen, ich komme auch alleine nach Hause.«

Meinen skeptischen Blick quittiert sie mit einem Augenrollen.

»Wage ja nicht, das infrage zu stellen.«

Ich lache leise. »Das würde ich mich nie trauen.« In der Tat hatte ich schon auf der Zunge, sie zu fragen, wie sie denn nach Hause kommen will, aber die Frage schlucke ich angesichts ihres Blickes hinunter und überlasse sie ihrem Schicksal.

Ich bin nicht nervös, Christian meiner Familie vorzustellen, auch nicht, was meine Pläne angeht, ihm vor ihren Augen einen Antrag zu machen. Tatsache ist aber, dass ich aufgeregt bin, ihn wiederzusehen. Den echten Christian. Nicht den, in den ich zum Schein schon seit Monaten unsterblich verliebt bin, sondern den Typ, den ich gerade erst kennengelernt habe, mit dem ich einen nächtlichen Sexmarathon hatte, und den ich mir sehnlichst wünschte, wieder berühren zu können.

Was ich aber nicht kann.

Ich werde mich benehmen müssen.

Meine Entschlossenheit gerät schwer ins Wanken, als er mir die Tür öffnet, in gefährlich enger Hose, einem figurnahen Oberhemd, ein Jackett über der Schulter. Ich spüre meinen verdammten Puls beschleunigen.

»Hey.«

Christian blinzelt mich mit seinen süßen blauen Augen an und antwortet mit seiner tiefen, rauen Stimme: »Hey.« Dann tritt er unsicher von einem Fuß auf den anderen und schaut an sich herunter. »Sehe ich so okay aus?«

»Perfekt.«

»Wirklich?« Seine ehrliche Überraschung ist bezaubernd.

»Weißt du noch, was ich über Ehrlichkeit gesagt habe?« Ich trete vor und gebe ihm einen leichten Kuss auf die Wange. »Du siehst zum Anbeißen aus.«

Er lacht. »Nicht ganz der Eindruck, den ich bei deiner Familie hinterlassen wollte.«

»Am Ende dieses Tages wird dein Look das Letzte sein, was sie beschäftigt.«

Wir wechseln einen verschwörerischen Blick, und ich trete ein und schließe die Tür hinter mir. Sobald ich sicher sein kann, dass keiner seiner Mitbewohner auf der Lauer liegt, ziehe ich die Schmuckschachtel aus der Tasche.

»Das habe ich für dich besorgt.«

»Verdammt.« Sofort fährt er sich mit der Hand durch die wilden Locken. »Das sieht ja so elegant und echt aus.«

»Das ist es auch. Was hattest du denn erwartet, etwas aus einer Cornflakes-Packung?«

»Sei nicht albern.« Er beugt sich vor und legt den Kopf zur Seite, um besser sehen zu können. »Ich dachte, unsere Beziehung ist mindestens die Angel-Maschine mit dem Klammergriff wert.«

»Ich Dussel habe ein paar Schritte ausgelassen.« Ich klappe das Etui auf und sehe seine Augenbrauen nach oben schnellen.

»Wow. Das Ding ist ja … *das* da soll ich tragen?«

Ich lasse das Etui zuschnappen und schiebe es wieder in die Jackentasche. »Die meisten Menschen, die ich kenne, werden heute anwesend sein. Ich dachte, es wäre eine gute Idee, dich allen vorzustellen und dir dann vor versammelter Mannschaft den Antrag zu machen.«

»Wow. Wir werden also eine richtige Show abziehen.«

»Du bist doch Schauspieler, oder nicht?«, frage ich, während ich ihn spielerisch anstupse. »Glaubst du, du schaffst es, eine Träne zu zerquetschen? Einen überraschten Aufschrei von dir zu geben? Den Anschein zu erwecken, als wärst du von deinen Gefühlen überwältigt?«

Er starrt immer noch etwas unsicher ins Leere an die Stelle, an der der Ring war, aber dann schüttelt er sich einmal und fasst sich. »Weißt du was? Das kriege ich hin.«

»Du solltest wissen, dass ich geradezu diebisch erfreut und aufgeregt bin. Es könnte das Interessanteste sein, das ich seit langer Zeit erlebt habe.«

»Du bist gerade erst aus Übersee zurückgekommen.«

»Ja, aber dort habe ich gearbeitet, und keine Ferien gemacht.« Ich kann nicht widerstehen und kneife ihn leicht in die Nase. »In einem *Café*, falls es dich interessiert. Kaffee zubereitet, gekellnert. Hat mir großen Spaß gemacht.«

»Ehrlich? Das hast du bei unseren ganzen Gesprächen ausgelassen.«

Es macht mich traurig, dass er überhaupt fragt, aber dann rufe ich mir vor Augen, dass ich leben kann, wie ich möchte, wenn das hier alles vorbei ist. Ich trete näher. »Es gibt noch so viel, das du nicht über mich weißt.«

Er macht auch einen Schritt auf mich zu, bis wir so nah voreinander stehen, dass unsere Schuhspitzen sich berühren. »Wie gut, dass ich Zeit habe.«

»Das würde aber bedeuten, dass du wirklich etwas über mich wissen willst. Ganz schön abgefahrene Vorstellungen für einen zukünftigen Ehemann.«

»Tja, ich glaube, ich habe dir schon bewiesen, dass ich mich mit dem Unerwarteten auskenne.«

»Wirst du mich immer überraschen?«

»Ständig. Ich werde der beste Schein-Ehemann sein, den du je hattest.«

»Wirst du mir abends die Füße massieren?«

»Die Füße, die Schultern, den Schwanz …«

»Jetzt machst du leere Versprechungen.«

Christian zwinkert mich an, und als ich die Belustigung in seinen Augen sehe, fühle ich ein angenehmes Gefühl durch meinen Magen schwimmen. »Was hat mich verraten?«

Ich muss mir das Lächeln verkneifen, um zu schmollen. »Du hattest bereits abgelehnt, meinen Schwanz zu massieren. Was wirklich verdammt schade ist, denn er vermisst dich schon.«

»Ist das wahr?«

»Gestern hat er buchstäblich Tränen wegen dir vergossen.«

Christian lacht erstickt auf. »Tränen sind sehr hilfreich gegen Stress.«

»Du machst dir keine Vorstellung.« Ich lehne mich nach vorne, bis unsere Nasen sich fast berühren, den Blick an seinen Lippen. »Die Erinnerungen an dich waren eine große Hilfe gegen den Stress, immer und immer und *immer wieder*.«

Mit einem kehligen Stöhnen macht er einen Schritt zurück und versucht gar nicht, seine Erektion zu verbergen, die er zurechtschieben muss. »Ich hasse dich.«

»Ganz meinerseits, Liebling, das kann ich dir versichern.«

»Wie soll ich denn jetzt diesen Lunch überstehen, ohne mir vorzustellen, wie du dir einen runterholst?«

»Genau wie ich es überstehen muss, mir dich auf den Knien vorzustellen, mit meinem Sperma im Gesicht.«

Neben uns räuspert sich jemand, und ich zucke heftig zusammen. Im Flur am Fuß der Treppe steht ein großer schöner Mann mit hellbraunen Haaren, der zu allem Überfluss auch noch *Grübchen* hat.

»Schön, dem Namen ein Gesicht zu geben, Émile.«

Christian sinkt in sich zusammen. »Émile, das ist der beste Freund. Gabe, das ist—«

»Der Ehemann?«

Ich kann Gabes Ton nicht so recht deuten. Er klingt ganz freundlich, aber in seinem Blick liegt Misstrauen.

»Du hast es deinen Freunden erzählt?«, frage ich Christian.

»Wir können ihnen vertrauen.«

Gabe lässt den Blick zwischen seinem Freund und mir hin und her wandern. »Ich muss schon sagen, dass es ziemlich beschissen von deiner Familie ist, dich mit jemandem verheiraten zu wollen, den du nicht magst. Tut mir wirklich leid, Mann. Wir alle wissen, wie es ist, mit Arschlöchern verwandt zu sein.«

»Danke.« Ich bin fast verblüfft, nicht nur etwas mit Christian und seinen Freunden gemeinsam zu haben; mehr noch, obwohl wir einen absurden Plan für diese *Scharade* ausgeheckt haben, und ich Christian dafür benutze, scheint Gabe mich nicht zu hassen. Glaube ich jedenfalls. Ich fühle mich ermutigt, zu fragen: »Willst du den Ring sehen?«

Christian stöhnt, und Gabe kommt näher.

»Das ist ja zu gut. Ein *richtiger* Ring?«

Ich zücke das Etui wieder und zeige Gabe den Ring, der einen leisen Pfiff von sich gibt.

»Sieht teuer aus.«

»Nur das Beste für die Liebe meines Lebens.«

Damit habe ich anscheinend das Falsche gesagt, denn Gabes freundliche Miene verdüstert sich, und ich erkenne Sorge in seinem Blick. »Dir ist schon klar, dass das vollkommen irre ist, oder?«

»Vollkommen.«

Sein Blick wandert wieder zu Christian. »Solange ihr euch beide darüber bewusst seid. Und euch sehenden Auges in diese absurde Farce begebt.«

»Hatte ich doch gesagt.«

»Hmm. Okay.« Gabe entfernt sich rückwärts. »Viel Spaß. Pass gut auf ihn auf.«

Der letzte Satz ist deutlich an mich gerichtet, obwohl er weiter Christian ansieht.

»Werde ich machen«, sage ich.

Gabe nickt. »Ich liebe dich.«

»Ich dich auch«, sagt Christian, als wäre es ganz normal, so etwas zu einem Freund zu sagen. Ich blinzele die beiden an, mein Unterkiefer hängt mir gefühlt bis zu den Knöcheln, dann nimmt Christian meine Hand und zieht mich hinaus.

»Äh...« Ich weiß nicht genau, wie ich das mit dem L-Wort ansprechen soll, ohne mich wie ein eifersüchtiger Stalker-Freund anzuhören. Schließlich verzichte ich auf den Takt und frage: »Du liebst ihn?«

»*Was?*«

Keine Ahnung, wo Christian den Schock aufgrund meiner Frage hernimmt. »Du hast eben gesagt–«

»*Oh.* Das. Nein, das sagen wir immer zueinander. Wir sind auch meist recht kuschelig miteinander, aber wir sind nicht ... keine Ahnung. Vielleicht so wie Brüder normalerweise miteinander umgehen. Nicht, dass einer von uns praktische Erfahrung damit hätte.«

Mir tut das Herz weh bei dieser sachlichen Art, darüber zu sprechen, und ich drücke seine Hand ganz fest. »Ich finde das unglaublich süß.« Denn ich mag zwar ein ganz kleines Bisschen eifersüchtig gewesen sein, aber ich kann es nicht leugnen: Ein paar erwachsene Mitbewohner liebevoll und zärtlich miteinander umgehen zu sehen, ohne dass es eine sexuelle oder romantische Konnotation hat, ist ... einfach wunderbar. Schade nur, dass es aus der Notwendigkeit geboren wurde.

Er lacht leise, und ich sehe, dass er unter seinem Bart errötet. Mein Herz hüpft ein bisschen. Diese Alarmsignale kann ich ganz genau einordnen ... aber ich ignoriere sie geflissentlich.

KAPITEL
VIERZEHN

CHRISTIAN

ICH MAG ZWAR WAHNSINNIG NERVÖS SEIN, GLEICHZEITIG bin ich aber auch fest entschlossen, für Émile das zu sein, was er auch für mich war. Selbstbewusst (so mehr oder weniger), eine gelassene Präsenz, die sich nicht von seiner Familie aus der Ruhe bringen lässt – vor allem aber werde ich ihn unterstützen. Ich bin für *ihn* hier.

Was sie von mir halten, spielt keine Rolle; es ist ja nicht so, als würde ich wirklich Teil der Familie werden. Wichtig ist, dass sie mir abnehmen, dass ich bis über beide Ohren in Émile verliebt bin.

Und als ich seine Hand fester umfasse, während ich eine riesige, schicke, teuer aussehende Wohnung betrete, habe ich eine Sekunde Zweifel daran, ob ich in der Lage sein werde, das darzustellen. Ich schlucke den Kloß in meinem Hals hinunter und werfe ihm einen Seitenblick zu, nur um festzustellen, dass er mich bereits beobachtet. Sein warmer, liebevoller Blick ist nur allzu leicht für echt zu halten, und als er einen Mundwinkel hebt, legt sich auch meine Nervosität.

»Bist du bereit für dieses Spektakel?«, fragt er.

»Ich glaube nicht.«

Émile drückt meine Hand.

»Ja«, korrigiere ich mich. »Ich bin bereit. Jedenfalls soweit möglich.«

Er zieht mich an sich, bis unsere Schultern sich berühren. »An der Ausführung arbeiten wir noch, aber es tut gut, das zu hören.«

Ich halte mich an Émile, der voran geht. Für einen »Lunch« sind ganz schön viele Leute anwesend. Zwanzig? Dreißig? *Vierzig?* Es ist schwer zu zählen, da die Gäste sich zwanglos von einem Grüppchen zum anderen bewegen. »Wohin zuerst?«, murmele ich.

»Am besten zuerst zu den Eltern.«

»Jesses. Gleich in die Vollen stürzen also?«

»Oh, weit gefehlt. Die sind nur die Vorstufe zur Großmutter.«

Na, das hört sich aber nicht gut an. »Vorstufe?«

»Oh ja. Meine Eltern werden etwas subtiler missbilligend sein. Sie wird dich einfach ganz offen hassen.«

»Ach du Scheiße.«

In sanfterem Ton sagt er: »Ich hatte dich gewarnt. Es ist nicht zu spät, einen Rückzieher zu machen, weißt du?«

Aber das würde ich niemals tun, auch wenn es einfach genug wäre, wieder zu gehen. Ich ... *mag* Émile. Ich will das gerne für ihn tun.

»Stell mich deinen Eltern vor.« Ich schmunzele ihn an, und sehe ein etwas erleichtertes Lächeln als Antwort. Er ist zwar nicht in Verlegenheit zu bringen, aber er ist deutlich nervös. Es macht ihn menschlicher, ihn ein bisschen unsicher zu sehen, diesen Kerl, der normalerweise so unerschütterlich selbstbewusst ist.

Und es gibt mir das Gefühl, dass ich das durchziehen kann.

Bevor wir das Grüppchen erreichen, auf das Émile und ich zusteuern, versperrt uns eine großgewachsene Frau mit rasiertem Schädel und hellen Augen den Weg.

»Christian, richtig?«

Ich starre sie einen Augenblick verwirrt an, dann strecke ich ihr die Hand entgegen., »Äh, ja?«

Anstatt sie zu nehmen tritt sie einen Schritt zurück und mustert mich von oben bis unten. »Ich kann verstehen, warum mein Bruder dich gut findet.«

»Dein–« ich schaue Émile an.

»Das ist Giselle«, erklärt er. »Meine ungezogene Schwester, an die du dich gewöhnen wirst.«

Sie macht ein skeptisches Geräusch in der Kehle. »Kann schon sein, da du ja im Begriff bist, Teil der Familie zu werden. Würdest du einen Gütertrennungsvertrag unterzeichnen?«

Ich habe keine Ahnung, was Émile ihr erzählt hat. Mir ist schon klar, dass ich freundlich sein und mich gut mit ihr stellen sollte, aber mal ehrlich, wer stellt denn solche Fragen gleich nach dem Kennenlernen?

»Ich werde tun, was Émile möchte, denn ich bin seinetwegen hier.« Am liebsten würde ich noch hinzufügen, dass es sie überhaupt nichts angeht, was das bedeutet, aber ich bin ja hier, um gut Wetter zu machen. Hier geht es nicht um mich.

Plötzlich entspannt sie sich. »Du darfst mich Elle nennen.«

»Okay...«

»Tut mir leid, dass ich dich so angesprungen bin, aber es ist die erste Frage, die unsere Eltern dir stellen würden, also wollte ich es gleich aus dem Weg räumen. Deine Antwort war übrigens korrekt, aber du könntest etwas mehr Überzeugung in deinen Tonfall legen.«

Ich schaue verwirrt zu Émile hinüber, und er reibt den Daumen über meinen Handrücken. »Ist schon gut, sie weiß über alles Bescheid.«

»Ehrlich?«

Er nickt. »Sie kennt meine Pläne und unterstützt mich, und wird zu uns halten, auch wenn sie findet, dass wir zu weit gehen.«

Sie senkt die Stimme. »Es ist der reinste Irrsinn, aber ich habe ihm geholfen, den Ring auszusuchen.«

»Hast du gar nicht«, sagt er und klingt empört. »Das war ich ganz alleine.«

»Also gut. Ich war zur moralischen Unterstützung da.«

»Was soll das überhaupt heißen?«

Das Gezanke zu beobachten ist seltsam beruhigend. Normal. Solche Dinge mache ich mit meinen Mitbewohnern, und es macht Spaß, diese Seite von Émile kennenzulernen. Er hält immer noch meine Hand, auch als er beginnt, wild zu gestikulieren, also entziehe ich sie ihm und lege ihm stattdessen den Arm um die Taille.

»Du wirst laut«, bemerke ich und er unterbricht sich sofort. Dann dreht er sich um und sieht mich an. Seine schönen Augen haben einen Farbenmix, den ich gerne länger studieren würde.

»Danke.«

»Dafür bin ich hier.« Und da wir uns ja liebevoll verhalten sollen – und aus keinem anderen Grund – neige ich den Kopf und drücke ihm einen Kuss auf die Schläfe. »Und jetzt würde ich wirklich gerne das Elternkennenlernen hinter mich bringen. Ich mache mir schon fast in die Hose deswegen.«

»Jesses. Kuchenglasur kann ich ja kaschieren, aber wenn du in die Hose machen würdest, wäre das schon schwieriger.«

»Und da ich dich ungerne in die Verlegenheit bringen möchte …« ich lehne mich in die Richtung, in die er mich vorhin gelenkt hatte, und er wendet sich an seine Schwester.

»Wir kommen gleich wieder. Könntest du uns etwas Stärkeres organisieren als diesen beschissenen Wein? Ich habe das Gefühl, wir werden es brauchen.«

»Sehe ich auch so«, sagt Elle zustimmend. »Großmama und Clifford der Perversling haben euch schon erspäht.«

»Wer?« Ich würde lachen, wenn die beiden nicht so abgenervt aussehen würden.

»Lange Geschichte«, sagt Émile. »Bringen wir's hinter uns.«

Elle drückt seinen Arm. »Ich fange Darcy ab, er kommt auch schon auf uns zu.«

»Lebensretterin.«

»Du bist mir etwas schuldig.«

Elle entfernt sich in entgegengesetzte Richtung, und ich sehe ihr unwillkürlich nach. Sie bleibt vor einem umwerfend schönen Mann stehen, der sie wie ein alter Freund umarmt. Der Name Darcy erinnert mich an etwas.

»Ist das der Typ …«

Émile seufzt. »Keine Sorge. Elle wird ihn schon im Zaum halten.«

Äh – das war es nicht, was mir Sorge bereitet. Und klar ist das Aussehen nicht alles, aber der Kerl könnte in einem Abercrombie-Katalog abgebildet sein.

Wusste ich's doch. Ich hätte meinen Nasenring doch abnehmen sollen. Automatisch nestle ich an meinem Piercing, dann lasse ich die Hand sinken. Vielleicht bemerkt es keiner, wenn ich nicht darauf aufmerksam mache?

Na klar, du Dumpfbacke, niemandem wird der riesige Silberring auffallen, der vor deinem Gesicht baumelt.

Anstatt wie gewöhnlich einfach auf die Nase zu fallen atme ich einmal tief durch. Dann nochmal, wenn ich schon dabei bin. Leider bringt das überhaupt nichts, denn jetzt bleibt Émile vor fünf Fremden stehen, gerade als ich kurz vor dem Hyperventilieren bin. Oder kurz vor dem Herzinfarkt. Ich würde ja scherzhaft sagen, dass ich schon wie Xander klinge, aber mit dem schweren Gewicht, das ich auf meinem Brustkorb spüre, finde ich das nicht allzu komisch.

»…das ist Christian.«

Und bitte. Lächeln. Mehr schaffe ich gerade nicht. Keine Ahnung, wo meine Hände sind und wie ich dastehe. Ich atme einfach ein und aus, und versuche, mein *Ich-bete-gerade*-Gesicht natürlich wirken zu lassen. Émile drückt meine Hand, also weiß ich wenigstens, wo die ist, und die Berührung durchbricht meine Panik etwas.

Dann finde ich auch meine andere Hand wieder, die etwa in Augenhöhe schwebt, als würde ich die Geste des vulkanischen Grußes machen.

Verflucht nochmal.

Ich stopfe die verräterische Hand in die Hosentasche zurück, als würde das jemanden das Gesehene vergessen lassen. Was natürlich nicht geschieht, da mich alle *anstarren.*

»Ich freue mich, Ihre Gesandtschaft...« Ich räuspere mich. »Äh, Ihre Bekanntschaft zu machen. Natürlich«, füge ich mit einem beiläufigen Lachen hinzu, das sich etwas hysterisch anhört. »Ich war gerade ein bisschen verlegen. Nervös, die Bekanntschaft natürlich, nicht Gesandtschaft der Familie zu machen, und –« ich schüttele das Revers meines Blazers aus, um meinen überhitzten Körper abzukühlen, bevor ich wieder mit mir selbst Schritt halten kann.

Émile fällt mir Gottseidank ins Wort, und ich wollte, er würde meine Hand nicht mehr halten, denn sie ist ganz eklig und klamm.

»Genau genommen ist ja in diesem Kontext Gesandtschaft auch richtig, schließlich vertreten wir alle unsere Familien, oder nicht?« Er richtet die Frage freundlich an eine Frau mit beängstigend leerem Gesicht und so hellen Augen, dass die Farbe der Iris mit den Augäpfeln verschwimmt.

»Dem allgemein üblichen Sprachgebrauch wiederspricht es«, sagt sie, und schaut mich bewusst nicht dabei an.

»Nur weil etwas immer auf eine Weise gemacht wird, bedeutet es nicht, dass es korrekt ist.« Vielleicht merke ich mehr Gewicht hinter seinen Worten, weil ich weiß, dass er mit ihnen nicht glücklich ist. So wichtig war mein Versprecher eigentlich gar nicht.

»Wie ist denn Ihr Name?«, fragt eine große, ältere Version von Émile. Ich nehme an, es ist sein Vater, den missbilligend zusammengekniffenen Augen nach zu schließen.

»Christian. Sir.«

»Versteht sich. Ich frage, wer Ihre *Familie* ist.«

Niemand. Wie deprimierend ist das denn? Es kostet mich wirklich Mühe, mir nichts anmerken zu lassen. »Äh … die Kilpatricks?«

Émiles Mama und Dad wechseln einen Blick. Irgendwie. Denn ihre Mienen ändern sich nicht, und doch habe ich das deutliche Gefühl, verurteilt zu werden. Das ist ihnen ja bestens gelungen. Mit so wenig Aufwand jemanden zu erniedrigen.

Émile tritt näher und legt den Arm um mich. »Er ist mein fester Freund«, sagt er, dann schenkt er mir einen verliebten Blick. »Und ich liebe ihn *sehr*.«

Die intim gesenkte Stimme, der Blickkontakt, der Duft seines Eau de Colognes in der Nase – all das macht es mir wirklich sehr schwer, mir zu vergegenwärtigen, dass das alles nur gespielt ist. Das grausame Glücksgefühl, das mich in Wellen durchströmt, ist nicht echt. Denn nichts davon ist es. Für einen Schauspieler tue ich mich verdammt schwer mit dieser kleinen Sache, dem *Schauspielern*.

Also nehme ich mich innerlich zusammen, nehme mir ein Beispiel an Émile und stupse ihn auf die Nase. In seinem Blick stehen Flammen, die mich an unsere echten gemeinsam erlebten Momente erinnern, und so wird es so viel einfacher, zu sagen: »Ich liebe dich auch, mein Engel.«

KAPITEL
FÜNFZEHN

ÉMILE

»UND WER IST BITTE DAS?«

Meine ganze Existenz erstarrt beim Klang dieser Stimme, auch wenn ich mein Bestes tue, mir nichts anmerken zu lassen. Christians beginnendes Stirnrunzeln macht deutlich, dass ich das nicht ganz geschafft habe, also setze ich eine fröhliche Miene auf und wende mich zu meiner Großmutter um. »Großmama, schön, dass du auch da bist!« Und weil ich wahrscheinlich alles abblasen und den Irrsinn des gesamten Plans neu bewerten werde, wenn ich noch lange zögere, drehe ich mich zu Christian, nehme seine Hände und lasse mich auf ein Knie sinken.

Mein Herz klopft mir bis zum Hals, was so gut wie völlig unerklärlich ist. Wir beide wissen, dass dies nichts bedeutet, aber die Last auf meinen Schultern droht, diesen Gedanken zunichte zu machen. Reden und Pläne schmieden ist eines, aber das hier ist … es ist …

Ich schaue auf, begegne Christians warmem Blick, und irgendwie ist die stressige Stimmung im ganzen Raum damit verschwunden. Ich bin in der Lage, mich auf ihn und mich zu konzentrieren, und das Große Ganze des Plans zu sehen.

Ich straffe meine Schultern und greife in die Tasche, um den Ring herauszuziehen.

Mir ist sehr bewusst, dass alle Stimmen um uns herum verstummen, aber es fällt mir schwer, mich einen Kehricht darum zu scheren. Die Worte kommen ganz einfach.

»Ich weiß, unsere Beziehung hat auf, nun ja, unkonventionelle Weise begonnen, aber du bist der beste Mensch, den ich je getroffen habe. Gut, selbstlos, freundlich zu solch hilflosen Gestalten wie mir.« Einer seiner Mundwinkel hebt sich, ein kleines, unartiges Aufblitzen: er weiß, worauf ich anspiele. Es mag vielleicht übertrieben klingen, aber nichts von dem, was ich sage, ist gelogen. »Würdest du mir die immense Freude machen, mein Ehemann zu werden?«

Und bei Gott, der gewitzte kleine Scheißer atmet zittrig durch, und eine Träne kullert ihm über die Wange. »Ja. Oh mein Gott, *ja*!«

Ich springe auf, stecke ihm den Ring an den Finger und umarme ihn.

Christian lacht leise an meinem Ohr. »Und, was hältst du jetzt von meinen Schauspielkünsten?«

»Ich glaube, ich habe mich gerade in dich verliebt.«

Er prustet leise und wir lösen uns voneinander, sofort umgeben von Familie, die alle ihre Glückwünsche loswerden wollen. Und so sehr ich es auch zu vermeiden versuche, ich schaue zu Großmama hinüber. Aus ihrem Blick ist jegliche Wärme verschwunden und die Kälte, die er ausstrahlt, macht sehr deutlich, warum so viele Leute Angst vor ihr haben.

Sie blickt zu Mama hinüber, die dieses eine Mal im Leben völlig überrascht aussieht. Ihre Augen sind größer, als ich sie je gesehen habe, während sie die Situation verarbeitet, aber noch bevor ich darüber staunen kann, eine echte menschliche Emotion an ihr zu sehen, tritt Clifford in mein Sichtfeld.

»Gratuliere.« Er streckt mir die Hand hin und seine Mundwinkel zucken, als er zu Christian hinüberschaut. »Interessante
Wahl, aber ich nehme an, unter Queers ist die Auswahl nicht allzu
groß.«

Ich drücke seine Hand etwas zu fest. »Wesentlich größer als
unter Männern ohne Persönlichkeit, die aussehen wie ein Ei –
aber danke für deine Anteilnahme.«

Er lächelt höhnisch. »Wie kann man sich nur so selbst belügen
und wahre Liebe sehen, wo nur geldgierige Pfoten sind.« Er
versucht sich an einer mitleidigen Miene, die in mir den Wunsch
auslöst, zu prüfen, ob er nicht gerade einen Schlaganfall
bekommt. Dann senkt er die Stimme. »Ich weiß genau, was du
vorhast.«

»Keine Ahnung, was du meinst.«

»Es hat also nichts mit Pas Testament zu tun, hm? Marthas
Familie macht in Öl – *Öl*, Emmy.« Er wirft Christian einen Seitenblick zu. »Was macht denn dein Junge so? Putzen? Lapdance?«

Christian räuspert sich. »Nicht ganz. Meine Familie hat *äußerst*
erfolgreich in Kryptowährung investiert.«

Clifford wirft allen Ernstes den Kopf in den Nacken und lacht.
»Hätte ich mir denken können.« Er knufft uns beide in die Schulter. »Na dann gutes Gelingen, Jungs.«

Ich spüre, wie ich mit den Zähnen knirsche, als er geht.

»Was für ein Flachwichser«, zischt Christian, und schon bin
ich wieder entspannt. »Ich kann verstehen, dass du den Kerl nicht
ausstehen kannst.«

Er hat recht. Die ganze Situation ist eine ekelerregende Misere,
und auch ich spiele meine Rolle dabei. Der Anstand ist uns so
anerzogen, dass ich noch nicht mal in der Lage bin, Clifford zu
sagen, dass er sich zum Teufel scheren soll, wenn er sich wie ein –
in Christians Worten – Flachwichser verhält. Dieses eine Mal
würde ich so gerne auf den Zirkus pfeifen. Ich kann den Tag
kaum erwarten. Sobald ich das Geld habe und weiß, was ich
damit anfangen werde, werde ich das alles hinter mir lassen und

mein eigenes Leben führen können. Dann brauche ich keine gute Miene mehr zum bösen Spiel zu machen.

Bei der Vorstellung allein schwirrt mir schon der Kopf.

»Émile?« Ich blicke zu der trockenen Stimme in Großmamas Richtung. »Komm bitte mal.« Sie wartet meine Zustimmung nicht ab, und uns ist allen klar, dass ich ihr folgen werde; dass auch Mama und Dad hinterherlaufen, ist aber kein gutes Zeichen.

»Ähm, soll ich mitkommen?«, fragt Christian.

»Wahrscheinlich besser nicht, ehrlich gesagt. Sicher werden nur widerliche Dinge über uns beide gesagt. Bleib du lieber bei Elle und probiere die Häppchen.« Der Süße sieht so besorgt aus, dass ich ihm einen Kuss auf die unrasierte Wange gebe. »Ich komme schon klar mit meiner Familie, es wird bestimmt gut gehen.«

»Ja, schon, aber mir gefällt die Vorstellung nicht, dass du ganz alleine da reingehen und ihnen gegenübertreten musst.«

»Das mache ich schon mein ganzes Leben, Liebling.« Ich lächle ihn sanft an. »Aber es ist wirklich lieb von dir, so Anteil zu nehmen.«

Er errötet, dann tritt er einen Schritt zurück. »Elle. Ich … gehe mal nach ihr suchen. Ja. Ich bin dann hier irgendwo.«

»Das wäre gut. Ich werde ein bisschen Augenschmaus brauchen, wenn ich wiederkomme.«

Er wird noch röter, ein wunderhübscher Anblick, aber die liebevollen Gedanken schiebe ich für den Moment beiseite und gehe in die Richtung, in der meine Eltern verschwunden sind. Den Flur entlang in das Studio auf der linken Seite. Gemälde aus Zeiten lange vor unserer Zeit zieren die makellos weißen Wände, und durch die riesigen Südfenster hat man einen perfekten Blick auf die Innenstadt von Seattle. Kerzengerade reckt sich die Space Needle in die Höhe, dem Himmel entgegen. Ich erinnere mich, wie ich sie in jungen Jahren betrachtet und mich gefragt habe, wie das wohl sein muss, ein so mächtiges Symbol zu erschaffen.

Großmama sitzt kerzengerade auf einer Chaiselongue, meine Eltern dicht nebeneinander auf der Couch seitlich davon.

Ich entscheide mich, stehen zu bleiben. Illusionen über das Machtgefälle zwischen mir und den drei Personen, die mich anstarren, habe ich keine.

»Was verschafft mir denn diese Ehre? Wolltet ihr mir etwa privat gratulieren?«

»Wohl kaum.« Mit Großmamas Stimme könnte man Glas schneiden, und Mama schaut mit wie immer undurchsichtiger Miene zu ihr hinüber.

»Wie bitte?«

»Wer ist diese *Person*, die du in das Haus deiner Eltern gebracht hast?«

»Mein Freund – nun, Verlobter, sollte ich besser sagen. Habt ihr den Ring gesehen? Er ist wirklich exquisit, auch wenn ich es selbst sage.«

Sie hebt den Blick, und ihre Miene wird so kalt, dass mir ein kleines Rinnsal der Angst die Wirbelsäule hinunterläuft. »Niemand hat bis heute von ihm gehört.«

»Weil ich nicht eure Zeit damit verschwende, euch jeden Mann vorzustellen, mit dem ich liiert bin. Wir kennen uns aus Amsterdam und führen seit einigen Monaten eine Fernbeziehung. Aber er ist es. Ich wusste es schon, als ich ihn zum ersten Mal gesehen habe.« Mehr oder weniger. »Er wird ausgezeichnet in die Familie passen.«

Dad lacht laut und bitter. »Du glaubst doch wohl selber nicht, dass du diesen Mann heiraten wirst.«

Ich zeige mit dem Daumen über meine Schulter. »Habe ich ihm nicht soeben einen Heiratsantrag gemacht?«

»Diese Dinge haben nach einem System zu funktionieren. Clifford war schon mehrere Monate mit Martha zusammen, bevor er ihr einen Heiratsantrag gemacht hat. Er hatte den Segen beider Familien. Sie hatten bereits das Finanzielle arrangiert, Geschäftsanteile ausgehandelt, eine Liste von Pflichten und Zuständigkeiten vereinbart für solche Dinge wie Instandhaltung, Kinder, Haushalt–«

Ach du lieber Gott. Ich bin nicht nur erleichtert, dass die Ehe mit Christian frei erfunden ist, sondern auch doppelt froh, dass ich darauf verzichtet habe, im Voraus mit meinen Eltern darüber zu sprechen. *Verhandlungen um Kinder?* Na klar. Christian, du bekommst das erste, ich das zweite, alles klar?

Ich will ja noch nicht mal Kinder, verdammt nochmal.

Aber ich wusste schon, dass sie das alles sagen würden. Oder zumindest Dinge in dieser Art. Ich bin also auf die Ablehnung vorbereitet.

Ich nicke, als würde ich ihnen zustimmen. »Ihr habt recht. Ich hätte das vorher mit euch besprechen sollen. Ich habe mich von der Romantik der ganzen Sache hinreißen lassen. Meine ganze Familie versammelt, die Liebe meines Lebens an meiner Seite, ein wunderschöner Raum mit einer wunderbaren Aussicht ... es fühlte sich an, als sollte es einfach so sein.« Ich lasse den Kopf sinken. »Aber ich verstehe das schon. Ich gehe wohl besser wieder hinüber und teile meinem Verlobten mit, dass die ganze Hochzeit abgesagt ist. Am besten bringe ich es gleich hinter mich, nehme ich an, solange alle hier sind, dann muss ich sie nicht alle einzeln kontaktieren, um die Nachricht zu verkünden ...«

Ich wage es nicht, aufzublicken, aber die Stille, die folgt, ist gewichtig, und die unausgesprochene Missbilligung verschlägt mir fast den Atem. Wie so oft in angespannten Situationen habe ich den verrücktesten Impuls, in irres Gelächter auszubrechen, und wie es mir gelingt, mich zusammenzunehmen, ist mir ein Rätsel.

»Das kommt überhaupt nicht infrage.«

Wenn ich eine Spielernatur wäre, hätte ich nicht darauf gewettet, dass es meine Mutter sein würde, die zuerst spricht.

»W–was meinst du?«, stelle ich mich überzeugend dumm.

»Das hast du dir jetzt eingebrockt, also musst du es auch

auslöffeln. Niemals würde ich zulassen, dass mein Sohn ein einmal gegebenes Versprechen nicht einhält.«

»Carina«, sagt Dad scharf. »Wir können nicht zulassen, dass unser Geld diesem Niemand in die Hände fällt.«

»Großvaters Geld«, verbessere ich aalglatt. Im Testament nicht bedacht zu werden ist nach wie vor ein wunder Punkt für ihn, und ich will verdammt sein, wenn ich hier rausgehe, ohne selbst auch ein paar Seitenhiebe zu verteilen.

»Was *tut* dieser Junge eigentlich?«

»Er ist der Alleinerbe eines großen Kryptowährung-Vermögens.«

Dad erhebt die Hände. »Spielgeld. Scheinvermögen. Verdammt nochmal, Émile, ich hätte dich für schlauer gehalten!«

»Zweistellige Millionenbeträge sind nicht wirklich Spielgeld.«

Er plustert sich missbilligend auf; es mag sicher viel Geld sein, aber gegen unser Vermögen ist es trotzdem nur ein Klacks.

»Neues Geld ist immer ein Risiko«, sagt Großmama bedächtig. »Es hat seinen Grund, dass wir darauf achten, wen wir heiraten. Diese … *Menschen* kennen weder Tradition noch Geschäftsgebaren. Sie verpulvern ihr Geld für billige Abenteuer und geschmacklose Autos, und wenn es ihnen alles über den Kopf wächst, verschwinden sie wieder. Bei uns hat es seit Jahrhunderten keine Scheidungen gegeben; ich werde nicht zulassen, dass diese Verbindung zustande kommt und *dieser Junge* alles, was wir aufgebaut haben, zum Gespött werden lässt.«

Es erfordert eine Herkules würdige Kraftanstrengung, meine Klappe zu halten, aber irgendwie gelingt es mir. »Ich verstehe.«

»Beende. Es.« Ihr stechender Blick führt fast dazu, dass ich einwillige, aber glücklicherweise kommt Mama mir zuvor.

»Denk an den Klatsch. Den Skandal.« Nichts an ihrer Miene oder ihrem Tonfall lässt vermuten, dass sie über etwas anderes als das Wetter spricht. »Du weißt doch, wie die sozialen Medien heute sind – ich wäre wirklich überrascht, wenn sich die Nachricht von dieser Verlobung noch nicht wie ein Lauffeuer verbreitet hätte.«

»Soziale Medien«, knurrt Dad. Für einen Mann, der sich für zivilisiert hält, legt er ein sehr animalistisches Verhalten an den Tag, wenn er wütend ist.

Ich wippe auf den Absätzen, versuche mein schieres Desinteresse an diesem Gespräch zu vermitteln. Was auch immer sie jetzt zu entscheiden glauben – wenn ich hier fertig bin, werde ich nichts weiter tun als Zeit mit meinem Scheinverlobten zu verbringen. Obwohl – kann man immer noch von Schein sprechen, wenn ich einen Ring gekauft und einen Heiratsantrag gemacht habe, und er ja gesagt hat? Mir wird ganz schwindelig von der Semantik.

Großmama hat die auf dem Schoß verschränkten Hände angespannt. Es ist das einzige sichtbare Anzeichen dafür, dass sie die Situation nicht unter Kontrolle hat. Ich habe diese Geste erst dreimal bei ihr gesehen.

Einmal, als *der* Präsident an die Macht kam, das zweite Mal, als eines unserer Lagerhäuser von einem Sturm vernichtet wurde, und bei Pas Beerdigung.

»Jetzt hast du dich festgelegt, Émile. Und möge Gott dir beistehen, wenn du dieser Familie Schande machst.«

Mein Lächeln ist selbstzufriedener als geplant. »Keine Sorge, ich glaube nicht, dass das zum jetzigen Zeitpunkt möglich wäre.«

Ich habe das gute Gefühl, dass alles nach Wunsch läuft, als wir in den großen Raum zurückgehen, aber mir wird augenblicklich klar, dass etwas vorgefallen sein muss. Elle steht am Teetisch und lacht sich kaputt, Christian neben ihr, knallrot angelaufen, die Hände erhoben wie ein ertappter Spanner. Immerhin macht er dieses Mal keine Trek-Wars-Zeichen.

Ich trete vorsichtig näher und höre Christian Entschuldigungen stammeln.

»Was ... was ist denn hier los?«, erkundige ich mich.

Mein Cousin Neil antwortet zuerst. »Dein kleiner Betthase hat mir an den Hintern gefasst!«

Ach Herrje. Da ist wieder das Bedürfnis, hysterisch zu lachen.

»Aha ...«

»Ich dachte, du bist es«, sagt Christian atemlos, während er nach Luft schnappt wie ein Fisch auf dem Trockenen.

Man muss ihm zugutehalten, dass Neil und ich uns wirklich auffällig ähnlichsehen. Außerdem kommt mein Ring wirklich toll zur Geltung, wenn er so die Hände hebt.

»Ich weiß unaufgefordertes Grabschen gar nicht zu schätzen«, sagt Neil scharf.

Ich verziehe das Gesicht. »Ja, das ist einer der großen Unterschiede zwischen uns beiden. Vielleicht wusste die Hand meines Verlobten das Gefühl eines fremden Hinterns genau so wenig zu schätzen. Einer fremden *Pobacke*, um genau zu sein.«

Noch bevor Neil begreift, was ich gesagt habe, verdrehe ich die Augen Richtung Elle und bugsiere Christian beiseite.

»Ich kann dich wirklich keine zwei Sekunden aus den Augen lassen, stimmt's?«, frage ich gutmütig.

»Tut mir leid. Ich dachte *wirklich*, du bist es, sonst hätte ich niemals –«

Ich unterbreche ihn mit einem schnellen Kuss. Weil ich an der Öffentlichkeit bin und es tun darf. Es geht nur darum, den Eindruck zu wahren, weiter nichts. Ich nutze die Situation nicht aus. Und ich ziehe den Kuss definitiv nicht eine Sekunde mehr in die Länge als ich eigentlich wollte.

Als ich mich von ihm löse, lächelt er. »Ich habe also keinen Ärger?«

»Überhaupt nicht. Im Gegenteil. Ich bestehe darauf, dass du dich nie änderst.«

»Das könnte ich gar nicht, selbst wenn ich wollte.«

»Eine Frage habe ich aber. Wie konntest du uns verwechseln, bei dem riesigen Stock, den Neil im Arsch hat?«

Er lacht. »Du hast recht. Keine Ahnung, wie ich den übersehen habe.«

»Tja, das war also die erste Begegnung. Jetzt hast du Zeit, zu üben. Wir haben es geschafft. Glückwunsch, Fremder – nun hast du mich am Hals.«

Er lässt die Hand an meiner Seite hinunter wandern, dann verflicht er unsere Finger. Und selbst nach der kurzen Zeit fühlt es sich schon so an, als gehörten sie da hin.

»Das ist keine so schlimme Drohung, wie du zu glauben scheinst.«

KAPITEL
SECHZEHN

CHRISTIAN

ES FÜHLT SICH AN, als würde der Nachmittag den Atem anhalten, während Émile und ich nebeneinander durch den Gas Works Park schlendern. Am Horizont ziehen graue Wolken auf, aber hier scheint noch die Sonne, und die Rasenflächen sind mit Grüppchen von Familien und Freunden bevölkert. Das Wasser beginnt, zurückzuweichen, also sind nur noch wenige Kajakfahrer und Boote draußen.

Wir laufen entspannt und schweigend an der Ruine der alten Gasanlage vorbei zum Aussichtspunkt. Nach der Intensität der vergangenen Wochen ist es genau das, was ich brauche.

Abgesehen von einem größeren Löffel.

Ich funkele das Utensil an, mit dem ich in meinem Eisbecher herumstochere. Wie soll man denn mit diesem Ding mehr als ein paar Tropfen auf einmal löffeln? Ich sehe Émile von der Seite an und beobachte ihn ungeniert beim Essen. Er fängt das Eis mit der Zunge auf, lutscht lasziv am Eislöffel, wobei er seine Wangen einzieht, dann macht sein Adamsapfel eine köstliche Hüpfbewegung beim Schlucken.

Ich fluche, aus Versehen in voller Lautstärke.

»Was ist denn los?«, fragt Émile mit diesem Lachen in der Stimme, das er irgendwie ständig zu unterdrücken scheint. Ich weiß gar nicht, was ihn dauernd so belustigt, aber ich würde das auch gerne können: Die Welt betrachten und komisch finden, anstatt ständig solche Angst zu haben.

Ich stöhne, denn eigentlich will ich ihm nur ungern verraten, was in meinem Kopf vorgeht. Er ist mir gegenüber weniger zurückhaltend. Und je mehr Zeit ich mit ihm verbringe, desto mehr gewöhne ich mich an den Gedanken, dass er mich nicht als Loser bezeichnen wird, der keine Zukunft hat, oder was auch immer meine Exfreunde so über mich zu sagen hatten. Ich beschließe, den Mund aufzumachen. Ich konnte mir sowieso noch nie besonders gut Dinge verkneifen. »Ich fühle mich immer noch so zu dir hingezogen.«

Und er *stirbt* fast vor Lachen.

Als er sich endlich beruhigt hat, schweigen wir wieder, aber ich lächle jetzt.

Dann stochere ich in meinem Eis. Der Löffel ist nach wie vor zu klein.

Émile grinst und nimmt ihn mir weg. Dann kippt er seinen Becher und beißt vom Eis ab. Jetzt hat er ein bisschen an der Nase.

»Das hat doch sicher geholfen, oder?«, fragt er.

Ich reibe seine Nase mit dem Daumen ab. »Japp, das war's mit dem Sexappeal.« Aber ich versuche, es ihm nachzutun und das Eis direkt aus dem Becher zu essen/in meinen Mund zu träufeln.

Ich kleckere.

Er kleckert.

Aber je klebriger und verschmierter ich bin, desto weiter wird mein Herz.

Wir erreichen den Aussichtspunkt und lehnen uns ans Geländer. Es ist voller Aufkleber, Graffiti und Rostspuren, aber man sieht direkt über den Lake Union hinweg die stolze Silhouette von Seattle.

»So viele Dinge über dich sind mir noch ein Rätsel«, sagt Émile. »Zum Beispiel weiß ich schon, dass du mit Kuchenglasur köstlich schmeckst, aber ich habe keine Ahnung, wie das mit Eis ist.« In seinen Augen leuchtet etwas auf. »Und mein Cousin weiß jetzt, wie es sich anfühlt, in der Öffentlichkeit von dir an den Arsch gefasst zu bekommen, aber das hast du bei mir bisher nur nackt gemacht. Als dein Verlobter sollte ich diese Dinge über den Mann, den ich heiraten werde, doch wohl wissen.«

Ich wende mich schmunzelnd wieder meinem inzwischen halb geschmolzenen Eisbecher zu und kippe ihn so, dass er meinen Mund und meine Nase bedeckt.

»Upps.«

Émile sieht regelrecht *beglückt* aus. »Lass mich dir helfen.« Er packt mich am Hemd und zieht mich so nah an sich, dass er mit der Zunge über meinen Mund und meine Nase fahren kann, und als ich sein warmes, genießerisches Stöhnen spüre, fasse ich ihm unwillkürlich an den Hintern.

Und er hat recht.

Ich hätte sofort wissen müssen, dass Neil nicht er war.

Émiles Arsch ist einzigartig.

»Mein Zukünftiger ist also nicht zu scheu, in der Öffentlichkeit handgreiflich zu werden«, sagt er. »Das ist ein großes, dickes Plus für unser zukünftiges gemeinsames Leben.«

Oh Mann. Ich wende mich ab, räuspere mich und wünsche mir, dass ich meinen Löffel wieder hätte, um ziellos in meinem Eis stochern zu können. Es wird langsam gefährlich einfach, sich in dieser Lüge zu verlieren. Seit Wochen schmieden wir Hochzeitspläne, besprechen Details und sind mit diversen obskuren Familienmitgliedern verabredet, die nicht da waren, als er mir den Heiratsantrag gemacht hat. Und obwohl sich ein Großteil meines Lebens inzwischen um diese Hochzeit dreht, gelingt es mir, sie zu vergessen, wenn Émile und ich zu zweit sind.

Ich lecke mir die Lippen, dann schaue ich zur Space Needle hinüber.

Ich spüre Émiles knochigen Ellbogen an meinem Arm. »Du bist plötzlich so in dich gekehrt.«

»Ja. Tut mir leid. Ich komme sonst hierher, wenn ich nachdenken muss, wenn mir alles zu viel wird.«

»Das muss dir nicht leidtun. Es spricht nichts dagegen, in Gedanken zu sein. Aber wenn du etwas davon loswerden willst, bin ich immer gerne bereit, zuzuhören.«

»Ich glaube, ich rede schon viel zu viel mit dir.« Ich werfe ihm einen kurzen Seitenblick zu, dann schaue ich wieder aufs Wasser. »Wir kennen uns noch gar nicht lange, und schau mal, wo wir stehen.«

»Am Lake Union? Ich sage es ja nicht gern, aber ich bin nicht zum ersten Mal hier.«

»Ehrlich? Und ich dachte immer, ihr Snobs aus Maple Park lasst euch nie herab, den GP District zu besuchen.«

Émile ist ungewöhnlich still, während er seine Hände anstarrt. »In meinen jungen Jahren war ich oft mit meinem Großvater hier, zum Drachensteigenlassen. Als ich klein war sehr oft, später, als ich ins Internat geschickt worden war, bei meinen Besuchen zu Hause. Einmal haben wir selbst einen Drachen gebastelt. Das war … kurz bevor ich nach Cambridge gegangen bin. Es war unter der Woche, und hier war wenig los, weil das amerikanische Schuljahr bereits begonnen hatte. Er war so begeistert, als wir ihn zum Fliegen gebracht hatten, auch wenn er nicht die beste Aerodynamik hatte.«

»Du? Konntest mal etwas nicht gut?«, frage ich mit gespieltem Entsetzen.

»Er ist ganz okay geflogen, aber die Wright Brothers waren wir nicht.« Émiles Miene verdüstert sich, und das gefällt mir nicht. Er hat ein Gesicht, das immer lächeln sollte. Seine Lippen sollten das stets bereite Lachen zurückhalten. Seine Augen sollten belustigt aufblitzen. Jetzt sieht er ganz verschlossen aus. »Das war das letzte Mal, dass wir hier waren.«

»Tut mir leid.«

Er schüttelt abwehrend den Kopf. »Dieses Drachensteigen-lassen – ich hatte schon mit zehn Jahren nicht mehr so viel Spaß daran, aber er hat es geliebt. Ich habe es ihm zuliebe gemacht. Er war der Einzige in meiner Familie, der sich verhalten hat, als wäre man ihm nicht egal.«

»Deine Schwester?«

»Wir waren damals ... anders. Natürlich haben wir uns gegen-seitig immer den Rücken freigehalten, aber wir haben verschie-dene Schulen und später Colleges besucht. Sie war – und ist immer noch – genauso verloren wie ich. Was uns verbindet, ist das Familientrauma. Pa dagegen ... hatte mich einfach lieb.« Émile scheint plötzlich zu erschrecken. »Sorry. Da rede und rede ich, ausgerechnet mit dir, wo du doch ... nun ja –«

»Gar keine Familie habe?«

»Also *so* hätte ich es jetzt nicht ausgedrückt.«

»Wieso denn nicht?« Es ändert nichts an den Tatsachen, wenn man es anders formuliert. »Es stimmt ja. Ehrlich gesagt ist es schon eine Erleichterung, zu wissen, dass nicht sämtliche Famili-enmitglieder Kackbratzen sind.«

»Wie war das?«

Ich zucke die Achseln. »Es schien mir passend.«

»Ich kann nicht widersprechen.«

Jetzt bin ich es, der ihn mit dem Ellbogen anstupst. »Erzähl mal von deinem Pa.«

»Ehrlich?«

»Ich habe dich gerade total vollgetextet mit allem, was mir durch den Kopf geht. Immerhin ist das etwas, was wir beide vermissen. Meine Großeltern waren früher auch super. Bis sie es nicht mehr waren.«

Mit einem tiefen Seufzer hakt er sich bei mir unter und drückt meinen Arm. »Pa war ... unglaublich reich. Familienoberhaupt, hat Großmama angebetet, obwohl ich nie zwei Menschen gesehen habe, die so wenig zusammengepasst haben. Das hat ihr glaube ich gefallen. Dass er so hin und weg von ihr war, dass er ihr nur zu gerne die inoffizielle Kontrolle über die Familie übertragen hat, während er mit seinem Spielzeug beschäftigt war. Diese Zerstreutheit hat sie ausgenutzt, und er hat so gut wie nie Nein gesagt.«

»Was für Spielzeug?«, frage ich, bevor er anfängt, sich aufzuregen. »Nur damit das klar ist: Wenn es um Dildos und Fleshlights gehen sollte, bin ich raus.«

Er lehnt sich in meine Berührung. »Spielzeugeisenbahnen. Er war Sammler. Trainspotter, ein … *Eisenbahn-Fan.* Immer wenn ich ein paar Tage frei hatte, habe ich mich in den Eurostar gesetzt und ihm Fotos von verschiedenen Zügen und Bahnhöfen geschickt. Er war selbst mehrfach überall in Europa unterwegs, aber er hat sich immer so über diese Fotos gefreut. Er hat mich angerufen, wenn ich im Zug saß, um sich die vertrauten Geräusche und das Geklapper anzuhören. Die Zugpfeifen.« Émile lacht, ein leises, privates Lachen, für ihn und seine Erinnerungen. »Die Alzheimer-Diagnose kam während meines letzten Jahres in Cambridge. Gestorben ist er vor etwas über einem Monat.«

»Was mochtest du am liebsten an ihm?«

»Er war immer wie ein Vagabund angezogen, wenn ich ihn zu Hause besucht habe, und wenn er angetrunken war, wurde sein französischer Akzent so stark, dass ihn keiner mehr verstanden hat.«

»Den Landstreicher-Look habe ich auch perfekt drauf. Kein Wunder, dass du die Finger nicht von mir lassen konntest.«

»Du erinnerst mich tatsächlich auf bestimmte Weise ein bisschen an ihn, und bevor du das jetzt schräg findest, ich meine das nur komplett angezogen und jugendfrei.« Er hebt eine Augenbraue in meine Richtung, aber hey, sogar mir ist klar, dass anzügliche Witze über tote Opas von schlechten Manieren zeugen würde.

»Okay, was meinst du denn genau?«

»Ihr seid beide anständige Menschen.«

Ich deute auf mich. »Ich habe die Hochzeit meiner Cousine ruiniert. Nächster Versuch.«

»Aber doch nicht mit Absicht.«

»Muss ich dich erinnern, dass wir uns kennengelernt haben, weil ich meiner gesamten Familie etwas vorgaukeln wollte?«

»Vielleicht, aber nicht aus Rachsucht. Du wolltest dich nicht als etwas Besseres ausgeben als die. Du hast dich so nach Unterstützung und Respekt von ihnen gesehnt, und das, ehrlich gesagt, obwohl keiner von ihnen, vielleicht mit Ausnahme deiner Cousine, auch nur eine Sekunde deiner Zeit verdient hat.«

Ich werfe ihm einen spöttischen Blick zu. »Und du hast sie verdient?«

»Das wird sich noch zeigen, aber ich hoffe doch sehr, verdammt nochmal.«

Ich drücke seinen Arm und fühle mich selbstzufrieden. Ich wollte, ich wäre so wortgewandt wie er, um ihm sagen zu können, dass auch er ein verdammt toller Mensch ist. Weit über das hinaus, was ein *guter* Mensch ist. Er ist wie ein Licht. Das die Menschen um ihn herum strahlen lässt, bis er selbst erlischt. Alles, was ich bisher davon gehört habe, was er tut, tut er für andere.

»Ich veranstalte demnächst einen Benefizabend. Zugunsten der Alzheimerforschung. Ich hoffe, du kommst auch.«

Sehen Sie? Genau das meine ich. »Natürlich komme ich.«

Den ganzen Kram für die Hochzeit habe ich mir vielleicht nur ausgedacht, um respektiert zu werden, aber es ging letztendlich immer um *mich*. Geistesabwesend taste ich nach dem Verlobungsring und drehe daran, während ich mich frage, ob Émile eigentlich jemals etwas nur für sich selbst tut.

»Dein Pa war also ein guter Mensch?«, frage ich, ohne dass ich es eigentlich aussprechen wollte.

»Ich weiß nicht so recht. Zu mir war er auf jeden Fall gut, und ich würde auch gerne Ja sagen, aber dann muss ich an den Brief denken, und fange an, es in Frage zu stellen. Er hatte sein gesamtes Leben lang all dieses Geld, und hat nichts damit gemacht. Das hat er erst bereut, als er krank wurde, und es zu spät war. Ich weiß nicht, was er für ein Vater war, aber meine Mama ist nicht allzu toll geworden, und ich habe keine Ahnung, wie er bei der Arbeit war. Mit Angestellten ...«

Émile hat sicher recht. Was im Brief von seinem Pa steht – das war zu wenig und zu spät. Bestimmt hat er sich einiges zuschulden kommen lassen, auch wenn es nur durch Achtlosigkeit oder Naivität geschehen ist. Andererseits – was soll es denn jetzt noch? Wenn meine Großeltern schon vor meinem Coming-out gestorben wären, hätte ich dann wissen wollen, dass ihre Liebe zu mir Bedingungen hatte? Dass sie Fehler hatten? Wohl kaum. Also schlucke ich meine Zweifel hinunter und sage: »Da du ihn das jetzt nicht mehr fragen kannst, hat es keinen Sinn, dir die Erinnerungen kaputt zu machen, indem du dir darüber den Kopf zerbrichst. Es klingt, als wäre er toll gewesen. Dafür darfst du ihn liebhaben. Ohne Schuldgefühle.«

»Danke.« Die Erleichterung auf Émiles Miene ist die Lüge wert. Dieses eine Mal.

»Ab Montag werden wir uns nicht mehr so oft sehen können«, erinnere ich ihn. Nach der Premiere werden meine Tage komplett voll sein. Ich werde oft müde und schlechter Laune sein, den Rest der Zeit aufgeregt und aufgedreht. Meine Zeit wird begrenzt sein. Wie haben viel über die kommenden drei Wochen gesprochen, und dass wir bei der Hochzeitsplanung eine Pause einlegen müssen, denn letztendlich sind mein Stück und meine *Karriere* echt – die Ehe nicht.

Das darf ich nicht vergessen.

KAPITEL
SIEBZEHN

ÉMILE

CHRISTIAN: *Mist. Hast du das schon gesehen?*

Ich klicke auf den Link, den er gesendet hat, und da prangt ein gestochen scharfes Foto, einschließlich des verdammten Rings, von Christian und mir beim Spazierengehen im Gas Works Park. Gleich unter der schmeichelhaften Überschrift im *Seattleite*: »Logistik-Erbe Émile Cromwell mischt sich mit einem Unbekannten unter das gemeine Volk.« In dieser schlechten Entschuldigung für einen Artikel sind weder der Ring noch die Verlobung auch nur erwähnt, aber ein kurzes Überfliegen der Kommentare zeigt, dass der Ring nicht unbemerkt geblieben ist.

Mist.

Normalerweise sind solche Verlobungen keine Überraschung. Dann ist ein Fotograf zur Stelle, bereit, offizielle Fotos für die Bekanntmachung zu schießen, aber da der Tag so in Missbilligung der Familie und dem Vorfall mit Neils Po untergegangen ist, war es nicht allzu weit oben auf meiner Prioritätenliste.

Aber jetzt wird spekuliert. Entweder ist Christian mit jemand

anderem verlobt und hat eine Affäre mit mir, oder Émile Cromwell ist offiziell vergeben. Meine Familie anzulügen ist eins, aber
wenn wir damit auffliegen, die ganze Welt anzulügen, wären die
Folgen etwas weitreichender.

Ich: *Alles okay bei dir?*

Christian: *Glaube schon. Nur bisschen komisch, mein Gesicht auf
irgendeiner beliebigen Klatsch-Website zu sehen.*

Ich erwähne besser nicht, dass es sich wahrscheinlich über das
gesamte Internet verbreiten wird, nachdem es veröffentlicht
wurde. Da niemand in meiner Familie im klassischen Sinne
berühmt ist – das wäre den Cromwells auch viel zu gewöhnlich –
bleiben wir normalerweise verschont von der amerikanischen
Besessenheit von Prominentenkultur. Wir werden nur behelligt,
wenn einer von uns sich etwas zuschulden kommen lässt – was
zum Glück selten vorkommt – oder wenn es in der Familie große
Veränderungen gibt. Aber wir sind vermögend und mächtig, da
wir die gesamte Welt mit Waren versorgen. Das bedeutet, dass wir
immer einer gewissen Aufmerksamkeit unterliegen.

Pas Tod hatte eine ganze Reihe Spekulationen zur Verteilung
der Erbschaft nach sich gezogen, unter anderem, wer Vorstands-
vorsitzender werden würde; ich hatte gesehen, dass über meine
Rückkehr nach Amerika berichtet wurde, was dahingehend inter-
pretiert wurde, dass ich bereit war, mich niederzulassen und
selbst eine Familie zu gründen. Spekulationen über Darcy und
mich hatte es schon eine ganze Weile gegeben, und mir war klar,
was ich tat, als ich mich beim Kauf des Verlobungsrings fotogra-
fieren ließ.

Der Nachmittag im Park dagegen war Privatsache. Ein stiller
Moment. Keiner von uns hatte sich verstellt, und keiner von uns
spürte das überwältigende Gewicht unserer Handlungen. Ich
hatte ihm Dinge erzählt, die sonst niemand weiß, und ihm ist vielleicht nicht klar, was es bedeutet, dass ich über Pa gesprochen
habe, aber ich weiß, dass wir uns in diesem Augenblick nähergeー
kommen sind.

Ich: *Wie lief es heute Abend? Hast du dir Hals und Beine gebrochen?*

Christian: *Zum Glück nicht wirklich. Aber ja, es lief ziemlich gut.*

Ich: *Nur »ziemlich gut«? Du meinst, ich darf dich die ganze Woche nicht sehen, weil du deinen Traum lebst, und dieser Traum ist einfach nur »ziemlich gut«?*

Christian: *Okay, Klugscheißer. Es lief großartig.*

Ich lächle, und in meiner Brust breitet sich ein glücklicher Schmerz aus, während ich mich aufs Bett fallen lasse.

Ich: *Was war denn das Beste?*

Christian: *Ist bisschen schwer zu erklären. Die Atmosphäre vielleicht? Es ist so eine Art ... Anspannungsknäuel, das alles umgibt, und dann betritt man die Bühne, es löst sich auf, und man hebt verdammt nochmal ab. Ich darf ein paar Stunden lang jemand ganz anderer sein, und mein Hirn schaltet sich einfach ab.*

Ich: *Keine Katastrophen?*

Christian: *Nö. Wir proben so viel, dass uns alles in Fleisch und Blut übergeht. Ich muss nicht über jedes einzelne Ding nachdenken, das ich tue. Es ist der einzige Ort, an dem ich keine Angst habe, alles zu ruinieren.*

Ich: *Das mit mir ruinierst du doch auch nicht.*

Ich kann sehen, dass er meine Nachricht gelesen hat, aber er antwortet nicht sofort. Er tippt nicht, und je länger sich die Pause hinzieht, desto weniger bekomme ich Luft, bis die Punkte endlich wieder erscheinen.

Christian: *Langsam fange ich an, das tatsächlich zu glauben.*

Es ist vielleicht nur ein Anfang, aber ich nehme es. Wir müssen einander vertrauen, damit die Sache funktioniert, aber es geht darüber hinaus. Ich will dafür sorgen, dass es Christian gut geht. Ich will, dass er sich wohl fühlt und weiß, was er wert ist. Und bis das zwischen uns wieder vorbei ist, habe ich fest vor, ihm zu zeigen, wie toll er ist.

Aus, ähm, keinem anderen Grund außer der Tatsache, dass er es verdient hat.

Ich schicke ein Luftkuss-Emoji zurück und rolle mich auf den Bauch. Das E-Mail-Programm auf dem Laptop ist offen, denn ich stecke tief in der Planung der Benefizveranstaltung. Es fühlt sich toll an, an etwas zu arbeiten, das mir am Herzen liegt. Etwas, das ich gut kann. Immer, wenn ich für eine Weile in den Staaten bin, muss ich arbeiten, und der einzige Bereich des Familienunternehmens, den ich überhaupt Interesse habe, anzufassen, sind die Wohltätigkeitsveranstaltungen. Sicher wurden sie ursprünglich ins Leben gerufen, um Steuern zu senken und schlechte Presse zu reduzieren, aber trotz der zweifelhaften Ursprünge ist es der Teil, der mir tatsächlich gefällt.

Denn die Menschen haben kein Problem damit, zu vergessen, dass die riesigen Schiffe die Meere verschmutzen, wenn man gleichzeitig eine Stiftung zum Schutz der Meeresflora und -fauna ins Leben ruft.

Das Problem zu *lösen* ist nicht so wichtig, wenn man nachträglich Geld in die richtige Richtung wirft.

Es mag die fadenscheinigste aller Rechtfertigungen sein, aber Güter müssen nun mal um die Welt transportiert werden; ich wünschte nur, dass der Preis dafür nicht so hoch wäre. Ich werde das Reuegeld meiner Familie nehmen und so viel wie irgend möglich daraus machen.

Meine Wohltätigkeitsveranstaltung wird nichts mit dem Unternehmen zu tun haben, aber ich habe inzwischen genügend Erfahrung, um zu wissen, was ich tue.

Ich habe schon eine Auswahl von Locations und eine Liste von Caterern zusammengestellt, die ich ausprobieren werde, ich weiß, bei welchen Kontakten ich mich melden werde, um nach Spenden zu fragen, sowie eine vorläufige Gästeliste aufgesetzt. Aber jedes Mal, wenn ich versuche, mich zu konzentrieren, wandern meine Gedanken eigensinnig wie von selbst zu Christian zurück. Ich wünschte, ich könnte schmollen und ihm sagen, dass ich ihn vermisse, aber ich verkneife es mir. Dieses Stück ist ihm wichtig, und es läuft nur drei Wochen. Er braucht meine Unterstützung, und ich sollte ihn nicht von etwas ablenken, für das er so hart gearbeitet hat.

Und doch ist es schwer, nicht dauernd aufs Handy zu schielen, um nach einer Antwort zu schauen, obwohl mir klar ist, dass er mit dem Ensemble etwas trinken gegangen ist und dann nach Hause wollte, um sich auszuschlafen. Es ist die letzte Vorstellung dieser Woche gewesen, und die nächsten beiden Tage sind frei. Unseren Telefonaten nach scheint er erschöpft zu sein.

Und seine Abwesenheit bei den Mahlzeiten mit der Familie ist auch aufgefallen.

Ich wiegele schon die ganze Woche Fragen ab: nach den Schulen, die Christian besucht hat, nach den Freunden seiner Familie, ob er lieber jagt oder Polo spielt – ich habe immer noch Dads höhnisches Lachen im Ohr, mit der er meine Erinnerung daran quittiert hat, dass Amerikaner kaum Ahnung davon haben, was Polo ist.

Viel habe ich nicht verraten, aber es ist nur eine Frage der Zeit, bis sie herausbekommen, dass Christian von seiner Familie verstoßen wurde und keinen roten Heller erben wird. Das würde mir persönlich zwar nichts ausmachen, aber bei ihnen würde es zum Eklat führen.

Sie können aber zu ihrem Leidwesen zum jetzigen Zeitpunkt buchstäblich nichts mehr unternehmen.

Hm … je früher wir an die Öffentlichkeit gehen, desto weniger können sie sich in unsere Beziehung einmischen.

Eine Trennung, wenn unsere gesellschaftlichen Kreise schon von dem Heiratsantrag wissen, ist eine Sache, aber es auf internationaler Ebene zu tun? Das könnte Großmama ins Grab bringen.

Ich: *Wir werden unsere Beziehung öffentlich machen müssen. Lieber früher als später. Ich weiß, du hast nächste Woche nur zwei freie Tage, aber könnte ich vielleicht für dann etwas planen?*

Christian: *Was meinst du mit »planen«?*

Ich: *Einen Fotografen engagieren. Vielleicht jemanden, der die Anzeige für die New York Post schreibt.*

Christian: *Jesses.*

Ich: *Ich weiß, es ist ein bisschen viel.*

Christian: *Du hattest mich ja gewarnt, aber ich glaube nicht, dass mir klar war, wie GROSS alles sein würde.*

Ich: *Hast du jetzt Zweifel?*

Christian: *Nein, verdammt. Es kommt mir nur so albern und übertrieben vor.*

Ich: *Ja ... mir auch.*

Christian: *Sorry. Aber ja klar, ich mache alles mit. Sag einfach Bescheid.*

Natürlich wird er das. Selbst wenn wir für unser Ankündigungsfoto aus einem Flugzeug springen müssten, würde er es tun. Ich muss trotzdem darüber nachdenken, was er gesagt hat.

Es ist albern und übertrieben.

Und das *ist* es.

Es sind genau die Dinge, die ich an meiner Familie nie verstanden habe; wir operieren mit der Illusion von Privatsphäre, posaunen aber freiwillig Veränderungen innerhalb der Familie in die Welt hinaus. Das von uns sorgfältig kontrollierte Narrativ ist komplett erfunden.

Meine Zeit in Amsterdam wurde als Arbeiten im Ausland dargestellt, und doch hätte es kaum falscher sein können. Ich habe mich versteckt, in einer winzigen Einzimmerwohnung gelebt, Kaffee zubereitet und gekellnert, um meine Rechnungen zu bezahlen, und es war großartig. Es war *echt*.

Es war keine Benefizveranstaltung, zu der das Ticket fünftausend Dollar kostet.

Ich kaue an meinem Daumennagel – *schlechte Angewohnheit*, höre ich im Geiste die Stimme meiner Mutter – und vergleiche alle Wahrheiten mit den Lügen. Das ist nicht die Welt, in der ich leben will. Nicht der Eindruck, den ich auf andere machen will. Wo ich auch hinkomme, gibt es Menschen, die es schwer haben. Diejenigen mit Reichtum, Macht und Status werden von vielen bewundert. Sie sehen diese verdammten perfekten Leben und streben danach, die gleichen hehren Ziele zu erreichen, obwohl es das, was sie zu erreichen versuchen, gar nicht wirklich gibt.

Ich bin Teil dieses Problems.

In Amsterdam habe ich nur den Kopf in den Sand gesteckt.

Meine Posts zeigen Yachten und festliche Dinner in teuren Anzügen, von denen einer mehr kostet als Christians Monatsmiete, immer dann fotografiert, wenn ich in Amerika war oder Familie in England besuchte. Ich habe geschwiegen und meine Pläne geschmiedet, während andere Menschen litten.

Dass ich *vorhabe*, Gutes zu tun, hilft da auch nicht. Es hat die schmierige Anmutung billiger Ausflüchte.

Pas Testament ist hieb- und stichfest. Niemand kann mir meinen Treuhandfonds oder das Geld nehmen, das mir zusteht. Ich bin damit aufgewachsen, ständig beobachtet und nach einem willkürlich festgelegten Standard bewertet zu werden. Aber in Wirklichkeit … was können sie denn schon groß tun?

Was können sie tun?

Sicher, es gibt andere Möglichkeiten, mir Steine in den Weg zu legen. Sie könnten mir den Zugang zu ihrem Grundbesitz, ihren Flugzeugen und dem Unternehmen verwehren, das ich sowieso nicht vorhabe, zu führen – im Gegenteil. Das ist es, wovon ich mich distanzieren will.

Was die Frage aufwirft … worauf warte ich eigentlich?

Wenn ich ihre Spiele nicht mehr mitspielen will, muss ich doch einfach nur aufhören, zu spielen. Ich kann ebenso gut gleich anfangen, das umzusetzen, was ich vorhabe. Und obgleich meine Ehe nicht viel mehr als ein Schwindel sein wird, kann ich doch zumindest versuchen, ehrlich zu sein, was den Rest betrifft.

Manches davon jedenfalls.

Ich muss an die Stiftung denken, die ich gründen will, an meine Schwester und ihren Ruf, und obwohl ich recht sicher bin, dass sie nichts gegen Pas Testament unternehmen können, werde ich sie nicht dazu provozieren, es anzufechten und damit den

Zugriff auf das Geld länger als notwendig juristisch zu erschweren.

Kleine Schritte.

Und der erste wird sein, meine Verlobung selbst bekannt zu geben. Öffentlich.

Und zwar auf meine Weise.

KAPITEL
ACHTZEHN

CHRISTIAN

ALS ICH NACH HAUSE KOMME, ist es bereits dunkel, und ich habe heftig drückende Kopfschmerzen hinter den Augen, obwohl ich mich entschieden hatte, nur Wasser zu trinken und keinen Alkohol. Es war eine lange und anstrengende Woche, aber ich bin trotz Kopf- und Muskelschmerzen richtig *glücklich*.

Ich bin zwar so viel selbstbewusster auf der Bühne als im Privatleben, doch ganz ohne Schnitzer schaffe ich es selten durch eine komplette Vorstellung. Heute war es aber wie verzaubert. Ich bin immer selbst überrascht, wenn ich mich kompetent fühle, und darum liebe ich es auch so, auf der Bühne zu stehen. Ich habe Zeit, die Bewegungen immer wieder zu proben, bis sie ins Muskelgedächtnis übergehen und ich mein Gehirn abschalten kann.

Wenn ich nicht jeden einzelnen Schritt vorher durchdenke, falle ich auf die Nase. Auf der Bühne zu stehen nimmt mir diese Unsicherheit. Dort weiß ich immer, was der nächste Schritt sein muss. Die Musik, die Kostüme, das Make-up … es ist, als wäre ich ein anderer Mensch.

Außerdem werde ich nie überdrüssig, den Applaus der Zuschauer zu hören. Meine Wangen schmerzen vom vielen Lächeln.

Eines Tages würde ich gern eine Sprechrolle spielen. Als Hauptdarsteller eigne ich mich nicht; ich halte mir aber vor Augen, dass ich einfach kleine Schritte machen muss, einen nach dem anderen. Dies ist mein erstes Mal in einer so großen Produktion. Davor waren es immer kleine, lokale Inszenierungen, und ein paarmal war ich Zweitbesetzung. Dieses Engagement ist eine große Sache für mich, und ich versuche, so viel von der Atmosphäre mitzunehmen wie möglich, falls die Gelegenheit sich nie wieder ergibt. Ich bin immer noch nicht überzeugt, dass es kein kompletter Reinfall war. Oder eine Verwechslung.

Alles Gute in meinem Leben erlebe ich grundsätzlich mit der Frage: *Wann wird es enden?* Ich warte und bereite mich seelisch auf die unvermeidliche Ablehnung vor. Mein ganzes bisheriges Leben unterliegt schon diesem Kreislauf: Auf jeden guten Moment folgt ein Einbruch. Manche sind unbedeutend, wie eine Rolle nicht zu bekommen, für die ich meiner Meinung nach erfolgreich vorgesprochen hatte, und manche sind riesig, wie von meiner Familie verstoßen zu werden. Es war wohl naiv von mir, zu glauben, dass sie mich akzeptieren würden. Aber dass sie so weit gehen würden, hätte ich nie gedacht.

Ich schüttele die Melancholie ab und halte mir vor Augen, dass ich auf genau das hingearbeitet habe, und dass ich es auch genießen darf, wenn es da ist. Wenn die restlichen Vorstellungen so laufen wie diese Woche, werde ich nie wieder von diesem Höhenflug herunterkommen. Wir hatten zwar keine ganz ausverkauften Vorstellungen, aber die Zuschauer, die da waren, haben sich gut unterhalten. Das Problem ist nur, dass wir zu wenig Aufmerksamkeit bekommen. Mit dem Marketing der großen Vorstellungen können wir nicht mithalten.

Es wird traurig werden, in die Monotonie des Alltags zurückzukehren, aber im Augenblick bin ich davon so weit entfernt, dass ich Mühe habe, mich daran zu erinnern. Außerdem bin ich sowieso nicht sicher, wann das sein wird, da dann wieder Émile und sein verrückter Plan anstehen.

Ich sprinte unsere im Schatten liegende Treppe zum Haus hoch und zucke erschrocken zusammen, als sich jemand im Dunklen bewegt.

»Äh – Überraschung?«

Der vertraute englische Akzent zaubert mir ein breites Lächeln aufs Gesicht. »Was machst du denn hier?«

Émile antwortet nicht sofort, sondern tritt nur einen Schritt näher, sodass ich im Lichtschein aus dem Esszimmer sein Gesicht erkennen kann. Er hat die Augenbrauen zusammengezogen und um seine Augen liegen Stressfältchen.

»Wieso?«, fragt er. »Wolltest du mich nicht sehen?«

»Doch, schon, aber wir sind doch für morgen verabredet.«

Das waren anscheinend nicht die richtigen Worte, denn sein Schmunzeln erlischt. »Ich hätte warten sollen. Verzeihung.«

»*Verzeihung*?« Ich muss über seinen steifen Tonfall lachen und fasse ihn um die Taille, bevor er weglaufen kann. Erst als ich ihn an mich ziehe und seinen verhaltenen Blick suche, kommt mir der absurdeste und wunderbarste Verdacht. »Ich habe dir doch nicht etwa gefehlt?«

»Mach dich nicht lächerlich. Wie sollte mir jemand fehlen, den ich zu heiraten beabsichtige, der super süß aussieht, wenn er in Torten fällt, sexy, wenn er meinen Cousin begrabbelt und mich dann für eine gesamte Woche vertröstet, weil er *Passionen* hat, denen er folgen will?«

Ich nicke lächelnd. »Klingt nach einem totalen Arsch.«

»Ein kompletter, totaler Blödmann. Den ich möglicherweise ein bisschen vermisst habe. Nur ein ganz kleines Bisschen, versteht sich.«

»Versteht sich.« Meine Brust fühlt sich ganz weit an, und ich spüre Wärme in allen Gliedern bis in die Fingerspitzen. »Vielleicht ... vielleicht hat der Blödmann dich auch ein bisschen vermisst.«

Sein Lächeln erwacht wieder zum Leben, und meines ist immer noch unkontrollierbar. Ich wollte, ich könnte diese Gedanken abstellen, die aus mir herausbrechen, denn schließlich bin *ich* der, die diese verdammten Regeln aufgestellt hat, und das aus gutem Grund.

Wenn es nach ihm gehen würde, hätten wir inzwischen schon mindestens einmal wiederholt, womit wir begonnen hatten. Wahrscheinlich mehrfach. Und doch bin ich es, der sich an ihn drängt. Ich bin es, der sich danach sehnt, seine Haare zu spüren. Der gierig danach ist, seine Zunge an meiner zu spüren.

Mein tiefer Atemzug ist erfüllt von dem Duft seines Rasierwassers, und es kostet körperliche Anstrengung, einen Schritt von ihm weg zu machen.

Ich schiebe meine Hand in seine, unsere Finger schmiegen sich perfekt aneinander, dann ziehe ich ihn Richtung Tür.

»Jetzt bist du schon mal da. Du kannst ebenso gut bleiben.«

»Nur, wenn du darauf bestehst.«

»Aber keine Dummheiten«, sage ich mit erhobenem Zeigefinger.

»Einverstanden.« Er senkt die Stimme, während wir eintreten. »Ich sollte dir vielleicht sagen, dass ich es absolut nicht als Dummheit bezeichnen würde, dich nackt vor mir knien zu sehen.«

Ich weiß nicht genau, ob ich lachen oder weinen soll, als ich den Kopf in den Nacken fallen lasse. »Das ist wirklich hart, verdammt nochmal.«

»Falsche Wortwahl, Christian.«

»Wir werden uns benehmen, verdammt.«

»Natürlich werden wir das.«

»Weil wir erwachsene Männer sind, die Selbstkontrolle besitzen.« Ich schaue ihn über die Schulter an und sehe, dass er mich angrinst.

»Vielleicht glaubst du das, wenn du es oft genug wiederholst.«

»Und vielleicht hilft es, wenn ich mir in der Dusche einen runterhole, bevor ich mich mit dir ins Bett lege.«

»Klingt nach einem guten Plan.«

Irgendwie gelingt es uns, ins Haus und nach oben zu schleichen, ohne dass uns jemand erspäht. Ich nehme an, dass die meisten meiner Mitbewohner entweder arbeiten oder ausgegangen sind, aber da die Eingangstür nicht abgeschlossen war, ist wohl mindestens einer von ihnen zu Hause. Ich habe sie wirklich lieb, bin aber erleichtert, mich jetzt nicht mit ihnen auseinandersetzen zu müssen. Das Einzige, was ich jetzt will, ist die schnellste Solovorstellung aller Zeiten unter der Dusche hinter mich zu bringen und dann zu Émile ins Bett zu steigen.

Ich platziere ihn auf der Bettkante mit der strikten Anweisung, sich auszuziehen, während ich weg bin, aber er hält mich am Arm fest, bevor ich mich zum Gehen wende.

»Ich bin aus einem weiteren Grund hier. Außer dass du mir möglicherweise einen Hauch gefehlt hast.«

»Ach ja?«

Er schluckt heftig, dann legt er entschlossen die Hände auf seine Oberschenkel. »Ich will keine Verlobungsfotos haben.«

»Hm.« Mein Herzschlag beschleunigt sich, denn mein Hirn ist sofort im Turbogang: Wenn er das alles nicht mehr will … tja, dann sind wir jetzt in Schwierigkeiten. Aber immerhin muss ich mich dann nicht mehr in der Dusche selbst befriedigen, nehme ich an. »Ähm, und warum nicht?«

»Weil es albern ist, genau wie du gesagt hattest. Ehrlich gesagt ist mir der ganze pompöse Zirkus, mit dem ich aufgewachsen bin, ein Gräuel, und ich habe beschlossen, das Spiel nicht länger mitzuspielen. Also werden wir es genau wie alle anderen Leute machen, die eine Verlobung ankündigen.«

Na, das klingt ja wesentlich besser, als ich erwartet hatte. »Soziale Medien?«

»Exakt.«

»Ich schätze, jetzt wäre ein guter Zeitpunkt, zu erwähnen, dass ein paar Hunderttausende Follower nicht gerade dem Durchschnitt entsprechen, richtig?«

»Ach, lass mir doch bitte meine Illusionen.«

Ich beuge mich vor, um ihm einen leichten Kuss auf die Lippen zu drücken, bevor mir bewusst wird, was ich da tue. Sobald ich es realisiert habe, richte ich mich abrupt auf. Räuspere mich. Weiche seinem Blick aus. »Tja, dann. Bin gleich wieder da, nachdem ich mir einen runtergeholt habe.«

»Und ich werde hier in deinem Bett liegen und auf dich warten.«

Fuck, fuck, fuck. Émile lehrt mich so vieles über mich, einschließlich der Tatsache, dass ich offenbar ein verdammter Masochist bin. Ich schnappe mir ein Handtuch und mache mich zum Badezimmer auf, aber ein schnalzendes Geräusch lässt mich innehalten.

Ich drehe mich zu Émile um und sehe, dass er gleichzeitig Hosen und Unterhosen über den Knackarsch geschoben hat, bei dessen Anblick mir das Wasser im Mund zusammenläuft.

Mit einem anzüglichen Blick sagt er über die Schulter: »Ich hatte wohl etwas zu viel Schwung. Denk nicht an mich beim Duschen, okay?«

Mein Stöhnen begleitet mich bis ins Badezimmer.

Wo ich definitiv nicht an ihn und diesen unglaublichen Arsch denke, während ich mich definitiv nicht streichele und definitiv *definitiv* nicht in Weltrekordzeit meine Ladung loswerde.

Als ich trocken und in Schlafshorts wieder in mein Zimmer komme, liegt Émile rücklings ausgestreckt unter meiner Bettdecke, die Hände hinter dem Kopf verschränkt. Sein schlanker Bizeps spannt sich verlockend unter der Haut, und ich ächze bekümmert, als ich neben ihm ins Bett steige.

»Das wird sicher die Nacht mit dem bescheidensten Schlaf aller Zeiten werden.«

»Du hast gesagt, ich soll bleiben.«

»Du bist um zehn Uhr abends bei mir aufgetaucht.«

Émile rollt sich auf die Seite und ich tue es ihm gleich. »Ich wollte dich einfach sehen. Und das habe ich. Du hättest mich danach meiner Wege schicken können.«

Ich kneife die Augen zusammen. »Warum habe ich das Gefühl, dass das nur die halbe Wahrheit war?«

Und dann findet ein seltener Umkehrmoment statt. Émile zeichnet mit den Fingern das Muster auf meiner Decke nach, offensichtlich nervös. »Ich wollte es hinter mich bringen.«

»Was denn?«

»Das Foto. Es ist nur … ich hatte heute Abend plötzlich diese Erkenntnis, dass ich genauso Teil des Problems bin wie der Rest meiner Familie. Das wollte ich ändern. Mich davon distanzieren. Und klar klingt ein einziges Foto nicht besonders bedeutend, aber in ihren Augen wird es eine Katastrophe sein. Seit dem Heiratsantrag sind sie eiskalt zu mir, und das wird eine weitere Aktion sein, mit der ich ihnen ihre Tradition um die Ohren haue. Aber ich will es tun. Und ich habe Angst, dass ich tausend Gründe finden werde, es nicht zu tun, wenn ich es nicht mache, solange ich ganz sicher bin.«

»Verdammt. In solchen Momenten bin ich ganz schön froh, mir um meine Familie keine Gedanken machen zu müssen.« Wir wissen beide, dass das glatt gelogen ist. Wir haben beide nicht verdient, was unsere Familien uns angetan haben. Ich wälze mich auf die andere Seite und schalte die Lampe ein. »Dann lass es uns gleich machen.«

»Ehrlich?«

»Warum nicht?« Ich rutsche zurück und lehne mich ans Kopfende. Das ist ungefähr das Allerletzte, wonach mir der Sinn steht, aber was soll's. Entweder das oder ein spießiges Fotoshooting, und ich kann mir nicht vorstellen, dass ich das hinter mich bringen kann, ohne an den beklemmenden Anstandsregeln zu ersticken. Oder aus Versehen zu stolpern und auf die Nase zu fallen. Oder als Schwanzfoto auf den Internet-Klatschseiten zu landen.

Émile rutscht näher und ich schlinge den Arm um seinen warmen Rücken. Wir haben beide freie Oberkörper, und ich merke, dass er genau wie ich Hautkontakt und Körperwärme sucht, denn er schmiegt sich sofort an mich.

Er hebt das Handy und ich habe kaum eine Sekunde Zeit, darüber nachzudenken, wie ich das machen will. Wenn ich die Hand ungeschickt in der Luft schweben lasse, würde das den Ring gut zur Geltung bringen. Schließlich lege ich die Hand auf seine Brust, dann drehe ich den Kopf, drücke mein Gesicht an seine Wange und versuche, so strahlend zu lächeln wie nur irgend möglich. Hier zu sitzen, ihn in den Armen zu halten, seinen Ring am Finger, macht es tausendmal einfacher, dieses Lächeln aufzusetzen.

Émile drückt auf den Auslöser.

Dann lacht er, als er das Ergebnis begutachtet. »Wow. Das mit der Schauspielkunst scheinst du wirklich draufzuhaben. Du siehst tatsächlich halb verliebt aus.«

»Diesen Eindruck sollte ich ja erwecken.« Die Worte fühlen sich hohl an.

Ich suche in seiner Miene nach Zweifeln, als er das Foto hochlädt und ein paar Worte tippt. »Ist das okay für dich?«, fragt er.

»Na klar.«

»Okay.« Er postet das Bild, dann schaltet er sein Handy aus. Ich halte ihn immer noch in den Armen. »Erledigt.«

»Ja.«

Émile legt den Kopf schief, um mir in die Augen zu sehen. »Alles klar bei dir?«

»Einfach großartig. Einen Verlobten, den ich nicht anfassen darf, hatte ich mir schon immer gewünscht.«

»Du darfst mich jederzeit nach Herzenslust anfassen. Aber ich verstehe, warum du es nicht tun willst.«

»Vielleicht … vielleicht wenn alles vorbei ist –«

»Vielleicht.«

Wir schauen uns eine Weile an, dann neigt Émile sich vor und gibt mir einen leichten Kuss auf den Mund. »Schlaf jetzt, Liebling. Um den Rest kümmern wir uns morgen.«

KAPITEL
NEUNZEHN

ÉMILE

»*CHRISTIAN MCCAULLY KILPATRICK*!«

Der plötzliche Ausruf lässt mich aufschrecken, und auch Christian schnellt hoch, gerade als seine Tür auffliegt. Im Türrahmen steht eine ältere Dame, die einen Spazierstock umklammert und uns aus schmal zusammengekniffenen dunklen Augen anstarrt.

»Es ist also wahr? Das liebste meiner Babys versucht, mir das Herz zu brechen, indem er mir noch nicht mal mitteilt, dass er einen Mann hat, geschweige denn sich verlobt hat …«

Ich versuche, mitzukommen, aber ich habe komplett den Faden verloren. Das ist nicht Christians Mutter, seine Großmutter auch nicht … wer zum Henker ist sie also?

Christian stöhnt. »Tante Agatha, das ist mein, äh–«

»Verlobter«, steuere ich hilfsbereit bei.

»Ja. Das. Émile. Er ist mein … Émile.«

Agathas strenger Blick wird weicher. »Es ist so wunderbar, dich kennenzulernen, mein lieber Junge.« Dann fixiert sie wieder den Mann an meiner Seite. »Und du bist gerade nach ganz unten auf der Liste gerutscht. Du wirst dich glücklich schätzen können, wenn du es überhaupt ins Testament schaffst.«

»Ich dachte, Seven steht ganz unten auf der Liste?«, fragt Christian.

Agatha zieht vornehm die Nase hoch. »Das war auch so. Bis jetzt. Du hast ja keine Ahnung, was du einer hilflosen alten Dame für Herzeleid zugefügt hast.«

»Seven steht jetzt auf Platz zwei«, lässt sich eine andere Stimme hören, bevor Gabe sich an Agatha vorbei ins Zimmer schiebt. »Er hat gestern beim Einkaufen geholfen.«

»*So* ein guter Junge.«

»Hm«, brummt Christian. »Das war nicht das, was du gesagt hast, als du wegen seiner Musik die halbe Nacht nicht schlafen konntest.«

»Vielleicht werde ich jetzt zum BDSM-Fan.«

Christian vergräbt das Gesicht in den Händen und seine Ohren werden ganz rosa.

»Wie war das nochmal?«, frage ich. Ich *lebe* für dieses fantastische Gespräch.

»EDM meint sie«, erklärt Gabe mit beglückter Stimme. »Aber es macht viel mehr Spaß, sie nicht zu verbessern.«

»Ich will ja nicht unhöflich erscheinen, aber ist Agatha wirklich eure Tante?«

»Sie wohnt nebenan«, erklärt Gabe. »Und steckt immer die Nase in unsere Angelegenheiten.«

»Christian, du stehst wieder im Testament, Gabriel fliegt raus.«

Christian wirft Gabe einen engelsgleichen Blick zu, und Gabe zeigt ihm dafür den Mittelfinger.

»So oft wie du diesen letzten Willen umschreibst, wird am Ende gar kein Geld mehr zum Vererben übrig sein«, gibt Gabe zu bedenken.

»Undankbarer kleiner Mistkäfer. Das war das letzte Mal, dass ich dir Hühnersuppe gekocht habe, wenn du krank bist. Nicht, dass ich das noch können werde, wenn du erst –«

Gabe wird blass und schlingt hastig seine Arme um Agatha. »Du weißt doch, dass ich nur Spaß mache. Ich habe dich lieb. Das tun wir alle.«

Christian legt dramatisch die Hand an die Brust. »Wir wären nichts ohne dich.«

Die tiefen Falten auf ihrem Gesicht werden weicher. »So ist es besser. Und jetzt will ich alles über deinen Émile wissen.«

Oh nein. Ich habe zwar kaum Grenzen, aber da bin ich anscheinend tatsächlich an eine gekommen. Wir sind nicht wirklich nackt, aber in Unterhosen rumzusitzen und einer alten Dame davon zu erzählen, wie mir zum Schein die Liebe meines Lebens begegnet ist – das geht zu weit.

Besonders wenn ich viel lieber um seinen Körper geschlungen wäre wie vorhin, als ich aufgewacht bin.

»Warum treffen wir uns nicht unten?«, schlägt Gabe vor, im Versuch, sie aus dem Zimmer zu bugsieren, aber noch bevor sie die Tür erreicht haben, platzt ein weiterer Mann herein. Er hat blaue Haare, helle Haut und einen Streifen Farbe neben dem Ohr.

»Ich muss mir deine Armbanduhr ausleihen.« Er rast durch den Raum, reißt Christians Nachttischschublade auf und beginnt, sie zu durchwühlen.

»Ist das ein Dildo, Christian?«, fragt Agatha. »Ich kann mir kaum vorstellen, dass du dafür noch Verwendung hast, mit einem so attraktiven Herrn an deiner Seite.«

»Nein!« Er knallt die Schublade wieder zu, und die Röte zieht sich bis zu seiner nackten Brust herunter. »Jesses, Xander. Geh dir die von Seven ausleihen.«

»Habe ich schon versucht. Seine Batterie ist leer.« Xander presst sich eine Hand auf die Brust, atmet tief ein, verharrt kurz und atmet dann wieder aus. »Mein Puls ist schon den ganzen Morgen so hoch und jetzt …« Er wiederholt das mit dem Atem. »…tut es weh. Ich glaube … ich glaube, ich habe vielleicht einen Herzinfarkt.«

»Ach du Scheiße.« Ich nehme mein Handy, drauf und dran, den Notarzt zu holen, als Christian seine Hand auf meine legt.

»Sicher, dass es keine Verdauungsstörung ist?«

»Ich ... ich weiß nicht.«

Gabe drückt Xanders Schulter. »Ich gehe Seven holen.«

Er geht hinaus und Agatha wirft Xander einen vernichtenden Blick zu.

»Ich hatte sehr klar gemacht, dass du nicht vor mir zu sterben hast, oder?«

»Ja, Ma'am.«

»Wenn du vor mir stirbst, wem soll ich dann mein Vermögen hinterlassen? Du bist mein Liebling, das weißt du doch?«

Xander ringt sich ein kleines Lächeln ab, das er mit Christian tauscht. Die Hand hält er immer noch an die Brust gepresst. »Danke, Tante Aggy.«

Sie humpelt aus dem Zimmer, und ich höre sie durch den Flur rufen. »Seven, beweg auf der Stelle deinen Hintern hier hoch und bring den Jungen ins Krankenhaus. So wahr mir Gott helfe, wenn er stirbt, wirst du enterbt!«

»Diese Drohung gefällt ihr wohl, stimmt's?«, frage ich Christian. »Außerdem: Dein zweiter Vorname ist McCaully?«

»Nein, mein zweiter Vorname ist David. Das war ihr anscheinend nicht irisch genug.«

Xander sagt weinerlich: »Vielleicht ist es wirklich nur der Magen.«

»Tut dein linker Arm weh?« frage ich.

»Nicht antworten«, sagt Christian zu Xander, bevor er sich an mich wendet. »Seven bringt ihn in die Apotheke. Die Leute da kennen uns und machen ein paar einfache Gesundheitschecks. Das ist das Einzige, was ihn beruhigt. Symptome aufzählen macht alles nur noch schlimmer.«

»Die Finger an meiner linken Hand fühlen sich *wirklich* ein bisschen taub an.«

»Und das ist mein Einsatz.« Ein riesiger Typ mit kupferroten

Haaren und ungefähr einer Million Tattoos tritt ein und legt Xander besitzergreifend den Arm um die Schultern. »Komm, kleiner Mann, dieses Mal werde ich dich nicht tragen.«

Sie gehen, und wir sind endlich, endlich wieder allein. Ich lasse mich in die Kissen zurückfallen. »Na, so kann man auch aufwachen. Bist du sicher, dass wir uns um ihn keine Sorgen machen müssen?«

»Japp. Xander ist körperlich völlig gesund. Aber wenn er sich einmal Symptome in den Kopf gesetzt hat, ist er nicht davon abzubringen, bis er sich nicht irgendwo vorgestellt hat.« In meinem Gesichtsfeld über mir erscheint Christians schönes Gesicht. Die Röte auf seinen Wangen ist noch nicht ganz verblasst. »Das alles tut mir echt leid. Wie gesagt: Grenzen haben wir irgendwie keine hier.«

»Du bist auf jeden Fall von einer Menge Energie umgeben.« Ich kann mir nicht helfen, die Atmosphäre mit dem erstickenden Schweigen und leisen Murmeln zu vergleichen, die neunzig Prozent meines Lebens ausmachen. Ich muss an die lebhaften Straßen von Amsterdam denken, die fröhlichen Gespräche, die Flut der Farben, in die dort alles getaucht ist. »Ich will gar nicht wieder weg hier«, sage ich. Und das meine ich sogar ernst.

»Versteckst du dich etwa vor dem Foto, das wir gepostet haben?«

Ach, das war mir komplett entfallen. Das erklärt vermutlich, wie Agatha es herausgefunden hat; aber da sie nicht unbedingt der Demographie meiner Follower-Zielgruppe entspricht, gehe ich mal davon aus, dass die Ankündigung sich auch schon über meine sozialen Medien hinaus verbreitet hat.

Christian greift nach meinem Handy, und seine Augen werden ganz groß, als er es wieder einschaltet. »Ach du Scheiße.«

»Was ist denn los?«

»Ich hatte nur … mir war nicht klar, dass es so eine große Sache sein würde.« Er sieht zu, wie mehr und mehr Mitteilungen das Display füllen. »Das ist ja ... wow.« Er atmet zittrig ein. »Okay. Ähm ... ich krieg gerade bisschen zu viel ...«

»Ignorier es.«

»Aber ...« Er reicht mir mein Handy und greift nach seinem. Sein angehaltener Atem entlädt sich in einem explosiven Seufzer. »Nichts.«

»Du bist gar nicht auf den sozialen Medien, oder?«

»Doch. Aber nur als Chris Patrick.«

»Zum Glück sieht es bisher nicht danach aus, als hätte jemand dich mit diesem Namen in Verbindung gebracht, was mich eigentlich wundert.« Ich überfliege einige Posts, die mich getagt haben. »Doch, sie haben deinen richtigen Namen herausbekommen. Hast du Fotos in deinem Chris-Patrick-Account, die bei einer Bildersuche erscheinen würden?«

Er denkt kurz nach. »Nur im Kostüm, aber ich poste hauptsächlich Fotos vom Set und von hinter den Kulissen und so.«

»Tja, du hattest Glück. Hoffentlich bleibt es dabei.«

Christian lässt sich stöhnend mit dem Gesicht in die Kissen fallen. »Jetzt bin ich es, der Angst vor einem Herzinfarkt hat«, höre ich seine gedämpfte Stimme sagen.

Ein lautes *Miau* erklingt, dann springt ein missmutig aussehender Kater aufs Bett und rollt sich neben Christian zusammen.

»Na sowas, Kätzchen ...« Ich strecke die Hand aus, um seinen Kopf zu streicheln, als er einen leisen Warnton von sich gibt und die Ohren anlegt. Die Haare in seinem Nacken stellen sich auf. Ich ziehe hastig die Hand zurück. Christian wirft mir einen Seitenblick zu, dann lässt er die Hand schwer auf den Kopf des Katers sinken.

»Lass mal, Kismet. Er ist ein Freund.« Er tätschelt den Kater grob, der zwar nicht wirklich aussieht, als wäre ihm das angenehm, aber er kneift nur die Augen zusammen und lässt es sich gefallen.

Einerseits bin ich etwas eingeschnappt, dass der Kater mich offenbar nicht ausstehen kann, sich aber ohne zu murren von

Christians Handfläche bearbeiten lässt, aber im Grunde verstehe ich ihn. Wenn er *mich* so anfassen würde, gäbe es auch keine Beschwerden.

»Als du von fünf Mitbewohnern gesprochen hast, hast du also gemeint, dass du fünf Mitbewohner hast, von dem du einem sagst, dass du ihn liebst–«

»Nein, das sage ich zu allen, nur nicht so oft wie zu Gabe.«

»Aha. Fünf Mitbewohner, die du liebst, eine verrückte alte Dame nebenan, die deine Adoptiv- und potenzielle Erbtante ist, außerdem eine psychopathische und von dir besessene Katze.«

Er stützt sich auf den Ellbogen und überlegt. »Ja, das klingt soweit richtig.«

»Ich finde das alles so toll.«

»Na, das ist eigentlich gut, denn ich wollte vorschlagen, dass wir heute hier bleiben. Vielleicht Essen bestellen und einen Film gucken.«

»So sehr mir die Idee gefällt: Wir sollten uns auch in der Öffentlichkeit zeigen. Wie ich meine Familie kenne, warten sie nur, bis ich nach Hause kommen, um dann das große Tribunal einzuberufen, also wenn wir vorher ein paar positive Meldungen erzeugen könnten wie … ein Besuch in einer Kunstgalerie, oder eine Wohltätigkeitsveranstaltung–«

Er drückt seine weichen Lippen auf meine. Es ist ein leichter Kuss, viel zu schnell vorbei.

Ich funkele ihn an, als er sich zurückzieht. »So ist das also? Wann immer wir den anderen zum Schweigen bringen wollen, küssen wir ihn?«

»Klingt doch nach einem guten Plan.«

Kismet schüttelt sich, dann springt er vom Bett.

»Gottseidank«, sage ich und robbe näher an Christian. »Ich war schon dabei, eifersüchtig zu werden. Der Kater lag auf meinem Platz.«

Christian lacht und streicht mit dem Daumen über meine Wange. »Sorry, ich wollte dich nicht unterbrechen. Es ist nur …

gestern hattest du gesagt, dass du nicht mehr Teil des Problems sein wolltest. Wären solche Dinge nicht wieder genau das, was sie von dir erwarten?«

Er hat recht. Erschrocken wird mir klar, dass mein gedanklicher Prozess genau darauf abzielt: Schadensbegrenzung – nicht das, was ich eigentlich tun will. Nicht das, was mir entspricht, und nicht das, was ich mir vom Leben wünsche. Nein, mein erster Gedanke war: Wie kann ich meine Familie wieder besänftigen?

Und spielt es im Grunde wirklich eine Rolle?

Sie können mir nichts anhaben. Sie können es mir schwer machen, aber das wäre für beide Parteien teuer und zeitaufwändig.

»Okay«, sage ich. »Wir machen es so, wie du vorgeschlagen hast. Essen und Filme. Vielleicht kannst du mich mal durchs Haus führen.«

»Oooh, ja! Warte, bis du Xanders Malzimmer siehst.«

»Sein was?«

»Naja. Ursprünglich haben wir es Studio genannt, aber inzwischen hat er überall so viel Farbe verteilt, dass die Eigentümer gesagt haben, er kann damit machen, was er will. Es sind Fresken an allen Wänden, und sogar ein paar kleine auf dem Boden und an der Decke. Es ist viel, und chaotisch, sieht aber eigentlich cool aus.«

»Das würde ich liebend gerne sehen«, sage ich ehrlich.

Gabe kommt wild das Handy schwenkend wieder hereingelaufen, ohne anzuklopfen. »Tja, das wird leider warten müssen. Die Jagd ist eröffnet. Wir müssen gehen. Und zwar *sofort*.«

KAPITEL
ZWANZIG

CHRISTIAN

HURRA! Ich hatte schon Sorge, die Jagd zu verpassen, weil ich in den nächsten paar Wochen so beschäftigt bin, aber heute sind mir die Taco-Götter gnädig. Ich stehe hastig auf, grabsche nach dem ersten besten T-Shirt, das ich überziehe, bevor ich in meine Hose steige.

Émile beobachtet mich vom Bett aus. »Ich dachte, wir bleiben heute zu Hause?«

»Das können wir auch. Später.« Angesichts seiner verwirrten Miene hebe ich seine Klamotten auf und reiche sie ihm. »Sorry, Babe. Es ist nun mal *die Jagd*«, sage ich mit weit aufgerissenen Augen, mit der stummen Bitte, sich in Bewegung zu setzen.

Glücklicherweise hat er Mitleid mit mir. Er steigt aus dem Bett und zieht seine Hose an. »Was zum Henker jagen wir eigentlich?«

»Tacos.«

Sein Hosenknopf rutscht ihm durch die Finger. »Und ich dachte, es geht um Vögel, oder … oder…«

»Aber nein.«

»Nicht, dass ich den Enthusiasmus nicht super finde«, sagt er mit einer Geste zwischen Gabe und mir. »Aber, ähm – *wieso* müssen die Tacos denn gejagt werden?«

»Ich weiß wirklich nicht, ob ich diese Heirat gutheißen kann, wenn eine solch negative Einstellung im Spiel ist«, sagt Gabe. Dann legt er den Kopf in den Nacken und brüllt: »Madden, zieh dich an. Die Jagd ist eröffnet!«

Das laute Rumsen über uns ist ein klares Indiz: Madden muss in seiner Eile, sich fertigzumachen, aus dem Bett gefallen sein.

»Ich bin immer noch so verwirrt«, murmelt Émile, während er in sein Hemd schlüpft.

»Wir erklären es dir unterwegs. *Bitte* beeile dich einfach.«

Wir putzen alle noch in aller Eile unsere Zähne, dann rennen wir aus dem Haus. Einmal im Monat, an einem beliebigen Tag zu einer willkürlichen Zeit, findet im GP District die Taco-Jagd statt. Der Food Truck von Tac'obout Tacos ist eine langjährig etablierte Institution im GPD; sobald die Worte »Finde mich!« auf ihren sozialen Medien erscheinen, lassen die Menschen alles stehen und liegen und beginnen zu suchen. Ich weiß gar nicht, wann es begonnen hat, aber eines Tages bekam ich von Xander einen Screenshot zugesendet, und seither nehmen wir jeden Monat an diesem Event teil.

»Davon habe ich ja noch nie gehört«, sagt Émile, der hinter uns her joggt.

»Offensichtlich bist du nicht Mitglied im Kult der Coolen Kids.«

»Nun ja, in Cambridge war kultartiges Verhalten verpönt.«

Gabe schnaubt. »Ihr huldigt immer noch einem König. Wenn das kein kultartiges Verhalten ist, dann weiß ich auch nicht.«

»Die Monarchie ein Kult? Das höre ich zum ersten Mal – und bin geneigt zu glauben, dass da etwas dran sein könnte.«

Ich schubse Gabe. »Tiefschürfende Gedanken sind untersagt. Sämtlicher Gehirnschmalz muss darauf verwendet werden, den Truck aufzufinden.«

»Wie lange haben wir denn Zeit, ihn zu finden?«, fragt Émile.

»Es gibt kein Zeitlimit. Die erste Person, die ihn findet, bekommt den Rest des Monats umsonst Tacos.«

Ich sehe seine Lippen mit dem immer unterschwellig vorhandenen Lachen zucken.

Ich tue so, als sei ich genervt deswegen, aber nichts könnte weniger echt sein. »Ist schon gut, lass es ruhig raus.«

Und das tut er dann auch.

Und ich will nicht sagen, dass ich den Blick nicht abwenden *könnte* – es fällt mir nur verdammt schwer.

»Ich hab die Karte hier«, sagt Madden, der gerade aus dem Haus gejoggt kommt. Trotz der morgendlichen Kühle trägt er nur kurze Sporthosen, ein enges T-Shirt und seine umgedrehte Mariners-Basecap. Aber da ich ausnahmsweise mal sein bestes Stück nicht sehen kann, verbuche ich es als Gewinn. »Das letzte Mal stand er hier«, erklärt er, während er in der Karte auf dem Handy heranzoomt. Wir haben alle vorherigen Standorte markiert, als hätten wir irgendeinen Plan, aber ehrlich gesagt hat es uns bisher nicht weitergebracht.

»Sieht so aus, als wäre der Bezirk neben Georgetown bisher nicht so beliebt gewesen«, bemerkt Émile. »Könnte er vielleicht dort irgendwo sein?«

»Möglich. Er stellt sich auch nicht so oft in die Nähe von Maple Park.«

»Ja. Das liegt aber daran, dass die Leute in Maple Park sich niemals Tacos essend sehen lassen würden, und schon gar nicht, wenn sie von einem Food Truck stammen«, sagt Émile mit übertrieben vornehmem britischem Akzent.

»Tja, dann setzen wir also auf Georgetown?«, schlage ich vor.

Gabe beginnt, auf sein Display zu tippen. »Ich schreibe den anderen, dass sie dort hinkommen sollen.«

Wir laufen zu Maddens Truck und steigen ein, dann rast er los.

»Wenn ihr an einem Rennen um den ersten Platz teilnehmt, wäre es dann nicht sinnvoller, sich aufzuteilen?«, erkundigt sich mein armer, naiver Spießgeselle.

»Aber dann wären wir ja nicht zusammen.« In Maddens Stimme schwingt ein deutliches *du Schlaumeier* mit.

»Aber ihr könnt doch kaum alle gewinnen.«

»Nein, aber ich glaube auch nicht, dass einer von uns je gewonnen hat, also machen wir auch nicht mit, um zu gewinnen«, sage ich mit einem Achselzucken.

»Aber ihr seid gerade aus dem Haus gerast, als wäre der Leibhaftige hinter euch her.«

»Wir strengen uns an«, erklärt Gabe. »Und wir *wollen* ja auch gewinnen. Irgendwann. Aber, naja, darum geht's eigentlich gar nicht.«

»Worum denn sonst?«

Zum Glück hat Madden gerade an einer Ampel angehalten, denn wir sehen ihn alle ungläubig an.

»Ums … Zusammensein«, erkläre ich, während ich mich frage, ob das nicht verdammt nochmal offensichtlich ist. »Zusammen etwas zu machen.«

Émiles lässt den Blick aus den grünbraunen Augen von mir zu Gabe und Madden wandern, die sich nach hinten umgedreht haben. Er hebt abwehrend die Hände. »Mein Fehler. Ich schätze, ich bin es nicht gewöhnt, dass jemand … einfach nur so etwas tut. Die Leute, dich so kenne, tun immer alles nur, um zu gewinnen.«

Gabe zieht die Nase kraus. »Aber Gewinnen ist so … vergänglich.«

»Wie meinst du das?«

»Naja, wir bekommen also Tacos umsonst, und dann? Wir essen, der Monat geht zu Ende, und in einem Jahr ist es schon vergessen. Das gilt für alle Auszeichnungen oder Sportevents oder –«

»Nicht im Sport«, unterbricht Madden.

»Ach ja? Wo sind denn dann deine ganzen Auszeichnungen aus der Little League?«

Madden beißt die Zähne zusammen, und ich gebe Gabe einen Klaps auf den Hinterkopf. »Uncool.«

»Was denn? Es beweist doch nur, was ich gesagt habe. Mads hatte eine Verletzung, und das war's für ihn. Der Sport lief weiter. Seine Eltern haben die Pokale eingelagert oder weggeschmissen. So oder so wird er sie nicht wiedersehen. Es sind nur … *Gegenstände*.« Mit Blick in die Ferne fragt er: »Wer würde sich denn an Gegenstände hängen?«

Und ich könnte mir an Stirn klatschen, wenn es nicht so offensichtlich wäre. Willkommen im Chaos meines Lebens und im Kreise meiner Lieben, Émile. Keine Ahnung, wie jemand wie er, der sein Leben so auf der Reihe hat, unsere dysfunktionale Wohngemeinschaft findet, aber ich weigere mich, allzu scharf darüber nachzudenken. Er hat sich jetzt darauf eingelassen, mich zu heiraten, und wenn das alles vorbei ist, wird der Rest auch egal sein. Dann werden er und seine Meinung, genau wie Maddens Pokale, nicht mehr da sein.

»Wir könnten an der Unterführung an der Madison nachsehen«, schlägt Émile vor, und löst damit die Spannung zwischen uns allen auf.

»Gute Idee.« Madden biegt scharf links ab, was mich gegen Émile presst, der die Nähe ausnutzt, um mir die Hand auf den Oberschenkel zu legen.

Sein Atem kitzelt mein Ohr, als er hinein sagt: »Du bist sexy, wenn du so süß und sentimental bist.«

»Das merke ich mir.«

Ich rutsche wieder auf meine Seite, aber Émile lässt mein Bein nicht wieder los. Die beiläufige Zärtlichkeit trifft mich mitten ins Herz; ich lege die Hand auf seine und gebe mir Mühe, mich nicht allzu selbstzufrieden zu fühlen, weil ich das haben darf. Es mag Einschränkungen geben, aber mit ihm zusammen zu sein, verursacht bei mir ein Herzflattern wie beim ersten Date.

Wir schauen an der Unterführung nach, am See, in der Nähe des Gas Works Park, dann fahren wird durch ein Wohngebiet. Seven, Rush und Xander (ohne Herzinfarkt) stoßen unterwegs zu uns, und als wir gegen Mittag den ersten Hinweis von Tac'obout

Tacos erhalten, findet Émile ihn. Er steht in unserer Gegend, nur ein paar Straßen von zu Hause entfernt, wo die Trailer Park Markets liegen – und dahinter steht auch schon unser Taco-Truck.

Wir sind nicht die ersten, aber Xander ist trotzdem ganz aus dem Häuschen. »Wir haben ihn gefunden, wir haben ihn gefunden!«, quiekt er und deutet darauf. Ich verstrubbele seine Haare im Vorbeilaufen, dann stelle ich mich an, und Seven schlingt den muskulösen, tätowierten Arm um Xander und bugsiert ihn in unsere Richtung.

Émile holt Tacos für alle, und wir suchen uns einen Picknick-Tisch zum Hinsetzen. Wir sind durch die Trailer windgeschützt, und die Sonne steht hoch am Himmel. Ich fühle mich wohlig durchwärmt.

»Und, wie läuft dein Stück?«, will Seven wissen.

»Ja, super. Hab' gestern kein einziges Mal gepatzt.«

»Ein verlamptes Wunder.«

»Verlampt?«, wiederholt Émile.

»Seven flucht nicht«, erläutere ich. »Jedenfalls nicht mit echten Kraftausdrücken. Er denkt sich aber dafür die wildesten Ausdrücke aus, was in meinen Augen auch nicht besser ist.«

»Halt deine gottverlampte Klappe. Natürlich ist es nicht so schlimm. Es ist purer, sonniger Spaß.«

»Seh' ich auch so«, sagt Xander.

»Deine Meinung zählt nicht«, widerspreche ich. »Du stimmst allem zu, was Seven sagt.«

»Gar nicht wahr. Ich halte diese Kill Divers-Serie für Trash, und überbewertet.«

Seven bleibt der Mund offenstehen, und er macht ein Geräusch als sei er verwundet worden. »Das nimmst du zurück.«

»Kannst du vergessen.« Xander schenkt ihm ein süßes Lächeln, bei dem sich die Sommersprossen auf seiner Nase kräuseln, und gegen das Gesicht kann sogar Seven nichts einwenden. Stattdessen sinkt er in sich zusammen und seine Lippen zittern, als er knurrt: »Flutscher.«

»Schön wär's.«

Ich drehe mich von ihrem Gezanke weg zu Émile. »Hey.«

»Na, du.«

»Du bist so hübsch.«

Er strahlt übers ganze Gesicht bei dem Kompliment. »Und was hat das für Konsequenzen?«

»Verzweifelte Blicke und qualvolles Dahinvegetieren, weil ich diesen tollen Mann nur anschauen und nicht anfassen darf.«

Émile legt mir die Hand auf die Schulter. »Ihr Schauspieler seid immer so dramatisch.«

»Das ist Teil der Job-Description.« Ich rutsche etwas näher. »Was geht dir durch den Kopf?«

»Wie sehr ich das hier genieße.«

»Ehrlich?«

Er stupst mir an die Nase. »Du solltest nicht so überrascht klingen. Deine Freunde könnten beleidigt sein.«

»Bis die eingeschnappt sind, müsste wirklich einiges mehr passieren.«

»Stimmt«, mischt Gabe sich ein. »Wir haben alle die Menschen, die uns eigentlich liebhaben sollten, von ihrer schlechtesten Seite kennengelernt. Uns kann nichts mehr erschüttern.«

»Außer Magenverstimmung«, sagt Seven mit Blick zu Xander.

»Ich hatte doch gesagt, dass es vielleicht auch das sein könnte«, murmelt Xander.

Seven drückt Xander einen Kuss auf den Kopf. »Ich bin trotzdem froh, dass es untersucht wurde. Und jetzt dürfen wir Tacos essen.«

Und das bringt sie erfolgreich vom Thema ab und auf mexikanisches Essen. Émile seufzt leise an meiner Seite.

»Alles okay?«, frage ich.

»Ja, ja. Es ist nur … nicht hinschauen. Wir sind entdeckt worden.«

»Ach, Mist.«

»Ist schon gut. Ich glaube nicht, dass sie näherkommen werden. Sie schießen nur ein paar Fotos.«

»Und was soll ich machen?«

»Einfach weiteressen«, sagt er, während er sich wieder das Lachen verkneift. »Das Stück Salat in deinem Bart wird super aussehen auf der Titelseite.«

»*Argh.*« Hastig reibe ich mir das Gesicht ab, aber Émile nimmt meine Hand und hält sie auf seinem Schoß fest.

»Entspann dich, ich habe nur Spaß gemacht. Mach einfach das, was du auch bisher gemacht hast. Vielleicht ein bisschen mehr Liebesbezeugungen. Lass die Arschgeigen glauben, dass du gar nicht genug von mir bekommen kannst.«

Ich reiche hinüber und hebe ihm sein Taco an die Lippen zum Abbeißen, aber das wird längst nicht so romantisch wie ich es mir vorgestellt hatte: Die Tacohülle bricht, und die Hälfte des Inhalts fällt zurück aufs Einschlagpapier.

»Ähm. Upps?«, sage ich.

»Das war die Rache für das mit dem Salat, oder?«, fragt Émile trocken, während er sich das Gesicht mit Servietten abwischt.

»Nein, aber lass uns sagen, dass es so war. Wir sind jetzt quitt.«

»Von wegen.«

»Pst.« Ich nehme ihm die Servietten ab und übernehme das Saubermachen seines Gesichts. »Lass mich verliebt sein. Solche Sachen machen sie doch in Romcoms immer, oder?«

»Damit wirst du dich besser auskennen als ich.«

»Dann glaub mir einfach. Das ist total, hundert Prozent genau das, was sie in solchen Filmen machen.«

»Das merke ich mir.« Er rutscht näher und näher heran. »Und was ist damit?«, fragt Émile, während er eine Löwenzahnblüte vom Boden neben uns pflückt und sie mir hinters Ohr steckt. Seine Finger verweilen einen Moment, der Blick aus den goldgefleckten Augen bleibt an der Blume hängen, dann sieht er mir wieder in die Augen. »War das eine Romcom-würdige Aktion?«

»Oh-oh.«

»Was denn?«

Ich schlucke, dann versuche ich, verspielt zu schmunzeln. »Ich sage es dir nur ungern, aber jemandem eine Blume hinters Ohr zu stecken ist Romcom-Code für sich in jemanden zu verlieben. Das hast du nun davon. Du hast mich an der Hacke.«

Er lässt die Finger an meinem Hals entlang nach unten gleiten. »Keine so schlimme Drohung, wie du zu glauben scheinst.«

»Erstaunlich, wenn man bedenkt, dass ich dir gerade Salsa auf den Schoß gekippt habe.«

»*Was*?« Er springt auf, um seine Hosen zu inspizieren, aber er hat schon eine Sekunde später begriffen, dass ich ihn verarsche. »Sehr witzig!«

»Du bist darauf reingefallen.«

»Und damit möchte ich glaube ich meine Blume wieder zurückhaben.«

»Zu spät.« Ich werfe ihm einen weiteren spitzbübischen Blick zu und wende mich wieder meinem Essen zu. »Ich kann nichts dafür, so sind nun mal die Regeln.«

KAPITEL
EINUNDZWANZIG

ÉMILE

CHRISTIAN UND SEINE VERDAMMTEN ROMCOM-REGELN. Ich kann nicht vergessen, was er gesagt hat. In ihn verliebt kann ich natürlich unmöglich sein, und dennoch wünschte ich, wir hätten diese unselige Vereinbarung niemals getroffen.

Wenn das nämlich nicht der Fall wäre, hätten wir uns vielleicht die Zeit genommen, uns richtig kennenzulernen. Ich habe den gesamten Tag mit ihm verbracht, umgeben von seinen Freunden und ihren Insider-Witzen, wurde dann noch in den Monopoly-Montag hineingezogen, und kenne ihn damit schon besser als ... nun ja, jeden anderen Typ bisher. Er versteckt sich nicht hinter lockeren Sprüchen und Gefrotzel. Er versucht nicht, seine Fehler zu kaschieren. Wenn ihn seine Freunde aufziehen, läuft er ganz bezaubernd rot an, nestelt an seinem Nasenring herum, dann senkt er den Kopf, damit keiner von uns sein Lächeln sehen kann.

Ich bin ihm aber den ganzen Tag nicht von der Seite gewichen, und ich sammle diese Eindrücke.

Erstens: die Tacos, mit denen er sich bekleckert hat.

Zweitens: sein Stolpern am Einstieg zu Maddens Truck, nachdem er mit dem Gesicht auf den Sitz geklatscht ist.

Drittens: die Geschichte, wie er Tante Agatha kennengelernt hat. Christian war über einen Strauch gestolpert und hatte nach ihrer Brust gegrabscht, um sich festzuhalten.

Und viertens: Christian scheidet als erster aus, und die schadenfrohen Juchzer und Pfiffe verraten mir, dass er bei diesem Spiel hundsmiserabel ist.

»Ich werde deine Ehre verteidigen, Liebster.« Und das tue ich auch, bis nur noch Madden, Seven und ich übrig sind. Christian hat die Bank an Xander weitergegeben, der sie dann an Rush weitergab, und sie schließlich Gabe überließ. Ich bin stolz auf mich, weil ich mir all ihre schrägen Namen merken kann. Dann gähnt Christian kräftig und legt den Arm hinter mir auf die Couch. Es ist eine Geste, die sich so nach festem Freund anfühlt, dass ich mich in seine Berührung lehne. Er fährt mit dem Daumen von meinem Nacken bis zu der weichen Stelle hinter meinem Ohr. Ich bin ausgehungert danach, um ehrlich zu sein. Wie ich mir wünsche, diese ganzen Grenzen zwischen uns nie gezogen zu haben, um aus dieser Berührung mehr machen zu können.

Den ganzen Tag schon bin ich dem Duft seines Bodysprays ausgesetzt, seinem verlegenen Blick, den definierten Schlüsselbeinen, die am Kragen seines T-Shirts zu sehen sind.

Er rückt näher und drückt sich seitlich an mich. Fährt mit der Nase an meinem Haaransatz entlang und lenkt mich vollkommen vom Spiel ab.

»Danke, dass du heute so geduldig mit uns warst«, höre ich ihn leise an meinem Ohr sagen.

»Es ist ja wohl kaum Geduld, wenn ich selbst so viel Spaß dabei hatte.«

Er gibt ein unverbindliches Geräusch von sich. »Trotzdem danke. Es war … schön. Einfach abzuhängen.«

»Das war es.«

»Und obwohl ich sehr daran interessiert bin, zuzuschauen, wie du meine Freunde fertigmachst …« Er rutscht neben mir hin und her, die Hüften vorgeschoben, während er mit der Hand an seinen Sweat Pants hinab fährt und sie stramm zieht über – *hoppla.* »… brauche ich deine Hilfe.«

Ich bin nicht stark genug, ihn an unsere Vereinbarung zu erinnern. Nicht, wenn er mir alles anbietet, wonach ich mich schon den ganzen Tag sehne. »Aber … das Spiel …« Nicht, dass ich auch nur einen Fliegenschiss darauf gebe, es fertigzuspielen, ich habe einfach keine Ahnung, wie wir hier rauskommen sollen, ohne allen zu verkünden, dass wir gleich Sex haben werden.

»Verlass dich auf mich«, murmelt er, bevor er die Stimme erhebt. »Ähm, ich habe Durst, muss mal etwas trinken.« Dann legt er seine Hand auf den Tisch, als wollte er sich zum Aufstehen abstützen, und rutscht »aus Versehen« ab. Das Spielbrett kippt, und winzige Plastikhäuser ergießen sich über den gesamten Tisch und auf den Fußboden.

Madden ist empört. »Echt jetzt, Christian? *Schon wieder?*«

»Upps?«

Die anderen fangen pflichtschuldigst an, alle Teile aufzusammeln, als ob das ein ganz gewöhnliches Ereignis wäre, und während sie abgelenkt sind, nimmt Christian meine Hand und zieht mich aus dem Zimmer.

»Wie oft hast du solche Ablenkungsmanöver schon benutzt?«

»Süß, dass du glaubst, dass es vor heute jemals mit Absicht war.«

»Du meinst, du hast noch nie ein Ablenkungsmanöver für deine Freunde inszeniert, um einen Mann für vielversprechend lasterhafte Handlungen abzuschleppen?«

Er schaut mich mit weichem Blick und gerunzelter Stirn an. »Um genau zu sein haben feste Freunde bisher eher keine große Rolle in meinem Leben gespielt. Du bist also der erste Kerl, den ich mit nach Hause genommen habe. Also so richtig. Sex Dates gab es natürlich, aber die sind normalerweise längst weg, bevor meine Mitbewohner sich auf sie stürzen können.«

Ich versuche, nicht allzu glücklich über diesen Fakt zu sein. Oder mich wie etwas Besonderes zu fühlen. Es ist nicht so, als ob ich hier bin, weil er mich den anderen vorstellen wollte, und wenn heute Morgen keine viel zu enthusiastische alte Dame hereingeplatzt wäre, wäre ich vermutlich ebenfalls hinauskomplimentiert worden.

Aber darauf werde ich mich jetzt nicht konzentrieren, wenn Christians Hand warm in meiner liegt und sein verlockender Po einen Schritt vor mir mich einlädt, ihm zu folgen.

Kaum haben wir den oberen Treppenabsatz erreicht, reißt er mich an sich, die Hände fest in meinem Rücken und den harten Schwanz verlockend gegen meinen Oberschenkel gepresst.

»Ist das okay?«

Ich schiebe die Hände an seiner Brust nach oben und schmelze dahin, als ich seine glatten Muskeln spüre. »Das liegt bei dir. Die Hände-weg-Regel hast du aufgestellt, und ich habe natürlich eingewilligt, aber ich wäre der größte Lügner, wenn ich sagen würde, dass ich nicht die ganze Zeit schon Lust auf dich hatte.«

Ich sehe in den blauen Augen den Zwiespalt, obwohl sein Griff fester wird. »Es ist okay, in Ordnung? Ich meine, das Geld hat nichts mit ... dem hier zu tun.«

»Hat es auch nicht.«

»Und es wird nicht alles ganz komisch und durcheinander werden?«

»Nicht, wenn wir es nicht zulassen.« Ich komme näher, damit er spüren kann, wie verzweifelt scharf auch ich auf ihn bin. »Ehrlich gesagt ist es glaube ich das Problem, dass wir die ganze Zeit mit Erektionen rumlaufen. Wenn das gesamte Blut sich in unseren Schwänzen sammelt, wie sollen wir dann jemandem überzeugend etwas vormachen? Wenn überhaupt kommen wir erst in Topform, wenn wir Sex haben.« Ich rede wirres Zeug. Ich weiß es genau, aber der Wunsch, damit aufzuhören, ist nicht so groß wie die

Sehnsucht, ihn wieder nackt zu sehen. »Außerdem kann es nicht gesund sein, die ganze Zeit so aufgegeilt zu sein. Selbst in Viagra-Packungen stehen warnende Hinweise.«

«Richtig. Es ist also zu unserem eigenen Wohl, oder?«

Noch bevor ich einen vernünftigen Gedanken fassen kann, habe ich mich vorgebeugt, um an seinen verführerisch sexy Schlüsselbeinen zu lutschen. »Unsere Ärzte wären uns verdammt dankbar.«

Ich bin nicht stolz darauf, wie bedürftig ich klinge, bis er seine Lippen hart auf meinen Mund presst, und plötzlich bin ich es doch. Genau genommen bin ich viel zu scharf, um überhaupt noch großartig nachzudenken, außer über die Art und Weise, wie er mich küsst. Feste Lippen, eine fordernde Zunge, eine Hand in meine Haare geschoben, mit der er mich festhält. Ich spüre sein Verlangen von der Kopfhaut bis zu den Zehenspitzen, denn ich bin ebenso gierig auf ihn.

»Schlafzimmer«, knurrt er, und ich atme das Geräusch ein. Aber da ich ihn jetzt endlich in den Fingern habe, habe ich Mühe, ihn wieder loszulassen, und wir stoßen zusammen und stolpern bis zu seiner Tür. Er drückt sie auf, tastet blindlings nach der Klinke, während wir hineinfallen und er mich an die nächste Wand schiebt.

»Verfluchte Tür.« Er wirft sie entschlossen zu, dann sinkt er sofort geschmeidig auf die Knie.

Meine Oberschenkel zittern bei der Erinnerung an das letzte Mal, als er vor mir gekniet hat, und ich sinke gegen die Wand und überlasse ihm die Kontrolle. Er öffnet meinen Hosenknopf, reißt die Hose auf, dann schiebt er die Hand unter meine Unterhose und umfasst meinen schmerzenden Schwanz.

Ich spüre die Erleichterung durch meinen ganzen Blutkreislauf rauschen, so überwältigend wie Adrenalin, und biege mich ihm entgegen, in stummer Bitte um mehr. Und bei Gott, er lässt mich nicht lange bitten. Sobald er mich ausgezogen hat, umschließt er mich mit den Lippen und schluckt mich bis zum Ansatz hinunter, genau wie damals in der Dusche. Und ich empfinde Glücksgefühl, reines Glücksgefühl ohne Hintergedanken, in dem ich den Rest meines wertlosen Lebens verbringen könnte, denn es ist ehrlich keine Übertreibung, wenn ich sage, dass es keinen besseren Anblick als ihn auf den Knien gibt.

Aber dann beweist er mir, dass ich unrecht habe. Er lässt kurz von mir ab, um sein Shirt auszuziehen. Haut. So viel Haut. Muskeln. Ich will das alles schmecken, beißen, lecken und lutschen, aber dann stöhnt er wieder um meinen Schwanz, und ich ergebe mich dem ungeordneten Gedankenfluss, der von mir Besitz ergreift.

Ich beobachte durch halb geschlossene Lider, wie er mich mit einer Begeisterung bearbeitet, die ich noch nie zuvor an jemandem gesehen habe. Er ist ungezügelt, die Wangen gerötet, und ich sehe, dass er aus Leibeskräften seinen Schritt umklammert hält. Plötzlich sitzt mein Hemd zu eng, ich fühle mich eingeschränkt, und fange an, die Knöpfe zu öffnen, während ich in einem Ozean der Lust schwimme.

Meine Hoden ziehen sich zusammen.

»Oh Gott, du musst aufhören«, sage ich atemlos.

Christian zieht sich sofort zurück, die Augen dunkel, der Blick unscharf. »Warum?«

»Weil ich zwar liebend gerne in deinem Mund kommen würde, aber ich will nicht, dass es gleich schon vorbei ist.«

Er findet mühsam seine Konzentration wieder, dann sieht er mir in die Augen. »Was hattest du denn im Sinn?«

»Würdest du mir erlauben, dich zu vögeln?«

Sein Stöhnen scheint aus dem tiefsten Inneren zu kommen, und er lehnt sich nach vorne, um mit den Lippen die Falte zu streifen, an der mein Oberschenkel in die Leiste übergeht. »Nur wenn du versprichst, mich richtig, *richtig* hart ranzunehmen.«

Seine Worte lösen einen Kurzschluss in meinem Gehirn aus, und ich ziehe ihn hoch, drehe uns um, und sein Rücken fällt mit einem befriedigenden *Rums* an die Wand, und dann küssen wir uns, fast schon gewalttätig. Er schmeckt nach mir, und nach sich selbst, und ich brauche Erlösung, muss kommen, um dieser überwältigenden Lust Herr zu werden. Er sollte sich nicht so anfühlen: wie alles, wie das Ende, wie das, was ich brauche, um meinen ganzen Körper zur summenden elektrischen Ladung zu machen, einem konstanten Vibrieren der Lust.

»Kondom?«

»Ich bin auf PrEP.«

»Bin ich auch, Liebling, aber ich würde trotzdem gerne eins benutzen.« Nur wegen meines Rufs, und meiner Familie, nicht, weil die Vorstellung, mein Sperma an seinen muskulösen Oberschenkeln herab rinnen zu sehen, in mir das Bedürfnis auslöst, dieses Zimmer niemals wieder zu verlassen.

»Ich habe … ein paar in der Schublade. Gleitgel auch.« Er deutet mit dem Kopf auf seinen Nachttisch. »Da.«

»Ausziehen, umdrehen und die Handflächen an die Wand legen.«

Er hat die Hose um die Knöchel, noch bevor ich einen einzigen Schritt getan habe, und es ist so gut wie unmöglich, den Blick von seinem prallen Arsch abzuwenden. Von der eleganten Kurve seines Rückens.

Verdammte Tänzer.

Ich reiße mein Hemd herunter, dann greife ich nach einem Kondom und der Tube Gleitgel. Ich bin so scharf, dass ich fast schiele. Es ist verführerisch, mir vorzustellen, wie ich mich einfach mit Gel bestreiche und eindringe, aber ich zwinge mich dazu, langsam zu machen. Mich an seinen Rücken zu schmiegen, seinen Nacken und seine Schulter zu küssen, die Zähne in das köstliche Grübchen zu graben.

Christian nimmt mir die Tube ab und öffnet den Deckel, während ich das Kondom auf den Boden lege. Ich streiche mit den Händen über diese köstlichen Muskelpartien, was ihm die erotischsten Geräusche entlockt.

»Ich weiß, du willst nicht, dass es vorbei sein soll, aber ich muss dich warnen: wir werden das nicht unbedingt unter Kontrolle haben, wenn du nicht endlich schneller machst. Ich will kommen, unbedingt.«

Ich lache leise, dann mache ich ihm einen Knutschfleck in den Nacken und genieße, wie er sich dabei windet.

»Gib mir deine Hand«, bittet er.

Ich reiche sie ihm, und er gibt Gleitgel auf meine Finger. Ich warte und versuche nicht zu zittern, als er seinen Arsch an mich presst und meinen Schwanz in die Wärme zwischen seinen Pobacken einhüllt.

Ich taste nach seiner Pospalte, folge ihr bis zu seinem Eingang, dann drücke ich die Finger dagegen. Die kehligen Geräusche, die er macht, sind tief und gierig, spornen mich an und drohen gleichzeitig, mich davonschweben zu lassen.

»Genau so, Schönheit. Genau so.«

Er nimmt einen Finger in sich auf und schiebt sich dagegen. »Mehr.«

Schon habe ich den zweiten Finger dem ersten folgen lassen, beide tief in sein Inneres geschoben. Mit der freien Hand streichele ich unablässig über alle Kurven und Konturen seines Oberkörpers, während ich ihn dazu bringe, sich zu dehnen, seinen Anus weit zu machen, wissend, dass ich in wenigen kurzen Minuten in ihn eindringen werde.

Ich habe den ganzen Tag versucht, mich zu zügeln – jetzt halte ich mich nicht länger zurück.

Ich beuge mich herunter, hebe das Kondom auf und rolle es schnell auf meinen Schwanz, dann nehme ich Christian das Gleitgel wieder ab und streiche es darauf. Ich versuche alle Tricks, die ich kenne, um der Erregung etwas Herr zu werden, aber auch der Gedanke an zahllose verschwitzte Tennissocken ändert nichts daran, wie es sich anfühlt, zuzustoßen und zu spüren, wie Christian mich in seinen Körper einlässt. Der Druck, das Einsaugen. Wie er sich gegen mich schiebt, um mich tiefer zu nehmen, mit dem gleichen rauen Aufschrei, den ich in meiner eigenen Brust fühle.

Seine Stirn fällt an die Wand vor ihm, er tastet nach einem Halt, was die Muskeln seiner Schulterblätter bewegt. Ich stöhne kehlig auf, als ich ganz eingedrungen bin, dann umfasse ich mich mit festem Griff seine Hüfte, halte unsere Körper dicht aneinandergepresst, vereint.

Ich spüre eine Hitzewelle durch meinen Körper jagen, reine Lust und körperliche Anziehung. Etwas anderes ist das sicherlich nicht. Ich ignoriere, wie erfüllt ich mich fühle, wie ich seine geöffneten Lippen ansehe, wenn er den Kopf zur Seite neigt, ignoriere, wie ich ihn an mich drücke, nur einen Moment, nur um zu spüren, wie wir uns zusammen anfühlen.

Jetzt schon keuche ich wie ein Tier in der Brunft, und ich bin eigentlich froh, dass er mir den Rücken zugewandt hat und nicht sehen kann, wie ich auf völlig lächerliche Weise die Kontrolle verliere. Ich könnte ihn umarmen, und er würde es zulassen – das weiß ich genau. Und es ist wahrscheinlich dieses Wissen, oder die Erkenntnis, wie sehr ich es mir wünsche, die mich warnen: keine gute Idee.

Also packe ich ihn im Nacken. »Ich hoffe, du bist bereit.«

»Oh, Fuck. Gib's mir endlich.«

Ich bin nur zu gerne bereit. In geübter Weise lasse ich die Hüften nach vorne schnellen, und knirsche mit den Zähnen. Er fühlt sich zu gut an. Zu … überwältigend.

Es hat keinen Sinn, cool und abgeklärt zu tun, wenn jede einzelne Zelle in meinem Körper danach schreit, mich gehen zu lassen.

Also tue ich es.

Ich nehme ihn so hart, dass er wieder und wieder gegen die Wand knallt. Seine kehligen Geräusche sind abgehackt, heiß, und passen zur Melodie unserer gegeneinanderstoßenden Körper.

»Ja, ja, *ja*, fuck, mehr. *Mehr*.«

Und ich bin nicht ganz sicher, dass ich ihm den Gefallen tun kann, aber ich gebe alles. Keine Zurückhaltung. Wir bewegen uns zusammen in unkontrollierter Raserei aus Stöhnen und Lustbezeugungen, und der Schweiß auf unserer Haut erfüllt den Raum mit einem berauschenden Duft.

Ich spüre wie so oft das nervöse Lachen in mir aufsteigen, nur dieses Mal ist es keine Nervosität. Es ist Erleichterung, und Glück und eine Lust, von der ich nie gedacht hätte, dass ich sie finden würde. Ich packe fester zu, meine Fingernägel krallen sich in seine Hüfte, der Daumen der anderen Hand hinterlässt eine sichtbare Druckstelle unter seinem Kinn. Ich drücke fester und packe ihn an den Haaren.

Ich will, dass er meine Markierungen trägt, damit ich daran die Tage abzählen kann, bis wir wieder nachgeben. Denn diese Sehnsucht, diese Gier ... ich werde sie nicht lange ignorieren können, und ich fange an, zu glauben, dass er genauso empfindet. Die magnetische Anziehung zwischen uns ist einzigartig, nur für uns und nur für die Momente, die sich zwischen uns beiden daraus aufbauen.

Christian klatscht mit der Handfläche an die Wand und umfasst sich mit der anderen Hand. Er drängt sich mir entgegen, schiebt sich auf meinen Schwanz, und obwohl meine Oberschenkel und Arme langsam zu schmerzen beginnen, verdoppele ich meine Anstrengung. Als wollte ich versuchen, ihn von innen nach außen zu kehren, auf den Kopf zu stellen, genau wie ich den Verdacht habe, dass er es bereits mit mir tut. Ganz ohne Mühe, ganz ohne Absicht. Ich fühle mich so zu ihm hingezogen, dass ich weiß: Er wird mir noch zum Verhängnis.

»Ja, gleich ... gleich ...« Er versteift sich, wirft den Kopf in den Nacken, und ich lasse seine Haare los und schiebe die Hand um seinen Hals, wo ich sie ruhen lasse. Ich nehme sein Ohr zwischen die Zähne und ergreife von ihm Besitz, nehme ihn mir, während das von meinem Rückgrat bis zu meinen Eiern rasende Kribbeln mich überwältigt. Ich komme aus dem Rhythmus. Mein Gehirn schmilzt zu einer Suppe aus ja, perfekt, mein, und dann kann ich mich nicht länger beherrschen und lasse mich fallen. Ich ergieße mich in einem zum Himmel stürmenden Hoch ins Kondom, und der einzige Wermutstropfen ist der Gedanke, dass ich mir eigent-lich wünschen würde, wir hätten gar keines benutzt.

Christian sinkt nach vorne, und ich lasse mich gegen ihn fallen. So stehen wir mit verschwitzten, verschlungenen Gliedern an die Wand gelehnt, keuchend und um Kraft ringend, während sich unsere Finger suchen, finden, verschlingen, streicheln und berühren.

Ich lache so leise, dass nur seine Haare mich hören könnten, denn das Glücksgefühl ist zu groß, um es im Körper zu behalten. Christian zuckt zusammen, als ich aus ihm herausrutsche.

»Na, damit sollten wir es wohl wieder eine Woche aushalten, würde ich sagen.«

Er stößt sich vorsichtig von der Wand ab. »Machst du Witze? Das hat alles nur noch viel, viel schlimmer gemacht.«

Erst habe ich Sorge, dass er es bereut. Vielleicht hätte ich ihn mehr drängen sollen, genauer nachfragen, ob er wirklich will, dass es passiert, aber dann tritt er näher und zieht mich an sich, und der Wirbelsturm meiner Gedanken beruhigt sich.

»Ich werde eine Wiederholung brauchen. Oder zwei? Viel-leicht drei. Wie viele Runden waren es beim letzten Mal? Wir haben einen Rekord zu brechen.«

»Dann sollten wir uns mal an die Arbeit machen.«

KAPITEL
ZWEIUNDZWANZIG

CHRISTIAN

ICH BIN IMMER NOCH DABEI, mich daran zu gewöhnen, was für eine dramatische Wendung mein Leben in den letzten Wochen genommen hat. Fast täglich auf der Bühne stehen, manchmal sogar zweimal pro Tag, kostet schon eine Menge Kraft, aber zwischen den Vorstellungen muss ich auch Zeit für Émile einbauen. Und leider auch für seine Familie.

Ich war schon bei unserem Kennenlernen recht sicher, dass es Kackbratzen sind, aber inzwischen habe ich absolut keine Zweifel mehr daran. Eine Hochzeit unter dem scharfen Auge der Missbilligung zu planen ist anstrengender für mich als zwei Stunden auf der Bühne.

Keiner von ihnen ist glücklich über die Art und Weise, wie Émile mir den Heiratsantrag gemacht hat, niemand war begeistert davon, wie die Verlobung publik gemacht wurde, und keiner von ihnen ist mit irgend etwas einverstanden, was wir für diese dämliche Hochzeit planen. Ich bin echt froh, dass ich noch nie vorhatte, so etwas in Wirklichkeit durchzuziehen. Das Ganze wird bei mir noch PTHS verursachen – Posttraumatische Hochzeits-störung.

Langsam verstehe ich, wie Brautmonster entstehen.

Ein wahres Glück, dass wir Elle haben. Wenn sie nicht arbeitet, spielt sie den Puffer zwischen Émile und mir und dem ganzen Rest. Sie sorgt dafür, dass Clifford seine Ansichten für sich behält, erinnert ihren Vater daran, dass es keinerlei Grund gibt, zu erwarten, dass seine Kollegen eingeladen werden, und verhindert, dass ihre Mutter jemanden beauftragt, den gesamten Planungsprozess zu dokumentieren. Dass Émile so viel mit der Planung seiner Benefizveranstaltung zu tun hat, hilft auch; es scheint die einzige Entschuldigung zu sein, die seine Familie gelten lässt, wenn wir Abstand von ihnen brauchen.

Es ist fast schon eine Erleichterung, dass das Stück jetzt gespielt wird, denn jeden Tag den gesamten Tag über Blumen und Kirchen und Essen zu reden … ich lege stöhnend den Kopf in die Hände.

Natürlich hält Émile mir das alles vom Hals, und plant gleichzeitig sein Event, ohne auch nur ins Schwitzen zu geraten. Wenn dieser Mann unter dem Druck zusammenklappt, fresse ich meinen linken Hoden.

Ich bin so froh, dass ich eingelenkt habe, was den Sex betrifft. Es wurde so schwierig, mich in seiner Gegenwart zu konzentrieren, und jetzt ist er das Highlight meiner ganzen Woche.

»Christian?«

Ich schrecke hoch beim Klang der Stimme, und muss ein paarmal blinzeln, um sicherzugehen, keine Erscheinungen zu sehen. »Josie. Was machst du denn hier?«

Sie schlängelt sich zwischen den diversen Make-up-Tischen durch, die hinter den Kulissen aufgebaut sind. Die beiden Hauptrollen haben eigene Garderoben, wir anderen müssen uns mit dem Großraum zufriedengeben.

»Bin gerade von der Hochzeitsreise zurückgekommen.« Sie

schaut mich mit sanftem Blick an. »Was zum Henker ist eigentlich an diesem Abend passiert?«

Ich weiche seufzend ihrem Blick aus. »Ja, das war nicht gerade eine meiner Sternstunden.«

»Das würde ich jedenfalls nicht hoffen! Du hast mehr von meiner Hochzeitstorte abbekommen als ich.«

»Hey, immerhin musstest du keine Sorge haben, dass Sheppy sie dir ins Gesicht klatscht«, sage ich im Versuch, etwas Lockeres zu sagen.

»Darauf hatte ich mich eigentlich gefreut, um ehrlich zu sein.« Sie verschränkt die Arme und lehnt sich an meinen Make-up-Tisch. »Geht es dir gut? Ich kann mir vorstellen ... dass das eklig gewesen sein muss.«

Beim Gedanken an die epische Erniedrigung an diesem Tag bin ich versucht, zuzustimmen. Aber eklig trifft es eigentlich nicht wirklich. Die Sache ist die: Es mag vielleicht nur einen knappen Monat her sein, aber es fühlt sich an wie eine Ewigkeit. So viel ist inzwischen passiert, dass ich gar keine Zeit hatte, großartig über diesen Abend nachzugrübeln, und wie schrecklich er war. Ehrlich gesagt finde ich es inzwischen sogar fast schon witzig.

Fast.

»Das war es, aber mir war hauptsächlich unangenehm, dass ich es für dich ruiniert hatte.«

»Danke dir, aber das wäre wirklich übertrieben. Die Hochzeit war ein Traum, und gegen Ende war ich so beschwipst, dass alles ein bisschen verschwommen ist.«

»Dem Himmel sei Dank, dass es Alkohol gibt.«

Sie schaut mich spitzbübisch lächelnd an, und es ist so ungewohnt, jemanden vor mir zu haben, mit dem ich so große äußerliche Ähnlichkeit habe. Das hat mir gefehlt. »Der Familienfunk hat mir berichtet, dass du nach wie vor mit einem gewissen Herrn zusammen bist. Einem sehr wohlhabenden, einflussreichen Herrn.«

Ich sollte wohl dankbar sein, dass sie eher darüber tratschen als über das Tortenmalheur.

Dann denke ich mir: *Scheiß drauf,* und halte meine Hand hoch.

Josie bleibt der Mund offenstehen. »Du bist verlobt?«

»Allerdings.«

»Wow, das ist ja toll!« Und sie fällt mir um den Hals, worauf ich absolut nicht gefasst war. »Ich freue mich so für dich. Kein Wunder, dass er ein bisschen überbesorgt und unhöflich rüberkam. Er hat sich nur hinter den Mann gestellt, den er liebt.«

»Ähm, ja.« Obwohl mir nicht ganz einleuchtet, wieso es unhöflich sein sollte, zu betonen, dass Homophobie böse ist. »Bist du nur gekommen, um mich wegen der Torte zusammenzufalten?«

»Nee. Ich wollte dein Stück sehen. Sheppy sitzt schon im Publikum.«

»Wow.« Plötzlich werde ich von Nervosität gepackt. «Das ist … ja großartig. Echt super!« Und nicht gerade der Druck, den ich vor dem Auftreten brauche. Andererseits ist es auch ziemlich toll, zu wissen, dass überhaupt jemand von meiner Familie gekommen ist. Und ich weiß, ich sollte nicht fragen. Die Antwort ist klar, noch bevor ich die Worte ausgesprochen habe, aber ich kann mir nicht helfen.

»Und … meine Eltern. Haben die noch etwas gesagt?«

Josie verzieht das Gesicht. »Nein. Aber ich bin auch erst gestern zurückgekommen, und zwar spät. Ich hatte also noch nicht viel Gelegenheit, mit jemandem zu sprechen …«

Wir wissen beide, dass das Blödsinn ist, da sie ja schon alles über Émile gehört hat. Ich zwinge mir ein Lächeln ab. »Ach was soll's. Ich hab's versucht, stimmt's?«

»Genau.«

»Und du bist hier.«

»Bin ich.«

»Was mir wirklich viel bedeutet.«

Sie lacht leise. »Danke. Ich werde mich mal verziehen, damit du dich fertig machen kannst. Sehen wir uns nach der Vorstellung noch?«

»Ja, klar!«

»Supi.« Sie geht und ruft über die Schulter: »Hals- und Beinbruch ...«

Ich weiß jetzt also, dass sie hier sind und zuschauen. Darum werde ich die beste Vorstellung meines Lebens geben. Ich will ihnen zeigen, wie großartig das Stück ist, damit sie nach Hause gehen und all denen davon erzählen, die sich wünschen, ich würde aus dem Familienstammbaum verschwinden. Ich will, dass Josie so lange darüber redet, wie gut ich war, bis sie meinen Namen nicht mehr hören können. Bis meine Eltern ein einziges Mal im Leben zugeben, vielleicht im Unrecht gewesen zu sein. Vielleicht einsehen, dass mein Schwulsein nicht alles ist. Vielleicht einen Grund finden, stolz auf mich sein zu können.

Ich zupfe ein bisschen an meinem Nasenring, im Versuch, mich wieder auf das Wesentliche zu konzentrieren. Bald geht der Vorhang hoch. Wir haben einige gute Kritiken bekommen, und das hat sich herumgesprochen, also hoffe ich, dass nicht alles zu Ende sein wird, nur weil unser Stück nicht mehr läuft, auch wenn wir es noch nicht geschafft haben, bis auf den letzten Platz ausverkauft zu sein. Aber ich versuche, nicht allzu weit in die Zukunft zu schauen. Vor uns liegt eine Menge Unbekanntes mit Potenzial zum Chaos.

Jetzt muss ich nichts weiter tun als da rausgehen und für die einzigen Familienmitglieder auftreten, denen ich nicht egal bin. Und es mag zwar nicht das Bestmögliche sein, das Émile erwartet, aber seine Familie zu sehen, ruft mir vor Augen, dass niemand perfekt ist. Ich nehme, was ich kriegen kann.

Und doch sitzt mir die fehlgeschlagene Hoffnung, was meine Eltern betrifft, im Nacken. Siebzehn Jahre lang hatte ich sie in meinem Leben. Sie waren warmherzig und freundlich und so liebevoll.

Dann war ein einziger Teil von mir nicht das, was sie erwarteten, und dann … nichts. Manchmal habe ich Mühe, mich daran zu erinnern, wie es war, Eltern zu haben.

»Kommst du?«, fragt Sophie im Vorbeilaufen.

Ich reiße mich aus meinem Bad im Selbstmitleid und merke, dass alle sich schon in Bewegung gesetzt haben.

»Japp. Absolut. Hals- und Beinbruch.«

Josie liegt etwas an mir. Josie ist hier. Ich werde so gut sein wie noch nie, was nicht schwer sein sollte. Das ganze Ensemble ist wie unter Strom. Wir spüren es alle. Die Vorstufe von Potenzial. Nach Jahren, in denen wir an wechselnden kleinen Produktionen und an lokalen Theatern gearbeitet haben, könnte uns dieses Stück wirklich weiterbringen.

Aber wir sind immer nur so gut wie die letzte Vorstellung, also versuche ich, mich von dem Druck zu befreien, und in die Haut meines Charakters zu schlüpfen. Ich habe keine Zeilen zu sprechen, aber die ständigen Kostümwechsel und die Choreographie sind Herausforderung genug.

Die Anfangsmusik erklingt und durchströmt mich, beruhigt meine Nervosität etwas und mein Geist wird klar. Mehr oder weniger. Immer noch denke ich daran, dass Josie sich aufgemacht hat. Josie ist hier.

Wieder werde ich nervöser, aber ich unterdrücke es. Keine Zeit dafür.

Mein Einsatz kommt, und ich laufe auf die Bühne. Die Aufmerksamkeit lastet heute schwerer auf mir, aber das Publikum ist interessiert. Wo ich normalerweise als nicht erkennbare Figur im Hintergrund verschwinde, *weiß* ich heute, dass ich beobachtet werde. Gemustert werde. Beurteilt werde.

Ich strenge mich an. Drehe mich mehr. Schneller. Ich bin mir meiner Schritte bewusster und verpatze ein paar. Nichts Großes. Niemandem fällt es auf. Dann verpatze ich eine Drehung und bin einen Tick langsamer als die anderen, aber das ist okay. Ich kann aufholen. Das ist erst die erste Nummer, und wenn man nicht optimal beginnt, lässt das Raum für Verbesserung.

Ich versuche, in den leeren Raum abzuheben, in den ich beim Auftreten immer gehe. Wo mein Gehirn leer wird und ich den Bewegungen die Führung überlasse – aber die Realität holt mich ein, als ich einen Schritt zu weit zur Seite mache und mit einer anderen tanzenden Person zusammenpralle. Brit? Joseph? Ich bleibe nicht stehen, um nachzuschauen.

Mit etwas Glück ist es nicht aufgefallen. Höchstens Josie. Josie, die mir zuschaut, Josie, der ich nicht egal bin. Josie, die stolz auf mich sein will, und der ich es so schwer mache.

Ich spüre Schweißperlen auf der Stirn, und mein Herz schlägt viel schneller, als es eigentlich sollte. Einen kurzen, verrückten Augenblick lang denke ich: *Herzinfarkt oder Magenverstimmung?*, und das reicht, um mich endgültig aus der Konzentration zu reißen. Ich springe auf die Bank, und in der gleichen Sekunde weiß ich, dass ich es verbockt habe. Ich drehe mich in die falsche Richtung und mein Fuß knallt gegen etwas. Ich höre jemanden unterdrückt ächzen, lande knapp einen Schritt zu weit außen, werfe mich herum, um auszugleichen, um nicht hinzufallen, dann stoße ich gegen ein Requisit und verliere komplett die Orientierung für die Bühne, als meine Füße verschwinden.

Ich falle nach hinten, aber mein Sturz wird von etwas aufgefangen und es ertönt ein lautes Rascheln. Ein Stöhnen, und dann ein gewaltiges Scheppern, als ich auf die Bühne falle.

Einen sehr langen Moment passiert gar nichts. Geräusch. Gefühl. Sicht. Alles verschwindet in einem Abgrund von *OhGottohGottohGott*, in dem ich den Tränen nahe bin.

Hinter mir ist die Kulisse, die unter meinem Gewicht strammgezogen ist, die Seile halten sie nur knapp aufrecht, sind kurz vor dem Reißen, und ich warte nur darauf, dass das ganze Dinge einstürzt.

Aber hey, falls es auf mich fällt, werde ich wenigstens nicht angestarrt.

»Oh mein Gott, Christian, alles okay mit dir?«, fragt Reece, der aus den Kulissen geschossen kommt, als eine Stimme verkündet, dass es eine kurze Pause geben wird, und der Vorhang beginnt, sich zu schließen.

Ich antworte nicht. Denn es gibt keine Antwort. Denn ich bin tot. Ich muss tot sein.

Bitte lass mich verdammt nochmal tot sein.

Mir fallen die Augen zu, während ich einen Arm um mich fühle, der mir beim Aufstehen hilft. Meine Beine, meine Füße werden betastet. Ich weigere mich, hinzuschauen. Meine Wangen brennen, als wären sie kurz vor dem Explodieren.

Wenn das passieren würde, würde es mir wenigstens erspart bleiben, das hier zu durchleben. Ein explodierendes Gehirn wäre dem Malstrom in meinem Inneren vorzuziehen, der mir gefährliche Übelkeit bereitet. Muss ich mich gleich übergeben?

Mein Kopf hämmert.

Meine Handflächen schwitzen.

Mein Puls läuft auf Tausend.

»Du bist okay. Alles okay«, sagt irgendein Trottel, als wäre es gut, dass ich nicht schwer verletzt bin.

Als ob mich nicht alle hassen, weil ich alles zerstört habe.

Der Griff um meine Mitte wird fester, und ich werde voran geschoben.

Mein Kopf dreht sich, und ich spüre, wie sich eine Welle von Übelkeit in alle Gliedmaßen ausbreitet.

Und dann, als könnte es nicht noch schlimmer kommen, kippe ich nach vorne und kotze einmal quer über die ganze Bühne.

KAPITEL
DREIUNDZWANZIG

ÉMILE

SCHAUSPIELER CHRIS PATRICK GIBT ALLES –
buchstäblich.

Ich lege die Sitzpläne für die Benefizveranstaltung beiseite, als die Benachrichtigung des *Seattleite* auf meinem Display erscheint. Ein nervöses Prickeln durchströmt mich, als ich den Artikel aufrufe. Je länger ich lese, desto wütender und empörter werde ich.

Das ist *mein* Christian, von dem da die Rede ist.

Mein Christian, über den sich lustig gemacht wird.

Mein Christian, der allem Anschein nach bei der einzigen Sache, bei der er sonst nie Fehler macht, gepfuscht hat. Ich habe ihn schon von seiner schlechtesten Seite erlebt, weiß, wie er sich Vorwürfe macht, und ich habe ihn nach den Vorstellungen gesehen, buchstäblich strahlend, weil ihm etwas gelungen war, das ihm so wichtig ist.

Sein Selbstvertrauen steht und fällt ohnehin schon mit seinem Anspruch, den Tag ohne Unfälle zu meistern. Ich kann nur ahnen, wie sehr er am Boden zerstört sein muss.

»Vielleicht an diesen Tisch–«

»*Psst.*« Ich bereue noch nicht mal, Elle unterbrochen zu haben, als ich seine Nummer wähle und das Handy ans Ohr halte. Sofort werde ich auf Voicemail umgeleitet. »Verdammt.«

Elle hebt die Augenbrauen. »Das kam von Herzen.«

Ich werfe ihr das Handy zu und sehe dann mit stummem Entsetzen die gleichen Emotionen auf ihrer Miene wie bei mir.

»Wie zum Teufel ist es ihm nur gelungen, so zu verkacken?«

»Das ist so ein bisschen sein Ding«, erkläre ich. »Aber normalerweise nicht … nicht *so*.«

»Ich möchte gerade nicht in seiner Haut stecken.«

»Das wird ihm wohl genauso gehen.« Zum ersten Mal bin ich ratlos. »Er nimmt nicht ab. Was soll ich nur tun?«

Sie verzieht das Gesicht. »Mich musst du das nicht fragen. Ich habe noch nie Beziehungen gehabt, aus genau diesem Grund. Die anderen *verlassen* sich auf einen.«

»Das klingt eigentlich gar nicht so schlimm, überraschenderweise.«

Elle legt den Kopf schief. »Emmy, ich weiß ja, das ist alles nur zum Schein, aber … magst du ihn am Ende wirklich? Also, wenn er nicht der Mann wäre, den du vermeintlich heiraten willst oder so, glaubst du, ihr hättet etwas miteinander?«

»Wenn ich nicht so tun würde, als wollte ich ihn heiraten, hätte ich keinen Grund, ihn wiederzusehen.«

Dazu sagt sie nichts, sondern drückt nur meine Hand. Wir beobachten beide, wie das Handy zwischen uns vor lauter Meldungen explodiert.

»Ach verflucht«, sagt sie trocken. »Sie haben rausgekriegt, wer er ist.«

»Mist. Ehrlich?« Ich entsperre das Handy. Es sind jetzt nicht nur Meldungen über seinen *Gibt-Alles-Einsatz*, jetzt sind auch Links zu mir dabei. Zu unserer Verlobung. Was vermutlich ein guter Grund für ihn war, sein Handy auszumachen. »Ich muss zu ihm. Die Vorstellung sollte inzwischen vorbei sein, ich fahre am besten zu ihm nach Hause–«

Es klopft. So sehr ich auch glauben möchte, dass es Christian ist – in der Luft liegt die ominöse Ahnung, dass mir ein Gespräch bevorsteht, das ich ungern führen will.

»Ob wir so tun sollten, als wären wir nicht da?«, fragt Elle.

Es klopft abermals, dieses Mal etwas nachdrücklicher.

»Ich glaube nicht, dass es helfen würde.«

»Sie können dich nicht zwingen, an die Tür zu gehen.«

»Und wenn es Christian ist?«

Sie fixiert mich mit einem Blick, der deutlich besagt, dass ich mal erwachsen werden soll. Er ist es nicht. Wir wissen es beide genau, aber ich hoffe trotzdem noch, während ich vom Tisch aufstehe und zur Eingangstür laufe. Als ich sie öffne, marschiert Großmama herein, gefolgt von Clifford.

Sie lässt den Blick aus den wässrig blauen Augen einmal durch den Raum wandern, bevor sie Elle und mich anschaut.

»Émile, mein lieber Junge.« Sie streckt sich, um meine Wange zu küssen. »Du musst deine Reinigungskraft entlassen. Hier sieht es aus wie in einer Studentenbude.«

Irgendwie gelingt mir ein freundliches Lächeln. Ich brauche mich nicht hier umzusehen, mit der Wohnung ist alles in bester Ordnung. »Ich habe keine Reinigungskraft.«

»Das müssen wir ändern.« Sie nickt Clifford zu. »Sag Ian Bescheid, dass er jemanden schicken soll.«

»Bei allem Respekt …« – mir fallen diese Worte zusehends schwerer – »… ich suche gar keine Reinigungskraft.«

Clifford lacht. »Vielleicht macht sein kleiner Ehemann das für ihn.«

»Wie bitte?«

»Nennt man die nicht so? Herren für bestimmte Dienstleistungen. Nacktputzer, so etwas in der Art.«

Ich beiße die Zähne so fest zusammen, dass ich befürchte,

einen Backenzahn dabei einzubüßen. Oder ihm einen Kinnhaken zu geben. Die Chancen stehen fünfzig zu fünfzig. »Ich kann wirklich nur hoffen, dass du nicht von Christian sprichst.«

»Ich meine ja nur, alter Junge«, sagt Clifford mit erhobenen Händen, »er ist nicht wirklich ... einer von uns. Du verstehst schon.«

Noch bevor ich antworten kann, meldet Elle sich zu Wort. »Tut mir wirklich leid, so begriffsstutzig zu sein. Könntest du das etwas weiter ausführen?«

»Tja, weil er ... nun ja. Einem *absolut* respektablen Mann ans Gesäß gefasst hat, außerdem ... ich bin sicher, dass es keinem von euch entgangen ist: Er *schaufelt* beim Essen. Als wäre man auf einer prähistorischen Expedition. Ein Wunder, dass er niemandem ein Auge ausgestochen hat mit seinen Ellbogen. Alle, mit denen ich gesprochen habe, waren schwer entsetzt.«

»Das ist wenig überraschend, da die meisten deiner Gesprächspartner so sind wie du«, sage ich freundlich, und es geht komplett an ihm vorbei, dass er gerade beleidigt wurde. Seine Chancen auf einen Kinnhaken sind aber gefährlich auf sechzig zu vierzig angestiegen.

»Willst du mir keinen Platz anbieten?«, fragt Großmama.

Das sollte ich, ich weiß. Es wird von mir erwartet, das ist mir klar, aber ich finde auch, dass es ein zu großer Zufall ist, dass sie ausgerechnet jetzt hier auftauchen, der Perversling eine seiner Tiraden ablässt, und ganz ehrlich? Ich habe keinerlei Interesse an der Konversation, die mir gerade ins Haus gebracht wird.

»Tatsächlich war ich gerade auf dem Sprung. Ihr habt sicher gelesen, dass mein Verlobter nicht den besten Tag hat. Er braucht mich.«

»Setz. Dich.« Der plötzliche schneidende Ton ist unerwartet und böse.

Ich setze mich.

Ein Blick zu Elle zeigt, dass sie das Gleiche getan hat.

Großmama richtet sich zu voller Größe auf, die Clifford kaum bis zur Schulter reicht, aber die alte Dame strahlt eine Macht aus, die es mir schwer macht, mich vom Fleck zu rühren.

»Ich habe dieses lächerliche Unterfangen jetzt lange genug toleriert«, sagt sie, während sie mich unverwandt anstarrt. Sie zeigt mehr Imponiergehabe mit ihrer winzigen Gestalt, als ich es von ihr gewöhnt bin. »Dieser Junge weiß nicht, wie man sich in unseren Kreisen benimmt. Er wirft kein gutes Licht auf unsere Familie. Und du benimmst dich ebenfalls komplett unakzeptabel, seit er aufgetaucht ist. Ich habe genug davon.«

»Du hast *genug davon*?«

»Ich werde diese Familie nicht zum Gespött werden lassen, nach allem, was wir erreicht haben. Über uns berichten die *Times* und das *Wall Street Journal*, und nicht irgendwelche Klatschblätter, zu deren Thema ich heute wurde. Das hört auf. Und zwar sofort.«

Mir liegt auf der Zunge, ihr zu sagen, wo sie sich ihre Forderungen hinstecken kann, aber ich schlucke den Impuls hinunter. Meine Frustration verschwindet hinter einer Maske der höflichen Gleichgültigkeit. »Und du glaubst nicht, dass eine gelöste Verlobung in den gleichen Klatschseiten erscheinen würde?«

»Um ganz offen zu sein, ist mir das völlig gleich.«

»Wohl gesprochen, Großmutter«, pflichtet Clifford schleimig bei.

Ich bin jetzt bei siebzig zu dreißig, und wenn er sich nicht sofort von hier verzieht, werde ich ihm seine hoch getragene Nase brechen. »Tja, sieht so aus, als hätten wir eine Pattsituation. Ich muss heiraten, um meine Erbschaft anzutreten, also verstoße ich im Wunsch, Pas letztem Willen zu entsprechen, gegen deine Wünsche. Du hast sicher Verständnis dafür, dass mich das in eine unangenehme Situation bringt.«

»Dein Großvater wäre angewidert von deinem Benehmen.«

Eine Erinnerung blitzt in meinem Gedächtnis auf. Pa, der bei einer seiner Partys mit zwei auf die Stirn geschobenen Brillen einem lokalen Senator begeistert vom Schienennetz in Europa berichtet. Wie sein Sherry über den Rand des kleinen Glases schwappte, wie sein Gesicht sich immer mehr rötete, je mehr er trank, wie er mit einer der Kellnerinnen zusammenstieß und dann gemeinsam mit ihr die auf dem Boden verstreuten Hors d'oeuvres aufhob.

»Möglich. Oder er wäre unglaublich stolz auf mich. So oder so ist sein Testament nicht anfechtbar. Ich erfülle meinen Teil der Abmachung, und sobald ich mein Geld habe, werde ich wieder zurück nach Amsterdam gehen, wo sich niemand um Berichte in den Klatschseiten scheren muss, oder ob mein Ehemann irgendwelche respektablen Herren außer mir angrabscht. Ich für meinen Teil genieße es, wenn er das bei mir macht.«

»Émile Jean Cromwell«, sagt Großmama kochend vor Wut, »so lasse ich nicht mit mir reden.«

»Kein Problem.« Ich erhebe mich und greife nach meinem Schlüssel. »Wie gesagt, ich wollte gerade gehen. Ich bin sicher, Elle wird dir gerne eine Tasse Tee machen.«

Elle schenkt ihr ein engelsgleiches Lächeln. »Ich habe bestimmt irgendwelche Teebeutel hier.«

Gran sieht ganz schwach aus, und ich würde mir Sorgen machen, eine alte Dame aufgeregt zu haben, wenn ich nicht überzeugt wäre, dass sie uns noch alle Kraft ihres eisernen Willens überleben wird.

Ich komme bis zur Tür, bevor wieder jemand spricht.

Großmama schlägt jetzt wieder einen freundlicheren Ton an. »Also gut, Émile. Mach, was du denkst. Aber du kannst dich darauf verlassen, dass ich das Gleiche tun werde.«

Meine Schritte stocken einen Sekundenbruchteil, aber dann laufe ich unbeirrt weiter, als hätte ich sie nicht gehört. Ich bin dieses Testament tausendmal durchgegangen. Mein Anwalt hat es geprüft, die Bescheinigung des Arztes, der Pa für zurechnungsfähig erklärt hat, als er die Änderung vornahm. Sie kann nichts ausrichten. Ohne die Drohung, mich zu enterben, hat sie keine Macht über mich.

Es ist trotzdem schwer, meinen Kopf davon zu überzeugen, da ich mein ganzes Leben dazu erzogen wurde, mich ihrem Urteil zu beugen. Beim Hinausgehen beschleicht mich das irritierende Gefühl, einen Fehler zu begehen.

Darum weiß ich, dass ich mich richtig entschieden habe.

KAPITEL
VIERUNDZWANZIG

CHRISTIAN

FÜHLT ES SICH SO AN, am absoluten Tiefpunkt angekommen zu sein? Ich sitze hinter der Bühne. Meine Sinne sind gedämpft, und in meinem Gehirn befindet sich eine weiße Leinwand, was mich davor schützt, wieder und wieder darüber zu grübeln, was zum Henker gerade passiert ist. Reece versichert mir, dass es nur ein schlechter Tag war, eine Vorstellung, bla-bla-bla, aber es ist schwer, ihm zuzuhören, wenn mir der Gestank meines ausgekotzten Frühstücks die Nase verstopft.

»Eine Vorstellung in drei Wochen ist gar nichts. Ich weiß, dass es peinlich war, aber du bist unverletzt. Das ist die Hauptsache. Morgen bist du wieder da draußen und lieferst eine 1A-Choreographie ab wie an jedem anderen Tag bisher.«

Ich werfe ihm den ungläubigsten Blick zu, den ich zustande bringe.

»Neenee. Genug damit«, sagt er. »Du hast viel zu hart dafür gearbeitet, mein Freund. Ich werde nicht zulassen, dass du dich hinter deiner Verlegenheit versteckst. Solche Sachen kommen vor, und man verarbeitet sie am besten, indem man sich wieder hinausbegibt. Ich hätte dich sofort wieder rausgeschickt, wenn du nicht quasi ohnmächtig gewesen wärst.«

»Ha.« Ich weiß selber kaum, ob das ein Lachen oder ein Widerspruch sein soll. Es ist schwer zu entscheiden.

»Geh nach Hause. Iss etwas Ordentliches. Schlaf dich aus. Und morgen erwarte ich dich wieder hier.«

Jetzt höre ich den Schluss-Song erklingen. Es ist allein die Horrorvorstellung, allen in die Augen sehen zu müssen, die mir die Kraft gibt, aufzustehen. Ich bin noch in Kostüm und Maske, aber ich werde den Teufel tun, noch zum Umziehen zu bleiben, und Reece fordert mich auch glücklicherweise nicht dazu auf.

Schnell werfe ich meine Tasche über die Schulter und gehe. Inzwischen ist es dunkel, und ich habe keine Ahnung, ob es kalt oder warm ist, weil ich tief in einen gedämmten Kokon von Scham gehüllt bin. Ich steige ins Auto, starte den Motor, fahre los und nach Hause … alles wie in einem Vakuum, und ich kann mich gerade noch soweit konzentrieren, nicht zu allem Überfluss noch einen Unfall zu bauen.

Das wäre ja das perfekte Ende für diesen Tag.

Alle Lichter im Haus sind an. Hell wie ein Leuchtfeuer strahlt es vor dem dunklen Grundstück, und ich fahre die lange Einfahrt hoch, während ich im Geiste überschlage, wie gut meine Chancen sind, unbemerkt ins Haus und in mein Zimmer zu gelangen, ohne dass mir jemand entgegenspringt.

Im Hinterkopf ist mir klar, dass ich Émile anrufen sollte. Ich weiß, er würde alles besser machen. Mit einem Witz, oder durch Logik, oder er würde vorbeikommen und mich mit Sex ablenken. Aber dafür habe ich jetzt einfach keine Energie. Am liebsten würde ich weinen, aber ich tue es nicht. Ich will schlafen, weiß aber genau, dass es mir unmöglich sein wird.

Egal was Reece sagt – ich kann mir nicht vorstellen, dass die Investoren nichts von meinem epischen Versagen mitbekommen werden. Josie hat es natürlich mitbekommen. Wahrscheinlich telefoniert sie gerade mit ihrer Mom und die beiden machen sich darüber lustig, was ich doch für eine komplette Lusche bin. Meine Eltern atmen vermutlich auf vor Erleichterung.

Jetzt brennen meine Augen auch noch. Zornig springe ich aus dem Auto und laufe schnell zum Haus. Ich habe mir eingeredet: Wenn ich schnell mit entschlossenem Schritt laufe und niemanden anschaue, werden sie mich in Ruhe lassen.

Da hätte ich meine Mitbewohner wirklich besser kennen müssen.

Kaum bin ich im Haus, habe die Schuhe ausgezogen und die ersten Schritte in den Flur gemacht, als Gabe sich auf mich wirft. Er prallt an meinen Brustkorb, was mir ein *Uff* entlockt, dann wirft er mich auch schon um. Mein Gesicht wird in den antiken Teppich gepresst, während Gabe sich über meinen Rücken drapiert.

Schritte nähern sich, und ich erkenne Sevens quer über den Fuß verlaufendes Medusa-Tattoo. Dann spüre ich, wie meine Beine beschwert werden. »Das ist ja kuschelig«, sagt er.

Ich versuche, zu antworten, aber es legt sich noch jemand auf meinen Rücken, meinen Po, dann spüre ich noch mehr Gewicht auf meinen Beinen. Ich werde von allen Seiten umarmt und in den Fußboden gepresst. Jemand streichelt meine Haare, vermutlich Gabe, und eine raue Hand, die ich Madden zuordne, reibt meinen Arm.

Das Prickeln in meinen Augen ist wieder da, und ich verziehe mein gesamtes Gesicht, um dagegen anzukämpfen. Ich weigere mich, es zuzulassen, dieses Gefühl siegen zu lassen.

»Ich glaube nach wie vor, dass es einfacher gewesen wäre, ihm eine Gewichtsdecke zu besorgen«, bemerkt Xander von irgendwo über mir.

»Worüber beschwerst du dich eigentlich?«, fragt Rush. »Du darfst ganz oben liegen.«

»Es ist aber ein komischer Winkel.«

»Ich habe einen Ellbogen in den Eiern«, grunzt Seven. »Du tust mir gerade Null leid.«

Ich atme so tief ein, wie es geht, wenn alle auf mir liegen. »Bitte sagt mir, dass Madden wenigstens etwas anhat«, ächze ich.

»Pssst ...«, sagt er und der Druck an meinem Arm nimmt zu. »Du kennst doch die Antwort.«

Verflucht nochmal.

Winzige Schritte nähern sich jetzt von irgendwo links von mir, und Kismet kommt herbei getrottet und stupst mich mit dem Kopf an. Sein hässliches, zerknautschtes Gesicht hat einen Ausdruck, als könne er kaum glauben, dass er diesen Zirkus mitmacht, und doch bin ich froh, dass er da ist. Trotz meiner schmerzenden Rippen und des knapp werdenden Sauerstoffs bin ich froh, dass sie alle da sind.

Es ist gar nicht so leicht, sich taub zu fühlen, wenn man zu Tode gequetscht wird. Gabe rückt von Kismet ab, der wegen der plötzlichen Bewegung laut zu fauchen beginnt, ein paar Schritte zurück macht, und als die Luft rein ist, wieder näherkommt und eine kleine Pfote auf meinen Kopf legt.

Ich schließe die Augen, denn jetzt fällt mir alles wieder ein, aber dann konzentriere ich mich von Neuem auf meine Freunde. Ihr Gewicht, ihren Geruch, die leise murmelnden Stimmen. Seven schweigt zum Glück; sein Kommentar, dass es *früher oder später passieren musste, und dass ich inzwischen daran gewöhnt sein sollte, auf dem Arsch zu landen*, mag zutreffend sein, aber es mir anzuhören würde mir gerade nicht helfen.

Keine Ahnung, wie lange wir da auf einem Haufen liegen, aber nach einer Weile lässt meine Anspannung nach.

»Gut möglich, dass dies der tollste Anblick ist, den ich in meinem ganzen Leben je zu Gesicht bekommen habe.«

Ich zucke zusammen, als ich Émiles Stimme höre. Natürlich ist er hier. Einerseits würde ich gern alle von mir herunter schieben und mich in seine Arme werfen. Andererseits hoffe ich irgendwie, dass sie mich so sehr zerquetschen, dass ich ihm nie wieder in die Augen sehen muss.

»Soll ich mich dazulegen, oder seid ihr schon genug?«, fragt er.

Gabe dreht sich so, dass er mir ins Gesicht sehen kann. »Das ist dir überlassen.«

»Runter«, grunze ich, aber sie verstehen mich, denn sie erheben sich einer nach dem anderen.

»Na endlich«, stöhnt Xander.

Seven wirft ihn auf die Couch und tut so, als wollte er ihn mit einem Kissen ersticken. Und ich versuche um alles in der Welt, Émile bloß nicht in die Augen zu schauen.

Leider ist er viel schlauer als ich, denn er tritt näher und geht genau in meinem Gesichtsfeld in die Hocke.

»Woher wusstest du?«, frage ich.

»Liebling, alle wissen es.«

Ich werde *flammend* rot. »Ich hab's mir überlegt. Kommt alle wieder, und bitte bringt mich dieses Mal auch wirklich um.«

»Oh nein. So einfach kommst du aus der Hochzeit nicht heraus.« Er nimmt meine Hand in seine weiche und zieht mich hoch.

Gabe schnüffelt mit roten, entzündeten Augen, weil er Kismet so nahe gekommen ist. »Lass mich mal kurz meine Antihistamine holen.«

»Komm her«, sagt Rush, der eine Decke hochhält. Émile mustert ihn neugierig, aber ich gehe ihm entgegen, viel zu erschöpft um nachzudenken.«

Ich sinke auf die Couch, und er wickelt mich in die Decke und stopft sie an den Seiten schön fest.

»Willst du darüber reden?«, fragt Émile und setzt sich neben mich.

»Nö.«

»Willst du Alkohol?«, fragt Madden.

Ich schüttele den Kopf. »Soviel zu keine Nacktheit, wenn wir Gäste haben.«

»Ist nicht meine Schuld, wenn du immer unangekündigt Besuch mitbringst.«

»Keine Klagen.« Émile grinst. »Die Aussicht ist nicht übel.«

Da hat er recht, und für mich ist es inzwischen sogar unge-wohnter, Madden in Klamotten zu sehen, als so wie jetzt.

»Ich mag deinen Fast-Ehemann«, sagt Madden.

Ich schnaube. »Nach heute sehe ich eher nicht, dass diese Hochzeit noch stattfindet.« Ich drehe mich zu Émile. »Oder?«

Seine Grimasse ist Bestätigung genug. »Sagen wir's mal so: Meine Großmutter ist nicht besonders erbaut über die Aufmerk-samkeit.«

»Ich hab's ja nicht absichtlich gemacht«, murmele ich, während sich eine heiße, Übelkeit erregende Angst in mir ausbrei-tet. Ein klitzekleiner Teil ist die Enttäuschung wegen der Kohle, aber das ist leicht zu ignorieren, da ich sowieso nie so recht glauben konnte, dass es wirklich soweit kommen würde. Nein, mir ist übel, weil ich Émile hängenlassen habe, obwohl ich mein Bestes gegeben habe. Anders als ich wollte er das Geld nicht aus Eigennutz haben. »Wenn du hier bist, um die Verlobung zu lösen, kannst du es einfach als Verlust verbuchen und wieder gehen. Du kannst mir glauben: Es würde mich nicht überraschen, und ich werde es dir keinesfalls zum Vorwurf machen.«

Anstatt aufzustehen und wieder zu gehen schiebt er seine langen Finger unter die Decke und tastet nach meiner Hand. »Du bist immer noch genau so absurd wie immer.«

»Ich sag's nicht gerne, aber ich kann mir kaum vorstellen, dass sich das jemals ändert.«

Er drückt meine Hand. »Neuer Versuch.«

Ich muss ein ganz kleines bisschen lächeln. »Also gut. Das ändert sich nie. Niemals.«

»Versprochen?«

Plötzlich macht sich ein Glücksgefühl in meinem Inneren breit. Ich versuche, mir vor Augen zu halten, dass Émile sicher nur für die anderen schöne Worte macht, um die Charade aufrecht zu erhalten. Aber das kann ich nicht wirklich glauben, wenn er mich so anschaut. »Ja. Versprochen.«

»Gut. Ich verlasse mich nämlich darauf.«

KAPITEL
FÜNFUNDZWANZIG

ÉMILE

»KANNST DU MACHEN, dass es verschwindet?«, fragt Christian, der sein Gesicht an meinem Hals vergraben hat, fast, als wollte er in mich hineinkriechen. Ich würde ihm am liebsten das Blaue vom Himmel herunter versprechen, denn das Kratzen seiner Barthaare an meinem Hals lässt mich dahinschmelzen.

»Du solltest wissen, dass ich genau das tun würde, wenn ich könnte.«

»Ja ...«, seufzt er, dann macht er genau das, was ich nicht wollte: Er wirft sich auf den Rücken. Jetzt sind wir körperlich getrennt und sehen einem weiteren Tag entgegen, den wir ohne einander meistern müssen. »Ich verstehe einfach nicht, warum *alle* davon reden müssen.«

»Ich meine das so lieb wie möglich: Du hast fast das gesamte Bühnenbild zerlegt. Das allein wäre eine Meldung wert gewesen, auch ohne die Verbindung zu mir. Und es ist Pech für dich, dass du jetzt mein Verlobter bist, denn das macht alles so viel schlimmer.«

Er brummt zustimmend und starrt an die Decke. Der Blick aus

seinen sonst so leuchtend blauen Augen ist viel zu nachdenklich. »Ist es immer so für dich?«

Die Frage ist schwer zu beantworten. »Mehr oder weniger. Beim Studium in Cambridge hat sich niemand darum geschert, wer ich bin, außer einigen wenigen, um die ich einen Bogen gemacht habe. In Amsterdam konnte ich meist einfach in der Menge abtauchen, aber hier ... die Vereinigten Staaten sind eine Welt für sich. Klatsch ist harte Währung, und der Erbe eines gewaltigen Vermögens zu sein, macht mich anscheinend zu einer wichtigen Persönlichkeit ... obwohl das alles grober Unfug ist.«

»Grober Unfug?« Er lächelt mich spöttisch von der Seite an. »Du meinst, ich heirate gar keinen zukünftigen Prinzen? Soll ich die Hochzeit abblasen?«

Ich haue ihn mit meinem Kissen. »Das will ich sehen.«

»Prinz Émile Cromwell.«

»Genug davon, danke auch.«

»Wirst du mich zu Tee und Keksen auf deinen Landsitz entführen, bevor du mich entkleidest und deflorierst?«

»Tu uns beiden einen Gefallen und lass das mit dem britischen Akzent ganz schnell wieder.«

»Was denn? War das nicht großartig?«

Da das Kissen keine Wirkung auf ihn hatte, beschließe ich, mich selbst damit zu ersticken. »Mach, dass es aufhört.«

»Na, alter Junge? Da sitzen wir ganz schön in der Tinte, hab' ich recht?«

»Keine Ahnung, welcher Dialekt aus Großbritannien das sein sollte. Aber ich kann dir versichern: den gibt es nicht.«

»Ein paar Scones dazu vielleicht?«

Jetzt reicht's. Ich werfe das Kissen beiseite und stürze mich auf ihn. »Iss lieber noch einen Hamburger, du flegelhafter Amerikaner.«

»Oh *nein*, genau da, wo's wehtut.«

Wir werfen uns weiter die absurdesten Stereotypen und Klischees an den Kopf; als Christian mich schließlich auf den

Rücken geworfen hat und seinen nackten Körper an meinen presst, merke ich, dass er lacht.

Das gibt mir ein unerwartetes, warmes Gefühl in der Brust.

»Siehst du? Alles fast schon wieder normal.«

Das Lächeln erstirbt. »Wie zum Teufel soll ich das machen, heute wieder da raus zu gehen?«

»Vermutlich so wie sonst auch.«

»Du verstehst das nicht.« Er lässt sich fallen und kuschelt sich wieder an diese wunderbare Stelle an meinem Hals. »Josie hat alles gesehen.«

»Deine Cousine?« Das ist das erste Mal, dass er sie erwähnt.

»Ich glaube, deswegen war ich so nervös. Sie kam vorher vorbei, und ich wollte unbedingt gut sein, und dann habe ich mich so unter Druck gesetzt, dass ich alles verkackt habe. Und jetzt habe ich Sorge, es für das ganze Ensemble verkackt zu haben. Wusstest du, dass wir diese Woche richtig gute Kritiken bekommen haben? Reece hat von potenziellen Investoren gesprochen. Das ist der Traum. Für uns alle. Und jetzt ist es dank mir vielleicht wieder ganz vom Tisch.«

Als Christian gestern eingeschlafen war, hatte ich Tickets für die heutige Vorstellung bestellt. Ich wollte ihn damit überraschen, dass ich im Publikum sitze, ihm das Gefühl geben, dass jemand Vertrauter eigens wegen ihm gekommen ist. Das hatte ich ganz offensichtlich falsch eingeschätzt.

»Wenn sich das alles aufgrund einer einzigen Person in Luft auflösen würde, wäre es von vornherein kein echtes Angebot gewesen. Du stehst doch nicht allein auf der Bühne.«

Er hebt niedergeschlagen den Kopf, um mich anzusehen. »Das stimmt zwar, aber ich war der, der die Vorstellung verkackt hat.«

»Jede Publicity ist gute Publicity. Ich kann mir kaum vorstellen, wie es für dich gewesen sein muss, vor allem, weil du immer schon wegen jeder Kleinigkeit so verlegen wirst; aber diese Dinge regeln sich irgendwie immer wie von selbst.«

»Naja. Wir werden sehen …«

Er sieht immer noch nicht allzu überzeugt aus, aber so etwas glaubt man auch nicht, nur weil jemand es einem gesagt hat. *Alles wird gut* ist eine leere, abgenutzte Phrase, denn allzu oft wird eben *nicht* alles gut. Trotzdem habe ich in diesem Fall das Gefühl, dass es so sein wird. Aber das wird er erst glauben, wenn es auch passiert.

»Ich für meinen Teil finde es echt beeindruckend, dass du da heute wieder hingehst.«

Er verzieht das Gesicht, dann rollt er von mir herunter und steht auf. Ich nehme mir einen Moment Zeit, um diesen perfekt gerundeten Arsch zu bewundern, dann zieht er Unterhosen über.

»Tja, Reece hat mir ungefähr noch hundert Nachrichten geschickt gestern, und heute Morgen auch. Er hat mir gedroht, mich in pofreien Chaps auf die Bühne zu schicken, wenn ich heute nicht auftauche.«

»Für *die* Vorstellung würde ich gutes Geld bezahlen.«

Er zeigt mir den Mittelfinger, aber er schmunzelt ein bisschen.

»Josie hat auch ein paar Nachrichten geschrieben. Sie wollte wissen, ob es mir gut geht.«

»Richtig so«, sage ich.

»Ich bin supernervös.«

»Wie oft hast du diese Vorstellung jetzt schon gespielt?«

»Ähm …« Er kneift die Augen zusammen und starrt ins Leere. »Vielleicht … so zehn Mal?«

»Und wie viele Proben hattest du schon?«

»Keine Ahnung. Viel mehr jedenfalls.«

»Und wie oft bist du dabei in die Kulissen gefallen und hast auf die Bühne gekübelt?«

»Okay, okay. Die Statistik spricht für mich. Schon kapiert.«

»Du hast unglaubliches Glück, einen so schlauen Mann zu heiraten.«

Jetzt lässt er sich einen Moment Zeit, meinen Körper zu betrachten, und ich strampele zuvorkommend die Bettwäsche weg, um ihm eine Ganzkörperansicht zu bieten. »Fuck.«

»Haben wir schon.«

»Ich weiß immer noch kaum, wie wir in diese chaotische Lage gekommen sind, aber ich bereue nichts.«

»Gut. Denn wenn es nach mir geht, werden wir es eine ganz schön lange Zeit bleiben.« Es ist schwer, die Worte auszusprechen, denn so viel wir auch schon über körperliche Anziehung geredet haben und uns gegenseitig mit unserem Familienkram unterstützen – von Gefühlen war noch nie wirklich die Rede. Also die Gefühle, die ich für ihn habe; die Gefühle, die es immer schwerer machen, diese Heirat wirklich durchziehen zu wollen. Was töricht und dämlich und vollkommen irrational ist. Die Chance, vielen zu helfen, aufzugeben, nur weil ich mich ein bisschen in diesen absurden Menschen verguckt habe, wäre ja der Inbegriff von Egoismus.

Ich weiß, dass ich das nicht tun kann.

Aber wünschen würde ich es mir schon.

Christian dreht sich weg, so dass ich sein Gesicht nur ungenau im Halbprofil erkennen kann. Ich sehe, wie er sich die Lippen leckt, dann an seinem Nasenring nestelt. »Tja, also ich habe mir sagen lassen, dass Hochzeiten zu planen echt lange dauern kann.«

Nicht gerade die Antwort, die ich gerne gehört hätte, aber was kann ich anderes erwarten? Dass er mir seine Gefühle gesteht? Dass er über *für immer* spricht, als wäre das hier ein verdammtes Märchen? Ich darf nicht außer Acht lassen, dass ich im Grunde dafür bezahle, dass er hier ist. Obwohl wir uns gelegentlich vergessen und unglaublichen Sex haben, ist er nach wie vor zurückhaltend, wenn ich ernsthaft über alles sprechen will. Also darüber, was es für uns bedeutet.

Wenn er unsere Vereinbarung infrage stellt, könnte er es mir sagen; da er nichts dergleichen gesagt hat, gehe ich davon aus, dass er daran festhält.

Christian lässt mich mit meinen Gedanken allein, um zu duschen und sich fertigzumachen, und erst als er mit dem Stylen seiner Haare fertig ist, schäle auch ich mich aus dem Bett und ziehe mich an. Ich werde zum Duschen nach Hause fahren, mir dann sein Stück ansehen, und ihn anschließend zum Essen ausführen.

Von diesen Plänen erwähne ich nichts, denn ich will ihn nicht unter Druck setzen; im Grunde mache ich es aber nicht wirklich nur für ihn. Die Vorstellung, dass so etwas wie gestern wieder vorkommt, ohne dass ich da bin, um ihn zu trösten, ist einfach zu viel für mich.

Ich muss in seiner Nähe sein.

Er soll wissen, dass ich sein größter Fan bin.

Und klar, er hat seine Freunde, die ihn wesentlich besser kennen als ich, aber ich will *mehr* sein als sie.

Sein Ein und Alles.

Die Person, die nur ihm gehört. Von der er nicht befürchten muss, dass sie ihn verlässt. Von der er weiß, dass immer Verlass auf sie ist.

Christian hat es verdient.

Sein Handy gibt einen Ton von sich, und er nimmt es zur Hand, um die Nachricht zu lesen. Als er aufblickt, ist er totenblass.

»Was ist passiert?«

Er öffnet den Mund, schließt ihn wieder, dann liest er die Nachricht noch einmal.

»Ich … ähm…«

»Wie du weißt, verstehe ich zwar auch Amerikanisch, aber ein paar Worte mehr brauche ich trotzdem, Liebling.«

»Es ist von meiner Mom«, bricht es aus ihm heraus. Er schluckt. Dann schaut er nochmal die Nachricht an, und anschließend noch einmal mich. »Sie … sie …« Er drückt eine Handfläche vor ein Auge. »Sie wollen sich mit mir treffen.«

SECHSUNDZWANZIG

CHRISTIAN

ICH KANN es selbst kaum glauben – aber Moms Nachricht wirft mich nicht völlig aus der Bahn. Ich bringe die Vorstellung ohne einen einzigen Schnitzer hinter mich, und als wir von der Bühne gehen, fallen wir uns alle verschwitzt in die Arme. Selbst überwältigender Körpergeruch und Bühnenschminke schaffen es nicht, diesen Augenblick zu ruinieren ... Gottseidank.

»Und, wer hatte recht?«, fragt Reece.

Und ich bin nur allzu gerne bereit, mir sein *Hab' ich's nicht gesagt?* anzuhören.

Der Augenblick wird noch besser, als Émile plötzlich hinter der Bühne auftaucht, um mich zum Essen auszuführen. Während wir zusammensitzen und ich ihm zuhöre, wie er begeistert von meinem Auftritt schwärmt – und dabei so klingt, als wäre es auch wirklich ernst gemeint – wird mir etwas klar.

Wenn ich mir hätte aussuchen können, ob ich lieber eine Vorstellung in Josies oder in seiner Anwesenheit verpatzen will, hätte ich mich für das entschieden, was auch passiert ist, denn ...

ich *glaube,* mir ist seine Meinung wichtiger als die meiner so genannten Familienmitglieder.

Das sage ich mir jedenfalls, bis es am Sonntagabend Zeit ist, mich mit meinen Eltern zu treffen.

Émile holt mich ab. Er sieht atemberaubend aus, während ich Mühe habe, nicht noch ein weiteres von Rush ausgeborgtes Hemd durchzuschwitzen. Wenn das so weitergeht mit den Verabredungen an gehobenen Örtlichkeiten, muss ich mir langsam mal eigene Klamotten kaufen – Rush zuliebe.

»Atme, bitte«, sagt Émile vom Fahrersitz.

»Ich atme doch.«

»Ja, aber sehr flach. Muss ich extra darauf hinweisen, dass es vielleicht nicht der beste Start für dieses Essen wäre, wenn du wegen Sauerstoffmangels umkippst?«

Ich schnaube durch die Nase.

»Schon besser.«

»Das war kein Atmen, sondern reine Empörung.«

»Was auch immer du brauchst, um etwas Luft zu bekommen – mach es, verdammt nochmal.«

»Ich versuch's ja.«

Er schweigt einen Moment, dann sagt er: »Ich weiß, dass es das ist, was du dir erhofft hast ... aber mach es ihnen nicht zu leicht. Wenn das eine Art Wiedervereinigung sein soll, lass sie dafür arbeiten. Du hast es verdient.«

So sehr ich mir auch wünsche, mit ihm übereinzustimmen ... ich weiß ganz genau: Wenn das eine Art Olivenzweig sein soll, dann werde ich das Scheißding nehmen, einpflanzen und alles dafür tun, dass es wächst.

Das Restaurant, das sie vorgeschlagen haben, liegt in der Innenstadt. Es ist todschick, mit Valet-Parkservice und Foyer, und *verdammt nochmal,* ich gehöre nicht hierher. Zwischen meinem Leben vor einem Monat und diesem fürstlichen Speiseraum liegen Welten; damals mag ich arm wie eine Kirchenmaus gewesen sein, aber immerhin war ich sicher aufgehoben. Das

Leben war vorhersehbar. Alles blieb, wie es war, und so sehr ich mir auch eine Veränderung gewünscht habe – *so* groß hätte sie wahrhaftig nicht unbedingt sein müssen.

Ich werde jedenfalls nur Wasser und eine Vorspeise bestellen, soviel steht fest.

Émile tastet nach meiner feuchten Hand, und ich atme einmal tief durch, vielleicht zum ersten Mal heute.

Meine Anspannung lässt nach, und mir wird bewusst, dass nicht alle Veränderungen zu groß sind.

Um ehrlich zu sein, die durch Émile verursachte könnte genau richtig sein.

Eine ganz schön lange Zeit.

Ich schiebe den Schatten, den seine Worte geworfen haben, vorerst beiseite, denn ich habe jetzt gar keine Zeit, mir darüber den Kopf zu zerbrechen. Vielleicht hat er das gemeint, was ich vermute, vielleicht auch nicht. Mir ist jedenfalls allzu klar, dass es nur eine Frage der Zeit ist, bis er wieder aus meinem Leben verschwindet, und ich werde nicht meine Hoffnung auf etwas setzen, wozu ich aufgrund meiner Erfahrungen keinen Grund habe.

»Bist du bereit?«, murmelt er, als ich meine Mom erblicke.

Sie sitzt neben Dad. Die beiden haben ihre Stühle näher aneinandergerückt. Ich hoffe, das liegt daran, dass sie nervös sind und nicht daran, dass sie Angst haben, dass das Schwulsein ansteckend sein könnte.

In der nächsten Sekunde haben sie uns auch bemerkt, und sie schauen schnell von mir zu Émile.

Da ich nicht so recht weiß, wie ich mich gerade fühlen soll, sage ich: »Danke, dass du mitgekommen bist«, anstatt seine Frage zu beantworten.

»Wozu sind Verlobte denn da?«

»Regelmäßige Orgasmen?«, antworte ich im Scherz, damit die Anspannung mir nicht die Luft nimmt.

»Wird beherzigt.«

»Ihr Tisch, meine Herren«, sagt der Kellner, dann überlässt er uns der nüchternen Begrüßung durch die Blicke meiner Eltern.

Ich räuspere mich. »Ähm, hi.« Das sind die einzigen beiden Worte, die mein Gehirn gerade zustande bringt, aber zum Glück springt Émile ein, als würde sich in meinem Inneren nicht gerade ein Gletscher ausbreiten.

»Mr. und Mrs. Kilpatrick. Ich wollte, ich könnte sagen, es ist mir eine Ehre, Sie kennenzulernen – aber ich lüge nur äußerst ungern.«

»W-wie bitte?«, fragt Mom.

Verdammt. »Äh, Mom … Dad … das ist mein, ähm–«

»Verlobter.«

Ich muss fast lachen, weil er das Wort so schnell ergänzt, obwohl er doch gerade den Satz über das Lügen von sich gegeben hat. »Ja, mein Verlobter. Émile.« Dann hebe ich die Hand mit dem Ring, als hätte man mich gebeten, Indizienbeweise zu erbringen.

Mom nickt. Ihr Blick ist immer noch nachdenklich. Ich kann ihre Hände nicht sehen, aber ich weiß genau, wie sie sie gerade im Schoß verschränkt hält, die Daumennägel in die Zeigefinger gebohrt.

So oft habe ich das gesehen. Ich hasse es, dass ich mich an solche Details noch erinnern kann.

Émile schiebt mir den Stuhl zurecht und ich beeile mich, mich hinzusetzen. Hoffentlich hilft es gegen meine Nervosität.

Tut es nicht.

Auch der Schluck Wasser, den ich runterstürze, nachdem Émile mir eingießt, hilft nicht, nachdem ich etwas davon auf mein Hemd verschütte, noch weniger.

»Scheiße.«

Was hilft, ist Émiles leises Lachen, das er sonst meist unterdrückt, und wie er sanft mein Hemd mit einer Serviette abtupft. »Ist nur Wasser«, erinnert er mich. »Ich weiß, dass man nicht über vergossene Milch weinen soll, aber die Botschaft bleibt die gleiche.«

Ich lasse etwas von seiner Gelassenheit auf mich übergehen. *Lass sie dafür arbeiten.*

Dad hat immer noch nichts gesagt, und Mom macht ein empörtes Gesicht. Ich spüre, dass Émile sich zurückhält, um uns diesen Moment zu lassen, und sich gleichzeitig bemüht, mir zu signalisieren, dass er da ist. Für mich.

Weil ich es verdient habe.

Und obwohl ich das immer noch nicht so recht glauben kann, erkenne ich mit jedem Augenblick des peinlichen Schweigens etwas: Anstatt wie erwartet erleichtert zu sein, dass wir hier sind, bin ich … einfach nur wütend.

Dad hat eine andere Brille, und Mom ist blonder geworden, aber Dads Schnurrbart hat sich nicht verändert, und Moms Blick ist immer noch so täuschend warmherzig wie immer.

Und ich frage mich, ob sie mich anschauen und das Vertraute sehen, und das, was anders ist, und den Schmerz um all die verlorenen Jahre, genau wie ich.

»Vielleicht sollten wir einen Blick in die Karte werfen«, schlägt Émile vor.

»Sehr gute Idee«, brummt Dad. Dass er mehr Worte über die Speisekarte verliert als über mich, lässt mich zu einer Entscheidung gelangen.

Ich frage: »Warum habt ihr euch bei mir gemeldet?«

Ich blicke in zwei erschrockene Gesichter.

»Euch muss doch klar sein, dass ich nachfrage?« Obwohl, vielleicht auch nicht. Als Kind habe ich immer das getan, was mir gesagt wurde. Ich bin sogar ausgezogen, wie sie es wollten. Habe nicht versucht, sie zu kontaktieren. Die Familie auch nicht. Ich bin ihnen bei der Hochzeit aus dem Weg gegangen, und mir wird gerade bewusst, dass ich alles, *alles* getan habe, um es ihnen einfacher zu machen.

»Wir … hatten uns unterhalten«, sagt Mom, als ob es ihr schwer fällt, die Worte auszusprechen. »Du bist unser Sohn. Und die Jahre waren … all das …«, sagt sie mit einer Geste auf Émile und mich, »… ist schwer für uns.«

»Und mit siebzehn rausgeschmissen zu werden war überhaupt nicht schwer für mich.«

Émile schluckt ein Lachen neben mir.

»Das ist ja wohl kaum fair«, sagt Dad, der mir gerade zum ersten Mal in die Augen sieht. Sofort fühle ich mich wieder wie ein Kind, das verzweifelt versucht, sie zufriedenzustellen, damit sie stolz auf mich sein können, obwohl ich tief im Inneren weiß, dass etwas mit mir ganz und gar nicht stimmt. »Du hast uns mit der Sache überrumpelt ohne Vorwarnung. Erst bist du ohne Probleme mit all den Mädchen ausgegangen, und dann teilst du uns mit, dass du –«

»Wenn das nächste Wort aus deinem Mund nicht *glücklich* oder *authentisch* ist, stehe ich sofort auf und gehe.«

»Äh …« Sie wechseln einen Blick, Mama schaut wieder Émile an, dann mich.

»Wir meinen nur, dass es schwer für uns war. Zu wissen, dass jemand, den wir lieben, einen Weg eingeschlagen hat, den wir uns nicht für ihn gewünscht hätten. Aber wir haben daran gearbeitet.« Jedes einzelne Wort ist aufgesetzt. »Und wenn du uns noch willst, würden wir gerne wieder an deinem Leben teilhaben.«

Es ist genau das, was ich zehn Jahre lang so gern gehört hätte. Wovon ich vor der Hochzeit geträumt hatte. Nach meinem Auszug hatte ich noch jahrelang gebetet, mein Handy klingeln zu hören. Die ersten paar Monate waren am härtesten. Bei jeder Textnachricht war ich überzeugt, dass sie von ihnen war, jedes Mal, wenn es an der Tür klopfte, gehofft, dass sie es sein würden. Immer wieder habe ich mir gesagt, dass sie doch meine Eltern waren, und früher oder später einlenken würden.

Aber das taten sie nicht.

Bis jetzt.

Und anstatt zu schluchzen und ihnen in die Arme zu fallen, wie ich es immer vor Augen hatte, fühle ich mich irgendwie … leer. Ein bisschen hungrig. Meine Hand ist nach wie vor feucht, und der arme Émile hält sie trotzdem unbeirrt fest. Und ohne besonders dramatisch zu sein und mir einzubilden, dass er mich liebt oder so – er hat mir in der kurzen Zeit, die ich ihn kenne, mehr bedingungslose Liebe gezeigt als meine eigene Familie in den letzten zehn Jahren.

Du hast es verdient.

Verdammt nochmal … vielleicht … vielleicht habe ich das wirklich.

»Warum denn gerade jetzt?« Ich hatte angenommen, dass ich die Frage bereuen würde, aber das tue ich nicht.

Besonders, als ich sehe, dass Moms Blick zu Émile wandert – so schnell, dass ich es fast übersehen hätte.

Was.

Zum.

Teufel.

»Es war Zeit, mein Sohn.«

Ich sehe Dad direkt in die Augen. Ich bin nicht bereit, mich immer noch wie das Kind zu fühlen, von dem er enttäuscht ist. »Ich bin nicht dein Sohn.«

»Autsch!«, sagt Émile leise und beglückt, während rote Flecken auf Dads Wangen erscheinen.

»Du undankbarer kleiner Wicht. Wir haben dich aufgezogen, dir ein Zuhause und eine Zukunft gegeben, und du hast das alles vor zehn Jahren einfach weggeworfen. Und jetzt tust du es schon wieder.«

»Warum. Ausgerechnet. Jetzt?«

»Wir wollen dich neu kennenlernen«, versucht Mom es nochmal, und ich muss es ihr lassen: In ihren Augen bilden sich dicke Kullertränen. Aber ich habe das deutliche Gefühl, dass sie weniger mit mir und mehr mit Dads erhobener Stimme und den Leuten zu tun hat, die sich nach uns umdrehen.

»Neuer Versuch bitte.«

»Wir … haben so viel von dir gehört. Von Josie. Von Barbara.

Und als wir dich bei der Hochzeit gesehen haben ... du ... du hast uns *gefehlt*.«

»Und es hat gar nichts mit mir zu tun?«, fragt Émile, während er sich entspannt in seinem Stuhl zurücklehnt und meine Hand loslässt, um den Arm um meine Schultern zu legen.

»Wieso sollte es?«, fragt Dad scharf.

»Vielleicht weil Anfang der Woche jedes einzelne Nachrichtenmedium der Stadt die Story von Christians und meiner Verlobung gebracht hat? Und am nächsten Tag kommt eine Nachricht von Ihnen – verzeihen Sie, wenn ich da voreilige Schlussfolgerungen ziehe, aber die zeitliche Abfolge scheint mir doch mehr als nur zufällig.«

Émile hat den Nagel auf den Kopf getroffen; genau das war auch mein dumpfes Gefühl. Ich wusste tief im Inneren, dass das der Grund für ihre Kontaktaufnahme war.

Émile ist Jemand.

Und sie haben vielleicht Geld, aber keinen Familiennamen, der allgemein Respekt einflößt, wie seiner es tut.

»Du hast doch keine Ahnung, wovon du redest«, sagt Dad, aber ich ignoriere ihn.

Das hier war absolute Zeitverschwendung. Und ich bedaure, dass Émile sich das antun musste.

»Wenn wir heiraten«, verkünde ich, »nehme ich deinen Namen an. Ich gehöre nicht mehr zu diesen Menschen.«

»Also gut. Was meinst du – sollen wir machen, dass wir hier wegkommen, und uns unterwegs etwas vom Mexikaner holen?«

»Eine super Idee.«

»Warte«, sagt Mom mit verzweifelt stockender Stimme. »Wir waren bereit, dir noch eine Chance zu geben. Und jetzt willst du nicht das Gleiche für uns tun?«

»Das hier war eure zweite Chance. Ihr habt sie vermasselt.«

»Wenn du von diesem Tisch aufstehst–«

Émile unterbricht Dad. »Ich befürchte, das müssen wir. Ich habe nämlich die Absicht, ihm spätestens in dreißig Minuten alle

Kleider vom Leib zu reißen, und wenn wir das hier vor Ort tun würden, bekämen wir am Ende noch Hausverbot. Und wenn das der Fall wäre, könnten wir das Jubiläum des Tages, an dem mein Verlobter seinen nichtswürdigen Eltern gesagt hat, dass sie sich zum Teufel scheren sollen, nicht mehr hier feiern.«

Dad schnappt nach Luft. Moms Augen werden riesengroß. Aber ich hänge noch an Émiles Worten fest.

»Ich glaube nicht, dass ich das wirklich explizit gesagt habe.«

Émile gestikuliert in ihre Richtung. »Dann solltest du das dringend nachholen.«

»Schert euch zum Teufel, und meldet euch nie wieder bei mir.«

Und zum ersten Mal in meinem Leben meine ich das auch so.

KAPITEL
SIEBENUNDZWANZIG

ÉMILE

ZU MIR NACH Hause ist es näher. Trotzdem sind neunundzwanzig Minuten vergangen, bis wir nach der schnellsten Mahlzeit aller Zeiten durch meine Tür fallen.

In der Wohnung ist es dunkel, das Licht von draußen wirft lange Schatten durch meine großen Fenster, und irgendwie schaffen Christian und ich es den Flur entlang bis ins Wohnzimmer, ohne die gierig wandernden Hände vom anderen zu lösen.

»Das war«, er nimmt mein Gesicht in beide Hände, »so verdammt«, er taucht seine Zunge in meinen Mund, »beängstigend und unglaublich großartig«, er knabbert an meiner Unterlippe, »dass ich immer noch Angst habe, morgen aufzuwachen und erkennen zu müssen, dass ich alles ruiniert habe, aber jetzt ...« Er schiebt mir die Hände unter den Hintern und hebt mich hoch. »... du hattest doch versprochen, dass ich in einer halben Stunde nackt sein werde, und ich habe immer noch diese bekloppten Sachen an.«

»Da hat's aber jemand eilig.«

»Ich habe langsam das Gefühl, dass ich es bei dir immer eilig haben werde.«

Die Worte sind genau das, was ich von ihm hören will. Ich spüre die Emotionen wie ein Gewicht in meiner Brust. Wir sind beide noch aufgeladen von der Anspannung der Konfrontation, außerdem, zugegeben, einer gewaltigen Lust aufeinander. Wie sich herausstellt, macht es mich unglaublich scharf, Christian für sich einstehen zu sehen. Wenn es nach mir ginge, würde er das in Zukunft sehr viel öfter machen.

»Da lang«, sage ich, dann fahre ich ihm mit den Fingern durch die Haare. Ich lehne mich vor und lasse die Lippen an seinem Hals entlang nach unten wandern, dann reiße ich seinen obersten Hemdknopf auf und beiße in die Stelle, an der sein Schlüsselbein zur Schulter führt. Ich habe eine Leidenschaft für seine Schlüsselbeine. Für den Geschmack seiner Haut. Vielleicht haben wir ein Ablaufdatum, und es wird sich nicht vermeiden lassen, dass wir in Flammen aufgehen, aber ich werde verdammt nochmal eigenhändig das Feuer legen, wenn ich dafür diese Zeit mit ihm haben darf.

Noch nie war ich so gierig nach jemandem wie nach ihm.

Noch nie hatte ich das Bedürfnis, jemandem zu zeigen, wie perfekt er ist. Noch nie war ich so mit Stolz erfüllt, wenn jemand den ersten Hauch von Selbstwertgefühl entwickelt. Und offen gestanden wollte ich noch nie so dringend auf einem Schwanz reiten wie auf seinem.

Er platzt lachend in mein Schlafzimmer und wirft mich aufs Bett. Ich lande schwer, und er kriecht auf allen Vieren über mich, dann gibt es nur noch Hände, Münder und abgerissene Knöpfe, während wir uns so schnell wie möglich von diesen Klamotten befreien. Jeder Streifen Haut, der sich mir enthüllt, jeder Muskel, jede angespannte Sehne gibt mir ein schwindelerregendes Glücksgefühl darüber, dass dieser tolle Mann freiwillig hier ist. Bei mir.

Er hat nicht mehr aufgehört zu lächeln, seit wir das Restaurant verlassen haben, und ich atme die Konturen seines Lächelns an seinen Lippen ein, sein Glück, während ich mir seine leisen Seufzer einpräge.

Er löst sich kurz von mir, um meine Hose aufzumachen und an meinen Beinen herunter zu schieben, bevor er hastig seine eigene abstreift, dann ist er wieder da, Wärme, sanfte Küsse und ineinander verschlungene Glieder.

Bevor ich es unterdrücken kann, seufze ich zufrieden auf.

»Das war ja ein schwerer Seufzer«, sagt er, während er die Nase unter mein Kinn bohrt.

»Bin nicht sicher, ob ich es so nennen würde.«

»Wie würdest du es denn nennen?«, fragt er und sieht mich aus sanften blauen Augen an. Ich schmelze dahin. Kein Mann sollte eine solche Macht haben dürfen mit einem einzigen Blick.

»Ich …« Ich wende den Blick ab und schaue stattdessen auf meine in seine Haare verflochtenen Finger. »Es fühlt sich so richtig an.« Mir stockt der Atem, während ich mich mühsam zwinge, ihn wieder anzusehen.

Das Lächeln ist verschwunden, und ich verfluche mich innerlich, weil ich schuld daran bin, ihm so etwas Kostbares wieder genommen zu haben.

Bis er die perfektesten drei Worte sagt, die ich ihn je habe aussprechen hören.

»Für mich auch.«

Ich atme stoßartig aus, sein Lächeln ist wieder da, und das Gefühl in meiner Brust weitet, vertieft und verfestigt sich.

Dann küssen wir uns wieder, Lächeln an Lächeln, und ich fühle das Lachen in mir hochsprudeln. Ich habe keine Ahnung, was ab jetzt passieren wird, aber ich erlaube mir einen Moment der Hoffnung, Hoffnung darauf, dass wir etwas Echtes aufbauen können, nachdem wir den ganzen Schlamassel hinter uns gebracht haben.

»Darf ich heute in dir drin sein?«, fragt er. »Ich hab einfach all diese … so viel Energie. Ich brauche –«

»Ja. Vögel mich.«

Er reibt sich an mir, und sein Schwanz verteilt Liebestropfen auf meinem. »Verdammt nochmal. Du bist berauschend.«

»Nimm dir, was du brauchst.«

Er stöhnt, senkt den Kopf und unsere Münder finden sich in einem tiefen, leidenschaftlichen Kuss, nur Zungen, Zähne und primitives Ächzen. Ich umfasse seine Hüften und er presst uns immer wieder aneinander, die pulsierende, heiße Begierde wächst, verbrennt mich. Mir ist ganz heiß, ich bin verschwitzt und verliere fast den Verstand. Seine Haut fühlt sich fiebrig an, perfekt, der muskulöse Körper bewegt sich über mir, bis ich das Gefühl habe, fast am Ziel zu sein.

»Jetzt. Bitte.«

»Kondom?«

Ich habe schon den Mund geöffnet, um ihm zu sagen, dass sie in der Schublade sind, aber dann kommen stattdessen ganz andere Worte. »Ich will dich ohne.«

Er lehnt sich zurück, der lustvolle Blick verhangen. »Was?«

»Nur wenn du magst. Es ist nur … ich wünsche es mir. So sehr. Nichts zwischen uns.«

»*Ngh* … wenn du weiter so bettelst, kommen wir gar nicht erst so weit. Gleitgel?«

»Schublade.«

Er springt vom Bett, reißt die Nachttischschublade auf und greift nach der Tube. Mein Blick wird von seinem sehr harten, sehr steifen Schwanz angezogen, und ich spüre einen elektrischen Impuls vom Rückgrat zu meinen Eiern zucken. Meine Oberschenkel spannen sich an wie von selbst.

»Du machst dir keine Vorstellung davon, wie sexy du bist«, knurrt er, während er wieder zurück zum Bett kommt.

»Komisch, ich dachte gerade genau das Gleiche.«

Er hört kaum zu, und senkt summend den Kopf, um seinen kratzigen Bart an meinem Penis zu reiben, ein Gefühl irgendwo zwischen Lust und Schmerz, aber bevor es zu viel werden kann, packt er meine Oberschenkel, legt sie sich über die Schultern und beugt dann den Kopf weiter nach unten.

Lass mich auf der Stelle sterben. Ich bin im Himmel.

Ohne Umschweife leckt Christian ausgiebig einen nassen Streifen über meinen Eingang. Ich lasse den Kopf ins Kissen zurückfallen. Ich weiß ohne jeden Zweifel: Von diesem Moment werde ich mich nie wieder erholen. Vom kratzigen Gefühl zwischen meinen Pobacken, von seiner Zunge und seinem Mund und seinen Zähnen, die mit mir Dinge machen, bei denen ich den Verstand verliere. Ich versuche jeden Trick, den ich kenne, um zu verhindern, dass ich zu früh abgehe, aber als Christian einen Finger an meinen Anus legt und ihn dann langsam hineingleiten lässt, muss ich mir wirklich Mühe geben. Meine Tricks reichen nicht aus für das, was dieser Mann mit meinem Körper veranstaltet.

»Mehr«, bitte ich, vielleicht schluchze ich es auch, wer weiß? Mir ist das inzwischen gleichgültig, solange ich das bekomme, wonach ich mich sehne.

Und er spielt keine Spielchen. Ein zweiter Finger gesellt sich zum ersten, dann ein dritter. Sie bewegen sich, dehnen mich und berühren das Nervenbündel in meinem Inneren, das alle Zellen in meinem Körper unter Strom setzt. Ich habe die Finger einer Hand in Christians Haare gekrallt, mit der anderen umklammere ich verzweifelt meine Hoden. Seine Zunge ist so geschickt, seine Finger sind so dick und füllen mich aus. Fast würde ich gerne so kommen, aber dann stelle ich mir vor, wie er über mich gebeugt ist, während sein Schwanz in meinem Körper pulsiert, und ich ändere abrupt meine Meinung. *Das* will ich.

»Aufhören.«

Sofort taucht sein Gesicht wieder auf, er hält die Finger still, aber noch in mir drin.

»Ich bin sowas von bereit.«

»Ja?«

»Guter Gott, nun fick mich endlich.«

Die Finger sind verschwunden, und ich fühle mich plötzlich leer und unerfüllt, während er sich auf die Fersen hochsetzt. Ich schaue begierig zu, während er seinen Schwanz mit Gel einstreicht, dann überrascht er mich, indem er mich an der Hüfte auf die Seite dreht.

»Was machst du?«

»Ich will dich in den Armen halten und trotzdem deinen Schwanz sehen können.«

Dieser Kerl.

Er legt sich hinter mich, einen Arm unter mir, während er mit der anderen Hand nach seinem Schwanz greift.

»Winkele das eine Bein ein bisschen an«, instruiert er mich, und ich tue gehorsam wie geheißen, dann halte ich dagegen, als ich seine plumpe Eichel an meinem Eingang spüre.

Er gleitet in mich hinein, ohne Hindernis, dick und fast zu groß, aber ich veratme es und komme ihm in der Bewegung entgegen. Das Brennen ist köstlich, und tief in meinem Inneren wird ein Feuer entfacht. Als er bis zum Anschlag eingedrungen ist, unsere Körper aneinandergeschmiegt hält und mein oberes Bein über seine Hüfte zurücklegt, versuche ich gar nicht mehr, mich unter Kontrolle zu haben.

Christian legt die Hand um meinen Penis, und der erste harte Stoß schiebt mich nach vorne in seine Faust. Er hat die Nase unter meinem Kinn vergraben, der Arm unter mir hält mich fest, und sein Körper ist so eng an mich gedrängt, dass ich das Gefühl habe, als wollte er von mir Besitz ergreifen. Und ich würde es zulassen. Wenn er es tun würde. Wenn er mich als sein Eigentum bezeichnen würde, und meinen Namen annehmen würde, und zulassen würde, dass ich alle seine Bruchstücke aufsammle und sie gut aufbewahre, bis er bereit wäre, sie wieder zusammenzusetzen. Ich würde es tun. Ich würde alles sein, was er braucht, und alles was ich als Gegenleistung wollen würde, wäre er. Hier. Bei mir. Offen und ehrlich, und hoffentlich eines Tages voller Liebe, wie wir sie beide noch nicht erfahren haben.

Er bewegt sich in mir, ein stetiger Rhythmus, der die schmerzende Sehnsucht stillt, die ich in meinem Inneren nach ihm empfinde. Sein Griff um meinen Schwanz ist perfekt, nicht zu fest und nicht zu locker, und ich spüre, wie ich tropfe, aber er umfasst mich nicht so fest, dass ich befürchte, gleich kommen zu müssen. Jedes Ächzen an meinem Ohr, jedes Murmeln, *perfekt*, und *Oh, Shit*, und *dein teebesessener britischer Arsch wird noch mein Ende sein* bringt mich zum Lächeln, und zum Stöhnen, und wieder und wieder muss ich das Lachen unterdrücken, das immer droht, mich zu überwältigen.

Seine Stöße werden fester, tiefer, gezielter. Sein Griff um meinen Schaft ist fester, und es ist alles viel zu viel. Ich kann mich nicht darauf konzentrieren, wie er mich von innen nach außen kehrt, während jeder Stoß von seinem Schwanz meinen in den Himmel schickt. Ich spüre Elektrizität unter meiner Haut summen, an meinem Rückgrat entlang schießen, in meinen Eiern prickeln. Mein Körper fleht mich an, mich fallenzulassen, aber dann wird es vorbei sein, und wenn ich eins noch mehr will als die Erlösung, dann ist es, dieses Gefühl so lange wie möglich weiter zu haben. Seine Lippen, sein Schweiß, seine Brust an meinem Rücken. Sein Arm, der mich an sich gedrückt hält. Wie sein Bart an meiner Schulter kratzt und er seine Zähne an meinem Nacken reibt, und der Augenblick, als er den Kopf senkt und an der Kuhle zwischen meinem Nacken und meiner Schulter zu saugen beginnt.

Jede einzelne erhöhte Emotion mischt sich mit der nächsten, baut sich zu einem Meer von *Ja* auf, das mich komplett überflutet.

Und zum zweiten Mal an diesem Abend gibt mir Christian drei herrlich erotische Worte: »Ich komme gleich«, und dann tut er es.

Sein Schwanz pulsiert in meinem Arsch, füllt mich, und mit dem Wissen, dass nichts zwischen uns ist, bin auch ich soweit.

Ich stöhne durch meinen Höhepunkt, jeder Strahl katapultiert mich höher und höher im Dunst meiner Lust.

Als ich in die Realität zurückkehre, spüre ich kleine Küsse, sanftes Streicheln und einen kräftig um mich geschlungenen Arm. Aber ich lasse das Gefühl nicht allzu schnell los. Ich zwinge mich nicht zurück in die reale Welt, wenn auch eine existiert, in der Christian mich gerade um den verdammten Verstand gevögelt hat.

Ich lasse die Augen zufallen, und als er Anstalten macht, sich aus mir zurückzuziehen, halte ich ihn an der Hüfte zurück. »Noch nicht. Gib mir noch eine Minute.«

Dieses Mal sind es sieben Worte. Mehr braucht es nicht, um meine Seele zu schmelzen. »Ich gebe dir alles, was du willst.«

ACHTUNDZWANZIG

CHRISTIAN

ICH TRETE TÄGLICH im Theater auf, nachts wärmt Émile mein Bett, und meine Freunde sind wie immer wild und verrückt: Alles in allem war ich noch nie in meinem Leben so glücklich. Besonders als Reece das Ensemble von *Not My Enemy* zusammentrommelt und uns mitteilt, dass ein Investor von Rosswell House Interesse hat, sich mit ihm zusammenzusetzen.

Seit meinem epischen Versagen letzte Woche sind unsere Vorstellungen ausverkauft. Was ... total abgefahren ist – fast schon so gut, dass ich nicht komplett mit dem hadere, was passiert ist.

In meinem Inneren tobt die Nervosität, einerseits weil ich weiß, dass ich nicht alles ruiniert habe, andererseits weil ich mich gerade widerstrebend darauf einlasse, so glücklich zu sein. So glücklich, wie ich es mir normalerweise niemals erlauben würde. So glücklich, dass ich denke ... *vielleicht wird doch noch alles gut.*

Ein Flop nach dem anderen, die unzähligen investierten Stunden, jahrelang kein Geld für die viele Zeit, die ich in Produktionen gesteckt hatte, die dann nie das Licht der Welt erblickten. Jetzt liegen nur noch die Vorstellungen an diesem Wochenende vor uns; es wäre glatt gelogen, zu sagen, dass ich nicht völlig erschöpft bin, aber ich will trotzdem nicht, dass es zu Ende geht.

Und vielleicht wird es das auch nicht.

Ich gebe mir Mühe, mich daran festzuhalten.

Als ich das Theater verlasse, rufe ich zuerst Gabe an und erzähle ihm die Neuigkeiten. Er hat mich immer durch dick und dünn begleitet, und ist begeistert. Als ich den Anruf beende, ist mir ganz warm ums Herz – denn ich habe jetzt noch jemanden, den ich anrufen kann. Das war noch nie der Fall.

Émile nimmt fast sofort ab.

»Reece hat uns gerade verkündet, dass wir einen Interessenten für die Produktion haben. Der Investor hat von mehreren Städten gesprochen – vielleicht sogar New York – und sie wollen so viele Mitglieder des Original-Ensembles dabei haben wie möglich.«

Ein kurzes Schweigen, und es würde mich nicht wundern, wenn er sich erst zusammenreimen müsste, was dieser Wortschwall zu bedeuten hat. Als er antwortet, ist seine Stimme ganz weich. Es ist das Aufrichtigste, was ich je von ihm gehört habe.

»Wow. Du bist sowas von unglaublich.«

»Pff«, sage ich, senke den Kopf und trete mit dem Fuß aufs Straßenpflaster. »Das war doch Teamarbeit.«

»Ich meine das so nett wie möglich, aber die anderen sind mir scheißegal. Ich würde gerne sagen, dass ich stolz auf dich bin, aber das wäre ein Anspruch, auf den ich kein Anrecht habe. Also: Ja. Ich finde, du bist unglaublich.«

Ich spüre einen Klumpen in der Brust, meine Augen und meine Nase brennen vor unterdrückter Gefühle. »Tja, das bedeutet dann auch, dass ich vielleicht reisen müsste. An verschiedene Orte …«

»Das kriegen wir hin.«

Das kriegen wir hin.

Es klingt so einfach, und kommt mit einem Selbstvertrauen,

das ich noch keinen einzigen Tag in meinem Leben empfunden habe. Und ... ich glaube ihm.

»Ja?«

»Aber sicher. Du ... du bist mir ziemlich ans Herz gewachsen.« Ein zittriges Lachen entringt sich mir, und ich senke wieder den Kopf. »Du, äh, du mir auch.«

»Wir sollten mal über ein paar Dinge reden.«

Ich nicke mit Blick auf den Bürgersteig. Unsere ursprüngliche Vereinbarung war, so zu tun als ob, ohne dass Gefühle im Spiel sind, aber ich empfinde definitiv eine ganze Menge Gefühle für ihn, und jetzt weiß ich nicht recht, was das für die Zukunft bedeutet.

Werden wir nach wie vor heiraten? Wenn nicht, was passiert dann mit seinem Geld? Was ist mit seinen Plänen? Dass er meine Schulden abzahlt ist längst vom Tisch, da ich mich entschlossen habe, mit ihm zu schlafen, aber das bedeutet ja nicht, dass nicht passieren wird, was er vorhat.

»Können wir uns sehen?«, frage ich.

»Schon, aber ...«

»Du bist heute mit deinem anderen Verlobten verabredet?«

»Mit meinem Liebhaber.«

Ich grinse. »Tja, der wird leider warten müssen. Ich verlange Priorität.«

»Verdammt nochmal, Liebling. Wer hätte das gedacht, dass Entschlossenheit so sexy an dir sein kann?«

»Gewöhn dich am besten nicht daran.«

Er lacht, und ich bin überwältigt von Glücksgefühlen.

»Hör mal«, sagt Émile. »Ich muss heute zu einer Sache, die Großmama veranstaltet. Ich könnte dich unterwegs abholen, aber ich weiß ja, dass du schon zwei Vorstellungen hinter dir hast. Unter Menschen zu gehen ist sicher zu viel verlangt. Ich hätte dich zwar total gerne dabei, aber du solltest dich keinesfalls unter Druck gesetzt fühlen.«

»Normalerweise wäre das ein Nein, aber ich bin immer noch

so gut drauf. Kannst du mich abholen? Ich muss nur vorher nach Hause und mich umziehen.«

»Hast du einen Smoking?«

»Ich kann mir von Rush einen leihen.«

»Dann sehen wir uns in einer Stunde?«

»Perfekt.«

―――――

Diese »Sache«, die seine Großmutter veranstaltet, entpuppt sich als Spieleabend, und zwar nicht so einer, wie wir ihn bei uns in der Bertha veranstalten; hier findet man kein Monopoly-Spielbrett weit und breit.

Émile fährt uns zu einer Location in der Innenstadt, die von außen nach Kellerspelunke aussieht, aber als wir die Treppe nach unten und durch die schwer bewachte Eingangstür gehen, erwartet uns etwas, das an einen Bond-Film erinnert.

Die Wände sind mit dunklem Holz getäfelt, und der Raum wird von ein paar riesigen Kronleuchtern erhellt. Hunderte von Menschen in Smokings und verdammten *Abendkleidern* scharen sich um Tische, an denen Poker, Roulette und Black Jack gespielt wird. Im Hintergrund sind auf Leinwänden weitere Spiele projiziert, und der ganze Raum ist erfüllt von lauten Gesprächen und Zigarrenrauch.

Ich hebe die Augenbrauen bis zum Anschlag und frage Émile: »Ist das überhaupt legal?«

Er kneift die Augen zusammen, während er sich umsieht. »Wenn man reich ist, ist alles legal.«

»Das klingt ja ominös –«

»Am besten nicht allzu viel darüber nachdenken.« Er tastet nach meiner Hand. »So, wo wollen wir denn zuerst Geld versenken?«

»Müssen wir das denn?«

»Das nicht, aber es hilft dabei, Gesprächen aus dem Weg zu gehen.«

»Tja dann ... Black Jack sieht nicht sonderlich kompliziert aus.«

Er zieht mich in die Richtung, dann halte ich ihn zurück. »Ich habe kein ... äh–«

Émile hebt die freie Hand. »Du tust das für mich, also werde ich nicht zulassen, dass du dein eigenes Geld einsetzt. Und versuch gar nicht, mit mir zu diskutieren, denn dabei kannst du nicht gewinnen. Jetzt bist du hier.« Er stupst mich auf die Nase, »Versuch, es zu genießen, solange du die Gelegenheit hast. Sobald ich mein Geld weggebe, werde ich alle Brücken abbrechen. Ich habe dann zwar immer noch meinen Treuhandfonds, aber den würde ich am liebsten gar nicht anfassen.«

Zum Glück ist es hier so laut, dass uns keiner beachtet. »Das gilt für uns beide.«

»Und das ist immer noch okay für dich?«

Dass er mich überhaupt fragt, tut mir weh. Nicht für mich, sondern für ihn. Er ist so viel mehr wert als sein Vermögen. »Werden wir glücklich sein?«

»Das möchte ich doch hoffen.«

»Dann denke ich schon, dass wir okay sein werden.«

Jetzt lasse ich mich an den Tisch ziehen, und wir tun genau das, was Émile angekündigt hat – wir verlieren einen ganzen Haufen Geld. Ich spiele miserabel, er hat kaum eine Ahnung, was er tut, und ich versuche die ganze Zeit, seinen Rat zu befolgen und nicht zu viel darüber nachzudenken. Die Menge Geld in diesem Raum allein würde zehnmal ausreichen, meine Schulden und die aller meiner Freunde abzuzahlen, aber diesen Leuten sind wir ganz egal. Das Geld würde niemals bei uns landen. Und obwohl es ein blödes, korruptes System ist, das solchen Leuten erlaubt, so sorglos mit Geld um sich zu werfen, während wir anderen leiden, rufe ich mir ins Gedächtnis, warum ich hier bin.

Ich habe einen guten Griff getan. Émile hat tatsächlich vor, etwas verändern.

Wir bemühen uns zwar nach Kräften, mit niemandem zu reden, aber Émile wird trotzdem angesprochen. Sie fragen nach dem Hochzeitstermin und nach meinem Stück, wann Émile wieder nach Übersee will, und ob ich ihn begleiten werde.

»Na, macht's Spaß, Emmys Geld zu verspielen?«, fragt Clifford, der beunruhigend rot angelaufen ist, während er Wein in sich hineinschüttet.

Mir dreht sich der Magen um bei der Frage, aber Émile mischt sich ein, bevor ich antworten kann.

»Ehrlich gesagt ist es eher umgekehrt – ich nehme Christian hier aus wie eine Weihnachtsgans. Bald wird er mittellos sein, und wir werden in eine Sozialwohnung ziehen müssen. Kann man sich kaum vorstellen, was?«

Clifford gibt ein ersticktes Geräusch von sich.

»Aber du kommst uns sicher dort besuchen, oder?«

»Ganz bestimmt nicht.«

»Oooh, dann lass uns mal schauen, ob wir diese Millionen nicht noch schneller auf den Kopf hauen können.«

»Deinen Humor werde ich nie verstehen, Cousin.«

»Das war kein Witz.« Émile hält die Hand vor den Mund. »Ich befürchte, Christian könnte spielsüchtig sein.«

Clifford verabschiedet sich eilig, und ich schaue mit großen Augen meinen … festen Freund? Verlobten? an. »Warum hast du das denn gesagt?«

»Elle und ich nutzen solche Abende immer, um so viele Gerüchte wie möglich zu streuen. Du solltest es auch ausprobieren. Es ist die einzige Möglichkeit, es zu überleben, ohne verrückt zu werden.«

»Das stimmt«, sagt Elle, die uns in eine dicke Umarmung mit Küsschen auf die Wange und eine Wolke DKNY-Parfum einhüllt. »Neil habe ich erzählt, dass ich überlege, mich nach Utah abzusetzen. Die mormonische Religion fasziniert mich.«

Ich lache. »Das macht ihr immer so? Und die Leute glauben euch trotzdem noch?«

»Das Geheimnis ist die Darbietung, Darling. Wenn man überzeugt genug klingt, wissen die Leute nicht, ob sie es für Blödsinn halten sollen oder nicht.«

»Pass mal auf.« Émile packt einen Mann im Vorbeilaufen am Arm. Bevor der andere noch ein Wort sagen kann, fragt er: »Würde es Ihnen etwas ausmachen, kurz jemanden von der Haustechnik zu organisieren? Mir geht's nicht so besonders, und ich hatte gerade eine längere Sitzung auf einer der Toiletten. Und jetzt funktioniert die verdammte Spülung nicht – ich würde einen Bogen um die stillen Örtchen machen. Der Gestank ist unerträglich.«

Der Mann reißt sich angeekelt knurrend von Émile los und marschiert davon.

Émile dreht sich wieder zu uns um, und Elle applaudiert höflich. »Fantastischer Einsatz.«

»Mal sehen, wie viele sich fast in die Hose machen, weil sie sich dem Geruch nicht aussetzen wollen.«

»Ich werde Buch führen.«

Ich überlasse die beiden ihrem Schabernack und schlendere zum Roulette hinüber; meine erste Runde verliere ich prompt. Als ich mich umdrehe, sind sie in der Menge verschwunden. Anstelle ihnen zu folgen, gehe ich an die Bar, um uns etwas zu trinken zu besorgen; so lustig ihre Streiche auch sein mögen, ich kann mir nicht so recht vorstellen, mitzumachen. Diesen trockenen britischen Humor habe ich einfach nicht drauf.

»Christian?«

Ich setze ein wie ich hoffe lockeres Lächeln auf und wende mich zu der Stimme um. Émiles Verwandte kennen mich alle, auch wenn ich keine Ahnung habe, wer sie sind.

Diese Person kenne ich aber.

Seine Mom. Verdammt.

Sie mustert mich aus kühlen blauen Augen. »Haben Sie einen Augenblick Zeit?«

»Äh, eigentlich war ich gerade dabei, Getränke zu besorgen, also ...« sage ich habherzig über die Schulter; mir ist klar, dass sie mich sicher nicht in guter Absicht alleine zur Rede stellen will.

»Getränke können warten. Bitte folgen Sie mir.«

Und ich, Dummkopf ohne Rückgrat, der ich bin, laufe ihr hinterher.

Sie betritt ein kleines Hinterzimmer, in dem bereits zwei Personen warten. Émiles Dad hat sich vorgebeugt und stützt die Ellbogen auf die Knie, die Hände vor dem Mund aneinandergelegt. Seine Großmutter steht mit verschränkten Armen da.

Kaum habe ich den Raum betreten, schauen mich die beiden an.

»Äh, hi ...«, grüße ich vorsichtig, obwohl ich ein kratzendes Gefühl in der Kehle habe, als würde ich zu meiner eigenen Hinrichtung geführt. *Wieso sind die alle so furchteinflößend?*

»Setzen Sie sich«, befiehlt seine Großmutter.

Ich fühle meine Beine einknicken wie bei einem Tapeziertisch. Ich sitze auf einem Stuhl an der Tür, seine Mutter hinter mir sein Vater und seine Großmutter vor mir.

Vielleicht war das mit der Hinrichtung übertrieben, aber verdammt. Was, wenn sie mich *wirklich* umbringen?

Alles ist legal, wenn man reich ist.

Bitte lass Émile nach mir suchen.

»Schön, Sie alle zu sehen«, setze ich an.

»Ich wollte, ich könnte das Gleiche sagen.«

Okay, sieht so aus, als hätte die Großmutter kein Interesse an Nettigkeiten.

»Schauen Sie, ich weiß, Sie mögen mich nicht, aber Émile tut es–«

»Nehmen Sie den Namen meines Sohnes nicht in Ihr Lügenmaul«, zischt sein Vater. »Ich war bereit, über diese unüberlegte, lächerliche Verbindung hinwegzusehen, bis–« Er zeigt in Richtung der Großmutter.

»Sie haben uns angelogen«, sagt sie. »Ich weiß nicht, ob Émile bewusst ist, dass Sie und Ihre Familie entfremdet sind, und dass Sie in einer Kommune leben; Tatsache ist, Sie haben achtundsechzig Dollar auf Ihrem Konto und sind über hunderttausend verschuldet.«

...

...

Fuck.

Mir bleibt der Mund offen stehen, und ich hoffe inständig, dass etwas herauskommt. Eine Entschuldigung, ein Grund, oder ... oder ... irgend etwas, das dies alles ungeschehen machen wird. Aber ich kann nur ein einziges Wort herausbringen, obwohl ich tausendmal lieber irgend etwas anderes gesagt hätte. »Fuck.«

Seine Großmutter zieht diskret die Nase hoch, aber ich merke, dass sie froh über meine Antwort ist.

»Das ist alles, was Sie uns zu sagen haben?«, sagt sein Dad beißend. »Kraftausdrücke? Nachdem Sie versucht haben, meinen Sohn um sein Geld zu betrügen?«

»Das habe ich nicht.« Gottseidank finde ich wieder Worte. »Ich habe ihn niemals angelogen–« Ach, Mist. Das war leider auch das Falsche.

»Er wusste Bescheid?«, keucht seine Mom.

»Ähm, *nein*. Ich meine ... vielleicht. Schauen Sie, ich glaube wirklich, dass er bei diesem Gespräch besser dabei sein sollte.«

»Das wird nicht notwendig sein.« Die Stimme seiner Großmutter ist kalt. Herrisch. »Ich habe genug gehört und gesehen. Sie können gehen. Und sobald Sie gegangen sind, werden Sie sich bei Émile melden und ihm mitteilen, dass es aus ist.«

Was zum Teufel soll das denn jetzt? Und ich wünsche mir zwar, dass er hier wäre, und ich könnte mich hinter seinem Selbstvertrauen verstecken und hoffen, dass das alles verschwindet, aber ich weiß genau, was er in dieser Situation sagen würde. »Das werde ich nicht tun.«

»Das werden Sie sehr wohl tun, verflucht nochmal.«

Seine Großmutter hebt die Hand und bringt den Vater damit zum Schweigen. »Es ist ... bemerkenswert, dass Sie das glauben. Das Sie an diesem ... Hirngespinst festhalten wollen«, sagt sie mit einer Handbewegung, während sie nach dem richtigen Wort sucht. »Allerdings hatte ich Ihnen keine Auswahlmöglichkeiten angeboten, soweit ich mich entsinne. Ich würde nun vorschlagen, dass Sie mit so wenig Aufsehen wie möglich hier verschwinden, ohne meinen Enkel vorher zu suchen. Ich kann Ihnen versichern, dass Darcy dafür sorgen wird, dass es ihm an nichts fehlt.«

»Er will Darcy doch gar nicht.«

»Sie will er auch nicht. Nicht im Grunde seines Herzens. Er durchlebt eine rebellische Phase, aber ich werde nicht zulassen, dass er mit seinen impulsiven Entscheidungen sein Leben ruiniert.«

»Das würde ich nie zulassen.«

»Sie sind also einverstanden?«

Und obwohl ich am liebsten unter ihrem kalten Blick zusammenkauern und sterben würde, beiße ich die Zähne zusammen und schüttele den Kopf. »Ich werde ihn nicht verlassen, es sei denn, er bittet mich selbst, zu gehen.«

Sie seufzt schwer, aber inzwischen ist mein Lügenradar auf Höchstleistung eingestellt. Sie streckt die Hand aus, und sein Vater reicht ihr ein Schriftstück.

»Ich wollte ungerne zu diesem Mittel greifen, Christian, aber Sie lassen mir keine andere Wahl.«

»Was denn?«

Sie räuspert sich, dann fragt sie: »Sagt Ihnen der Name Roswell House etwas?«

Fuck.

Da ist es wieder, dieses Wort. Mein Herz klopft wie verrückt.

»N-nein.«

»Sind Sie sicher? Hier steht nämlich, dass Roswell House plant, die Rechte an der Produktion von *Not My Enemy* zu erwerben, und dank all der Medienberichte um das Stück in letzter Zeit ist mir zu Ohren gekommen, dass *Sie* Teil davon sind.«

Ich spüre einen Klumpen im Magen, als sie das Musical erwähnt, denn das kann nichts Gutes bedeuten. Keine Ahnung, wie sie an diese Information gekommen ist, denn sie ist streng vertraulich. Und ich habe das deutliche Gefühl, dass sie mir gleich einen Strick daraus drehen wird.

»Das bin ich, aber –«

»Ist Ihnen bewusst, dass Carlisle Roswell häufig an meinen Tee-Partys teilnimmt?«

Ich kann nicht antworten.

»Ein feiner Kerl. Gut befreundet mit unserem Darcy, nebenbei bemerkt. Es wäre … nun, jammerschade, wenn ihm jemand aus seinem engsten Kreis abraten würde, weil es eine miserable Investition wäre–«

Ich spüre einen bitteren Geschmack im Mund. »Nein.«

»Ich weise hier nur auf Tatsachen hin, Christian.«

»Das ist keine Tatsache. Es ist eine gute Investition, und das weiß er auch.«

»Es mag *jetzt* eine gute Investition sein. Allerdings kann ich mir kaum vorstellen, dass allzu viele Zuschauer besonders interessiert daran sein werden, Tickets zu erwerben, wenn alle Medien im ganzen Land das Stück verreißen.«

»Das können Sie nicht machen.«

Sie kichert klirrend – ein Geräusch, dass mich noch in meinen Albträumen verfolgen wird. »Oh, hatte ich das noch gar nicht erwähnt? Darcy ist der Erbe von MediaCorp. Ich bin sehr gut mit seinem Vater befreundet, und wenn ich sage, dass das Stück zweitklassig ist, was glauben Sie denn, was dann in ganz Amerika darüber berichtet werden wird? Was denken Sie, was auf allen Monitoren erscheinen wird?«

Ich habe das Gefühl, zu ertrinken. So muss es sein, wenn man untergeht. Sie muss gar nicht ausdrücklich sagen, was sie meint. Ich verstehe es auch so. Ich trenne mich von Émile, oder sie wird das Musical in Schutt und Asche legen.

Ich würde gern glauben, dass sie blufft.

Am liebsten würde ich sie eine bittere alte Hexe nennen und ihr sagen, dass sie sich ihre Drohungen sonstwohin schieben kann, aber …

Reece. Das ganze Ensemble. Die Erleichterung, die Aufregung, die wir heute Nachmittag alle verspürt haben, als die Nachricht kam, dass es tatsächlich endlich passieren könnte.

Meine eigene Zukunft kann ich aufs Spiel setzen.

Die der anderen aber nicht.

Mir steigen Tränen der Frustration in die Augen. »Warum tun Sie das?«

»Ich mag Sie nicht. Ich mag Ihr Benehmen nicht, Ihre Einstellung, außerdem stört mich die Tatsache, dass mein Enkel, seit er Ihnen begegnet ist, lästigem Klatsch ausgesetzt ist, der über das gesamte Internet ausgebreitet wird. Da hat ein Cromwell nichts zu suchen. Außerdem …« Sie spreizt die Hände. »... tue ich es, weil ich es kann.«

»Fuck.« Ich reibe mir das Gesicht. »Und das war's dann? Sie erwarten von mir, dass ich einfach gehe?«

»Keine Sorge, mein Lieber. Wenn das Stück so erfolgreich wird wie vorhergesagt, werden Sie selbst genug Geld haben, sodass der Verlust des Vermögens von meinem Enkel kein solcher Schock wird.«

Ich hatte wirklich noch nie das Bedürfnis, einer alten Dame wehzutun, aber die hier hätte einen gepflegten Fußtritt verdient, und zwar mit Anlauf.

»Und Émile?«, krächze ich.

»Um ihn wird sich gekümmert.«

»Was, wenn ich nicht dazu bereit bin? Was, wenn ich ihm alles erzähle, was Sie gesagt haben, und wir heiraten, und er mir das Geld für die Produktion geben würde? Dann könnten Sie mich nicht aufhalten.« Ich weiß genau, dass er es tun würde. Ich weiß, dass er so selbstlos wäre, denn das ist sein Wesen.

»Das könnten Sie natürlich versuchen. Aber mein geliebter Ehemann kannte Émile zu gut. Er hat eine Klausel ins Testament gesetzt, die explizit besagt, dass ich die Verbindung gutheißen muss, sonst bekommt Clifford das Vermögen.« Sie hält kurz inne, als wollte sie dieser Bombe Zeit geben, zu platzen. »Ach? Hat er das etwa gar nicht erwähnt?«

Sein Vater wirft höhnisch ein: »Mein Sohn war noch nie sonderlich interessiert am Kleingedruckten.«

Ich habe das Gefühl, von den Worten umschlungen zu werden wie von einer Fessel, und erst, als alle schweigen, stelle ich fest, dass ich zittere. Wie ist nur aus dem Hochgefühl von vorhin … *das hier* geworden?

Wenn ich bleibe, verliert er sein Geld, ich verliere das Musical und alle, mit denen ich seit Monaten zusammenarbeite, verlieren ihre Chance. Wenn ich gehe, verliere ich Émile.

Es sollte einfach sein. So, so einfach.

Aber *verdammt nochmal*. Ich will so gerne egoistisch sein.

»Wir brauchen Ihre Antwort, Christian.« Ihre Stimme ist sanfter geworden, und sie sieht mich mit ehrlichem Blick an. Denn sie weiß, dass ich keine Wahl mehr habe.

Ich schlucke krampfhaft, dann nicke ich. »Sie haben gewonnen.«

»Das tue ich immer.«

KAPITEL
NEUNUNDZWANZIG

ÉMILE

CHRISTIAN IST VERLOREN GEGANGEN. Zuerst denke ich mir nicht viel dabei. Er ist ein erwachsener Mann und durchaus in der Lage, sich in diesem Raum zu orientieren. Aber je länger ich ihn nicht finde, desto besorgter werde ich.

»Hast du Christian gesehen?«, frage ich Elle, und auch sie lässt suchend den Blick durch den Raum schweifen.

»Er war doch vorhin noch hier, oder?«

»Das dachte ich eigentlich auch, aber jetzt habe ich ihn schon eine Weile aus den Augen verloren.«

Wir stellen uns beide auf die Zehenspitzen, um nach ihm zu schauen, aber er ist nirgends zu sehen. Er müsste auch gut zu sehen sein mit seinem wilden Lockenschopf.

»Sollte ich mir Sorgen machen?«, frage ich, während sich mir schon die Kehle zuschnürt.

»Natürlich nicht.« Sie klingt nicht überzeugt. »Vielleicht ist er zur Toilette gegangen?«

»So lange?«

»Kann es sein, dass deine Lügengeschichte von vorhin ihn

eingeholt hat?« Das glaubt sie sicher ebenso wenig wie ich, aber wir schauen trotzdem in den Toiletten nach, und ich werfe sogar einen Blick auf die Schuhe der Benutzenden in jeder einzelnen Toilette, um sicherzugehen.

Er ist nicht da.

Ich raufe mir die Haare beim Rauslaufen. »Glaubst du, er wäre einfach gegangen?«

»Hast du ihn angerufen?«

Es ist laut hier, aber ich höre das Klingeln noch. Und den Moment, als seine Voicemail anspringt.

»Nimmt nicht ab.«

»Okay, jetzt fange *ich* an, mir Sorgen zu machen.« Elle fährt sich mit der Hand über den Kopf. »Warum sollte er denn gegangen sein?«

Ich sehe mich noch einmal um, völlig sinnlos, denn es hätte keinen Grund gegeben, zu gehen. Er war es zufrieden, mitzuspielen, hatte vielleicht sogar Spaß, soweit man bei solchen Anlässen eben Spaß haben kann.

Hat jemand etwas zu ihm gesagt, das ihn aufgeregt hat? Wenn ja, wäre er doch sicher eher auf mich zugekommen als einfach abzuhauen. Das ist unser Ding. Er regt sich auf, ich tröste ihn und erinnere ihn daran, dass alles gut werden wird.

»Verdammt. Und wenn es ein Notfall war?«, frage ich.

»Warum hätte er dann nicht Bescheid sagen sollen, dass er gehen muss?«

»Na ja, wenn einem seiner Freunde etwas passiert wäre, oder …« ich greife nach Strohhalmen. Aber denkbar wäre es. Es wäre die wahrscheinlichste Erklärung für sein plötzliches Verschwinden und die Tatsache, dass er meine Anrufe nicht annimmt. Es beruhigt mich genau zwei Sekunden, dann fühle ich mich wie ein Arsch, weil ich so etwas hoffe, wenn es doch etwas Furchtbares bedeuten würde.

»Émile?«

Ich sehe Darcy auf mich zukommen. Er sieht großartig aus im

Smoking, und obwohl ich sicher bin, dass wir ein absolut durch-
schnittliches und langweiliges Leben zusammen führen würden,
würde ich lieber vom Erdboden verschluckt werden als meiner
Familie den Gefallen zu tun, ihn zu heiraten.

Ich lächle so höflich ich unter diesen Umständen kann, und er
beugt sich vor und küsst erst mich, dann Elle auf die Wangen.

»Ich muss sagen, ich bin überrascht, dich hier zu sehen.«

Erst schaue ich mich um, um sicherzugehen, dass er mit mir
spricht, aber dann fährt er fort.

»Ich hätte eher angenommen, dass du zu Hause sitzt und dein
gebrochenes Herz pflegst.« Seine Worte und das Mitleid, das
mitschwingt, ergeben keinen Sinn.

»Wie bitte?«

»Deine Verlobung wurde gelöst?« Er wirft Elle einen Blick zu,
dann schaut er wieder mich an. »Oder?«

»Nein, wurde sie verdammt nochmal nicht.« Erneut schaue ich
suchend in die Menge. Plötzlich ist mir übel. »Wovon redest du
überhaupt?«

»Es … tut mir leid. Da habe ich wohl was falsch verstanden.«

»Was *genau* falsch verstanden?«, fragt Elle mit in die Hüften
gestemmten Händen.

»Äh, ich weiß nicht … ich würde es lieber nicht sagen.«

»Heraus mit der Sprache.«

Darcy schaut über seine Schulter und hebt die Hände. »Ich
will ungerne zwischen die Fronten geraten …«

»Nein, du hast einfach, was genau eigentlich? Beschlossen,
dich auf ihn zu stürzen und an dem Gerippe ihrer angeblich
gescheiterten Beziehung gütlich zu tun?«

»Ganz und gar nicht«, antwortet er schneidender, als ich ihn je
habe sprechen hören. Ich wäre fast schon beeindruckt, wenn ich
nicht so betroffen wäre von der ganzen Sache, was auch immer da
los ist. »Ich spreche als betroffener Freund. Weiter nichts.«

»Ich weiß deine Sorge zu schätzen, aber sie ist unbegründet.
Ich bin nach wie vor sehr verlobt, danke auch.«

Er runzelt verwirrt sie Stirn. »Na klar. Du weißt sicher besser über deine Beziehung Bescheid als alle anderen, aber … vielleicht solltest du mal mit deiner Mutter reden«, fügt er mit vielsagendem Blick hinzu.

Bevor ich weitere Fragen stellen kann, dreht er sich auf dem Absatz um und geht.

Elle sieht ihm nach. »Kann es sein, dass es so etwas ist, wie wir es sonst machen, wo er sich ein Gerücht ausdenkt, um uns zu verarschen?«

»Wann hatte Darcy Ritcherson je Humor?«

»Verflucht nochmal. Warum sollte Mama so etwas sagen?«

»Ich weiß nicht, aber es erfüllt mich nicht gerade mit warmen, kuscheligen Gefühlen, wenn es um meine Beziehung geht.«

»Ob sie etwas zu Christian gesagt hat?«

Da ich ihn nun schon fast eine Stunde nicht mehr gesehen habe … »Das steht so gut wie außer Frage.«

»Lass uns die Hexe verbrennen gehen.«

»Vielleicht sollten wir erst herausfinden, was wirklich passiert ist, bevor wir über Brandstiftung nachdenken?«, schlage ich vor.

»Wenn du meinst, aber wenn all die Jahre, die wir bei ihnen aufgewachsen sind, uns nicht zur schlimmstmöglichen Schlussfolgerung führen, bist du emotional wesentlich gesünder als ich dachte.« Mit einem Seitenblick fügt sie hinzu: »Ich glaube nicht, dass ich jemandem trauen kann, der alles auf der Reihe hat.«

»Zum Glück ist der Mann, den ich heiraten werde, chaotisch genug für uns beide.« Hoffe ich. Der Schmerz in meiner Brust wird sekündlich stärker.

»Du hättest mir keinen perfekteren Schwager aussuchen können.«

»Na sicher. Weil ich Christian natürlich nur für dich heirate.«

»Es ist der plausibelste Grund.« Elle winkt ab. »Wen kümmert schon Geld, und arme Menschen, wenn du mich glücklich machen könntest?«

Ich würde gerne lachen, aber ich kann es nicht. Ich stehe kurz vor dem Magengeschwür, so einen Klumpen verspüre ich im Inneren. »Ich muss Mama finden.«

Elle folgt mir auf dem Fuß, als ich mir den Weg durch die Meng bahne. Der Raum fühlt sich plötzlich zu voll und überwältigend an. Zu viel Rauch, zu viel Lärm, zu viele Menschen.

»Da.« Elle deutet auf die andere Seite des Raums, wo Mama und Dad gerade mit den Clarkes plaudern.

Ich stürme direkt auf sie zu und frage, ohne auf eine Gesprächspause abzuwarten, drohend: »Wo ist er?«

Vier schockierte Menschen schauen mich an.

»Entschuldige bitte«, sagt Dad. »Wir sind gerade mitten im Gespräch.«

»Tja, und mir scheint ein Verlobter abhanden gekommen zu sein, und mir wurde angedeutet, dass ihr wisst, wo er ist.«

„Sei nicht albern, Émile. Christian war eben noch hier.«

»Wo er *war*, weiß ich selbst, mein Problem ist, dass ich plötzlich nicht mehr weiß, wo er *jetzt* ist.«

Mama legt mit leicht die Hand auf den Arm. »Vorsicht, mein Lieber. Du klingst schon arg besitzergreifend.«

Ich schüttele sie wütend ab. »Was hast du zu ihm *gesagt*?«

»Du machst eine Szene«, sagt Dad scharf.

»Dein Vater hat recht, das ist nicht der richtige Ort für dieses Gespräch. Geh wieder an die Spieltische, mein Lieber, und wir sprechen später darüber.«

»Auf *gar keinen Fall* gehe ich irgendwo hin, bevor ich nicht weiß, was ihr zu Christian gesagt habt.«

Um uns wird es still, und ich habe plötzlich das absurde Gefühl, als hätte ich mir Christians Rückgrat angeeignet, was den Umgang mit Eltern angeht.

Dad senkt die Stimme. »So lasse ich nicht mit mir reden«. Es klingt gefährlich.

Noch bevor ich antworten kann, unterbricht das Klingeln meines Handys die angespannte Stimmung. Christians Name leuchtet auf dem Display, und ich drehe es um, so dass er es sehen kann. »Egal. Ich werde es so oder so erfahren.«

Schnell nehme ich den Anruf an und marschiere weg von ihnen.

»Was zum Teufel ist passiert?«

Erst antwortet Christian lange nicht. Als er endlich spricht, klingt seine Stimme angestrengt. »Ähm, sorry, dass ich gegangen bin.«

»Du brauchst dich ganz sicher nicht zu entschuldigen. Hat jemand etwas gesagt? Ist alles okay?«

Wieder kommt die Antwort verzögert. Dann neun Worte. Künstlich. Mit rauer Stimme gesprochen. Neun Worte, die mich genauso tief treffen wie die anderen, aber so, wie es schlimmer nicht sein könnte.

»Tut mir leid, Émile. Das mit uns funktioniert nicht.«

KAPITEL
DREISSIG

CHRISTIAN

ALS ICH ZU HAUSE ANKOMME, fühle ich mich wie ausgehöhlt, und ich schaffe es nur, indem ich mich zu jedem einzelnen Schritt motiviere, als wäre es eine monumentale Leistung.

Fuß heben, nach vorne ausstrecken, aufsetzen.

Wieder und wieder, bis ich an der Eingangstür angelangt bin.

Jetzt *Hand an den Türgriff, drehen, aufstoßen, Fuß heben ...*

Mein ganzer Körper fühlt sich an wie ein Seufzer. Ein bewegter Luftzug, der einfach durchzieht.

»Wie lange willst du es denn noch hinausschieben?«, fragt Madden jemanden.

Ich habe nicht genug Kapazitäten, zu lauschen. Mir ist alles zu egal, um neugierig zu sein.

»Du kennst doch Christian«, sagt Gabe zögerlich. »Er hat es gerade nicht so leicht.«

»Also sagst du einfach nichts, und dann kommt er eines Tages nach Hause und du bist nicht mehr da?«

Ein Stöhnen ist zu hören, das ich aber kaum noch mitbekomme, denn ich bin damit beschäftigt, zur Tür hineinzustolpern.

»*Nicht mehr da?*«

Madden und Gabe fahren herum.

»Verdammt, ich habe dich gar nicht reinkommen hören«, sagt Gabe.

»*Nicht mehr da?*«

Er flucht leise, während er sich mit den Händen durch die hellbraunen Haare fährt. Er trägt noch seine Uniform, hat noch nicht mal seine schweren Arbeitsstiefel ausgezogen, und sein T-Shirt hat Schweiß- und Rußflecken – offensichtlich war es kein einfacher Abend für ihn. »Kannst du ...« Gabe deutet auf die Couch gegenüber.

»Du gehst.« Soviel habe ich verstanden. »Also ... du ziehst aus, oder ...«

»Es tut mir *leid*. Ich habe schon tausendmal versucht, mit dir darüber zu reden, aber dann kam eins zum anderen, und dann verging ein Tag nach dem anderen – du weißt doch, wie vergesslich ich bin.«

»Du hast vergessen. Mir zu erzählen. Dass du ausziehst.« Ich weiß noch gar nicht, wie ich mich dabei fühlen soll, verstehe kaum die Worte, die ich da ausspreche. Sie sind einfach da. Um meinen Mund zu beschäftigen, während ich ihn anstarre ... wie jetzt ... *Gabe zieht aus.*

Während der High-School, am College und seit wir vor fünf Jahren hier eingezogen sind – Gabe war immer genau da, wo ich ihn gebraucht habe. An meiner Seite.

Gabes Miene wird angespannter. »Es wurde eine Wohnung in der Nähe der Feuerwache frei. Ich verdiene jetzt gut, und es war einfach ...« Er zuckt die Achseln, fast als wäre er sauer auf sich selbst. »Ich kann diesen Platz hier nicht mehr beanspruchen, für kleines Geld, wenn ich so gut wie aufgegeben habe, jemals von meinen Zeichnungen zu leben. Dieses Haus wurde für Künstler eingerichtet, die es schwer haben, und das ... bin ich nicht mehr. Außerdem werfe ich die ganze Zeit Antihistamine ein wie TicTacs, weil Kismet so viel hier ist. Ich kann mir jetzt eine eigene Wohnung leisten, und ich denke, es ist Zeit.«

Aber obwohl er mich bittet, zu verstehen, höre ich nur *Ich kann mir jetzt ein eigenes Leben leisten. Es ist Zeit, mich von dir zu lösen.*

Als ob es nicht mehr gut genug für ihn ist, hier mit uns zu leben.

Als ob seine Versprechen, immer für mich da zu sein nur etwas waren, was er gesagt hat, bis die Zeit gekommen war, endlich ausziehen zu können.

Ich trete einen ganzen Schritt zurück.

»Christian …« Madden macht Anstalten, aufzustehen, aber ich drehe mich auf dem Absatz um, noch bevor er steht, und gehe wieder nach draußen. Regenwolken sind aufgezogen, durch die von hinten der Mond scheint, aber ich renne zum Auto. Ich habe das Gefühl, dass mein ganzes Leben in meinen Ohren dröhnt.

Gabe zieht aus. Ich habe mich von Émile getrennt. Das Stück, für das ich mir den Arsch abgearbeitet habe, steht auf dem Spiel, jetzt, wo wir so kurz davor sind, etwas daraus zu machen. Ich bin schon losgefahren, bevor mir klar ist, wo ich eigentlich hinwill. Ich weiß nur, dass ich mich bewegen muss, etwas *tun* muss, weiter rennen muss, denn wenn ich stehenbleibe, muss ich nachdenken, und das ist gerade alles zu viel für mich.

Ich bin am Gas Works Park angekommen. In meiner Brust sitzt ein tiefer Schmerz, als ich aus dem Auto und auf die Straße stolpere. Es ist spät, und es nieselt, also war es leicht, einen Parkplatz in der Nähe zu finden. Sobald ich auf dem Pfad stehe, laufe ich an den rostigen Metallstrukturen vorbei zu dem Aussichtspunkt, den ich damals mit Émile besucht habe.

Unmöglich, hier nicht an ihn zu denken. Eiscreme, und Eisenbahnschienen und Drachensteigen auf dem Hügel zu meiner Rechten. Ich *verzehre* mich nach ihm. Ich wollte, er wäre hier und ich könnte ihm alles erklären, so dass er mich an sich ziehen könnte und mich daran erinnern würde, dass er alles besser machen kann. Alles besser zu machen ist sein *Ding*. Ohne ihn renne ich einfach blindlings in all meine Probleme hinein, ohne Orientierung, und ertrinke unter ihrem Gewicht.

Wieder droht ein Schluchzen in mir aufzusteigen, aber ich unterdrücke es. Trotzdem sind meine Wangen schon feucht, und zwar nicht vom Regen, und ich habe Mühe, mir vorzustellen, wie ich wieder nach Hause gehen und weitermachen und so tun soll, als wäre alles okay.

Ich hatte noch nie das Gefühl, etwas Besonderes verdient zu haben. Aber ich habe immer nach der Chance gegriffen, glücklich zu sein. Habe die Gesellschaft von Menschen gesucht, denen ich verdammt nochmal nicht egal bin.

Aber meine Familie hat mich verlassen.

Zweimal.

Émiles Familie war ich immer egal.

Gabe verlässt mich – die einzige Person, von der ich immer dachte, dass sie an meiner Seite bleiben würde.

Und Émile ... mein Herz zieht sich schmerzhaft zusammen. Wir hätten eine Chance auf etwas Besonderes gehabt. Ich habe ihm geglaubt, als er gesagt hat, wir kriegen das hin. Ich glaube, dass er das Gleiche für mich zu empfinden begonnen hat, was ich für ihn empfinde.

Aber es war nicht genug.

Ich bin nie genug.

Ich lege die Arme aufs Geländer und vergrabe mein Gesicht darin, während ich vergeblich versuche, meine Tränen zu ignorieren. Weinen tun nur Mädchen, sagte Dad immer. Und ich weiß, dass das alles nicht stimmt, aber es ist schwer, mir diese Lektion abzutrainieren.

Da spüre ich, wie sich eine Hand auf meinen Rücken legt, und ich fahre erschrocken zusammen und schaue mich um.

»Émile«, stottere ich, total überrumpelt, ihn hier zu sehen. Seine blonden Haare sind im Nieselregen nachgedunkelt, und sein Blick aus den grün-braunen Augen ist scharf und prüfend.

»Was machst du hier?«, fragt er.

»Ich … ich …« Ich schüttele den Kopf. »Es ist … es ist aus.«

»Du hast meine Frage nicht beantwortet.«

»Weil ich nicht weiß, was ich sagen soll. Weil ich nicht weiß, ob ich dir sagen sollte, dass ich hier bin, weil ich Angst habe. Weil es regnet und ich einsam bin und befürchte, dass ich es für immer sein werde. Dass wenn ich nicht hergekommen wäre, ich eine Woche im Bett geblieben wäre, oder wieder ins Auto gestiegen und zu dir gefahren wäre. Dass ich mich schon oft in meinem Leben so am Ende gefühlt habe, aber ich glaube nicht, dass ich je so am Boden zerstört war wie jetzt. Heute Abend. Ich weiß nicht, ob ich dir das sagen kann.«

»Na, es ist ein Glück für mich, dass du deine Gedanken immer noch nicht für dich behalten kannst.« Er hebt die Hand, als wollte er sie an meine Wange legen, aber ich zucke zurück.

»Bitte nicht.«

»Christian …«

»Bitte. Ich k-kann nicht.

Émiles Miene scheint zu versteinern. »Was haben sie zu dir gesagt?«

Ich bin so darauf vorbereitet, mir eine blöde Ausrede auszudenken, dass ich einen Moment brauche, seine Worte zu verarbeiten. »Hm?«

»Ich weiß, dass sie dich dazu gebracht haben, zu gehen, ich weiß nur nicht, was zum Henker sie gegen dich in der Hand haben könnten, das dich dazu bringen würde, es zu tun.«

Ich lasse die Schultern nach vorne sinken. »Das Stück.«

In seinen Augen sehe ich Verständnis aufblitzen. »Diese verdammten Mistkerle.«

»Ich musste es tun.«

»Sie haben deinen Preis gefunden, Liebling. Erzähl mir alles.«

Also rede ich. Ein großer, explosiver Wortschwall bricht aus mir heraus. Ich kann selber kaum folgen, und die Worte überschlagen sich förmlich. Ein Strom von allem. Heute Abend, für immer, die Dunkelheit, die mich immer verfolgt. »Und jetzt habe ich wieder niemanden. Keinen besten Freund, keine Familie, keinen festen Freund, oder Ehemann, zum Schein oder was zum Teufel auch immer es war. Ich habe gar nichts.«

»Da täuschst du dich aber.«

Ich schnaube durch die Nase, aber Émile ignoriert es, tritt vor und legt mir die Hand auf die Brust.

»Dreh dich mal um.«

Ich höre es platschen, dann donnert es. Und dann drehe ich mich um.

Und da rennen den Pfad entlang auf mich zu …

Xander und Seven. Rush. Madden. Tante Agatha. Gabe. Gabe, der gar nicht erst stehen bleibt, sondern einfach weiter rennt, bis er mit mir zusammenprallt und mich in einer Wolke von Rauch und dem Deo, das er bei der Feuerwehr aufbewahrt, einhüllt.

»Du großer, dummer Trottel«, sagt er. Seine Stimme klingt ganz rau. »Ich hab mir Sorgen gemacht und so 'n Scheiß.«

Meine Augen tränen wieder, und als er mich loslässt, wische ich sie hastig an der Schulter ab.

Émile kommt wieder näher, als Gabe zurücktritt, dann schiebt er die Finger zwischen meine. Genau dahin, wo sie hingehören.

»Ich dachte, du hättest gesagt, du hast keine Familie«, sagt er in seiner besten spöttischen Stimme.

»Das solltest du schön bleiben lassen«, sagt Tante Agatha, und ich weiß schon genau, was als Nächstes kommt. »Sonst muss ich dich noch aus dem Testament streichen.«

»Ja, was soll das eigentlich?«, blafft Seven. »Ihr Leute seid die einzige Familie, die ich habe. Versucht bloß nicht, mir das zu nehmen, verlampt nochmal.«

»Familien müssen nicht immer zusammenleben«, fügt Gabe hinzu. »Man ist doch nicht weniger Familie, nur weil jemand woanders wohnt.«

Und verdammt, schon laufen meine Augen wieder über.

»Wie habt ihr mich überhaupt gefunden?«

Gabe zuckt die Achseln. »Naja, Taco bist du zwar keins, aber wir trainieren ja auch schon eine Weile.« Er wirft Émile einen Seitenblick zu. »Außerdem hat sich herausgestellt, dass dein Freund dich ganz gut kennt.«

»Ich …« Ich drehe mich zu Émile, der mich erstaunlich besorgt ansieht. »Aber wir sind doch gar nicht mehr zusammen, oder?«

»Was willst du denn?«

Ich spüre die Bitterkeit zurückkehren. »Was ich will, ist unwichtig. Ich kann es sowieso nicht haben.«

»Aber sicher kannst du das. Du musst nur einen Weg finden.«

Ich ziehe die Zähne über die Unterlippe. »Was willst *du* denn?«

Er muss noch nicht mal nachdenken. »Ich will dich heiraten und mich immer mehr in dich verlieben, und ich weiß, dass es normalerweise andersrum funktioniert, und wenn du alles auf die traditionelle Art machen willst, können wir das auch. Aber traditionell ist nicht so recht unser Ding, und das finde ich *gut*. Ich finde es gut, dass wir chaotisch und unordentlich sind und nicht immer wissen, was als nächstes kommt. Ich finde es gut, dass wir uns spontan etwas einfallen lassen, und dass ich mich aus Versehen in dich verliebt habe, aber jetzt will ich auch die Chance bekommen, es ganz bewusst zu tun. Und ich weiß, dass ich nicht will, dass meine Familie ihren Willen bekommt. Nicht, was das Testament angeht. Nicht, was uns angeht.«

»Wenn wir das machen, wirst du niemals dein Geld sehen. Sie sagen, es gibt eine Klausel, dass deine Großmutter zustimmen muss, wen du heiratest.«

»Das war gelogen.«

»Was?«

»So eine Klausel existiert nicht. Ich habe es zweimal vom Rechtsanwalt überprüfen lassen. Pa wusste genau, was er tat.«

»Aber er wollte, dass du heiratest.«

Émile fängt langsam an, zu lächeln. »Es ist fast so, als hätte er es vorhergesehen.«

»Es findet also statt?«, fragt Xander. »Denn wir wollen doch Trauzeugen sein.«

»Ich …«Ich schaue Émile an. »Ich kann das Stück nicht aufs Spiel setzen. Wie sollen wir das machen?«

Ich bin sicher: Er wird eine Antwort haben. Es ist sein Ding. Er bringt meine Fehler wieder in Ordnung, und ich bin überzeugt, dass es jetzt auch wieder so sein wird. Womit ich nicht gerechnet habe, ist seine Antwort.

»Ich weiß nicht.«

EINUNDDREISSIG

ÉMILE

JEDER TAG ohne ihn ist eine Qual für mich. Am liebsten würde ich der Familie sagen, dass sie sich ihre Drohungen an den Hut stecken können, aber ich verkneife es mir. Er hat recht. Bis wir nicht wissen, wie wir vorgehen sollen, steht sein Stück auf dem Spiel. Das können wir nicht riskieren.

Christian gibt noch ein paar Vorstellungen. Ich gehe heimlich zur letzten und erwarte ihn danach mit Blumen. Ihm zuzusehen bestätigt mir, dass er auf die Bühne gehört. Beim Auftritt *leuchtet* er förmlich, und ich weiß, dass er nicht für immer im Hintergrund spielen wird. Jemand mit so viel Talent verdient es, im Rampenlicht zu stehen, was das Vorgehen meiner Eltern und Großmama noch viel schlimmer macht.

Ich tröste mich aus der Entfernung damit, zu wissen, dass er und Reece daran arbeiten, den Vertrag mit Rosswell House offiziell zu machen. Es wäre sicher nicht hilfreich, wenn meine Großmutter es schaffen würde, das Stück von den nationalen Medien auf die schwarze Liste setzen zu lassen; aber wir können auch nur einen Schritt nach dem anderen machen.

Und wenn Carlisle dann unterschrieben und investiert hat, wird es in seinem Interesse liegen, dafür zu sorgen, dass alles gut läuft.

Aber mir persönlich hilft das auch nicht. Jedes Mal, wenn wir darüber sprechen, weiß ich, dass Christian darauf wartet, dass ich Antworten finde, aber ... *wie* sollten die aussehen? Ich habe keine Ahnung, und das bin ich nicht wirklich gewöhnt. Natürlich kann ich aus dem Stegreif irgendwelchen Unfug erfinden, aber anscheinend bin ich damit überfordert, mit solchen beziehungsgefährdenden Machenschaften fertig zu werden.

Jedes Mal, wenn ich darüber nachdenke, muss ich erneut feststellen, dass sie uns ausmanövriert haben.

Wir könnten heiraten, ich würde das Geld bekommen, und dann könnte ich selbst in das Stück investieren. Aber das würde den allgemeinen Verriss nicht verhindern, den es dank meiner einflussreichen Familie bekommen würde. Außerdem würde Christian es gar nicht erst zulassen. So sehr ihm das Stück auch am Herzen liegt, er würde nie meine Pläne für sein eigenes Glück untergraben.

Ich habe noch nicht die Hoffnung aufgegeben. Es muss doch noch etwas geben, das wir tun können – ich habe nur Schwierigkeiten, herauszubekommen, was genau das ist.

Und dann habe ich auch noch die Wohltätigkeitsveranstaltung zugunsten der Alzheimerforschung zu organisieren. Ich bin mental so gut wie ausgelaugt. Aber ich muss eine Lösung finden, denn das Event steht kurz bevor. Ich habe Christian schon einen Smoking dafür besorgt. Er wird mich zu dieser Veranstaltung begleiten, ob es der Familie nun passt oder nicht.

»Bläst du denn immer noch Trübsal?«, ruft Elle aus, die mich mit dem rosa Leuchtstift in der Hand prüfend anschaut. »Ich habe dir schon tausendmal gesagt: Christian ist verrückt nach dir. Ruf ihn an.«

Ich traue Elle zwar hundertprozentig zu, nichts zu verraten, aber wenn sie aus Versehen ausplaudert, dass wir doch nicht getrennt sind, wären wir gekniffen, und Elle hätte ein furchtbar schlechtes Gewissen. Ich traue meiner Familie nicht, und meine Paranoia wird ständig schlimmer. Wenn sie so weit gegangen sind, meinem Verlobten zu drohen, wer sagt denn dann, dass sie keine Wanzen in meiner Wohnung, oder meinem Auto platzieren würden? Mein Handy ist das Einzige, das definitiv noch sicher ist. Erstens trage ich es ständig bei mir, außerdem habe ich es untersuchen lassen. Meine Güte, ich habe das Gefühl, in einem Spionage-Thriller mitzuspielen.

Wir müssen unsere Beziehung unter allen Umständen geheim halten, denn sobald Großmama mitbekommt, dass wir nach wie vor planen, zu heiraten, wird sie alles tun, was in ihrer Macht steht, um Carlisle daran zu hindern, in das Musical zu investieren. Aber ich will Christian immer noch heiraten. Wir haben nur noch ein paar Probleme mit der Umsetzung.

»Hab ich versucht«, lüge ich. »Er nimmt nicht ab.« Als ob ich so etwas dem Telefon überlassen würde. An diesem Abend, als mir klar wurde, dass er wegen *ihnen* gegangen war, bin ich schnurstracks zu ihm gefahren, nur um seine höchst besorgten Mitbewohner vorzufinden und zu erfahren, dass er schon wieder verschwunden war. Was für ein Glück, dass wir diesen Tag am Lake Union verbracht hatten, und dass ich mir immer jede kleine Einzelheit merke, die er mir erzählt.

»Was wirst du also tun?«

»Ich werde das großartige Wohltätigkeits-Event organisieren, das Pa verdient hat, und später darüber nachdenken.«

»Ich halte das für einen *Feh*-ler«, singt sie.

»Mach endlich die *Gästeliste* fertig«, singe ich zurück – obwohl man mein Verkorksen jeder einzelnen Note streng genommen nicht *singen* nennen kann. Ich versuche, den Rest des Nachmittags so wenig wie möglich Trübsal zu blasen. Wir sind ja auch gar nicht wirklich getrennt. Es fühlt sich nur so an.

Christian kann das Stück nicht aufs Spiel setzen. Da hat er meine volle Unterstützung. Aber es ist eine echte *Tortur*, jemanden, mit dem ich nach wie vor verlobt bin, nicht sehen, anfassen, an meiner Seite haben und mich öffentlich mit ihm zeigen zu können.

Elle wirft mir immer wieder schräge Blicke über den Tisch zu, an dem wir arbeiten, und ich tue betont so, als würde ich es nicht bemerken. Wir sind hier, um zu arbeiten, und nicht, um über zutiefst verletzliche junge Männer mit sanften Augen und großem Herzen zu diskutieren.

»Ich wollte, ich wüsste, was sie zu ihm gesagt haben!«, explodiert sie schließlich.

»Du kannst es nicht gut sein lassen, was?«

»Nein, kann ich nicht, verdammt nochmal. Es ist nicht fair, für keinen von euch beiden. Und obwohl ich selbst dieses ganze glücklich bis ans Ende aller Tage und so weiter nicht so spannend finde – also für mich – heißt das nicht, dass ich nicht für euch beide daran glaube. Das geht auch gar nicht anders, wenn man auch nur zweieinhalb Sekunden in eurer Gegenwart verbracht hat.«

»Was meinst du?«

»Es ist, als würdest du ihn in deine Umlaufbahn ziehen. Wo immer du bist, zieht es ihn zu dir.«

Ich erlaube mir eine kurze Sekunde, darüber nachzudenken. »Ja, weil er der wahrscheinlich unsicherste Mensch mit dem geringsten Selbstbewusstsein ist, der mir je begegnet ist.«

»Das sah auf der Bühne aber nicht so aus.«

»Du hast dir sein Stück angesehen?«

Sie runzelt die Stirn. «Natürlich habe ich es gesehen. Ich konnte ja kaum meinen zukünftigen Schwager nicht unterstützen.«

Ich falle ein bisschen in mich zusammen, denn ich fühle mich wie ein Arsch, weil ich ihr nicht sage, was los ist. »Ich glaube wirklich, du bist die beste Schwester, die irgendjemand jemals hatte.«

»Du solltest nicht so überrascht klingen. Darum kann ich dir auch unmöglich erlauben, einfach aufzugeben. Meine wunderbare Schwesternschaft auf dich zu beschränken, wäre Verschwendung.«

»Sprich ruhig weiter. Du rückst gerade mein ursprüngliches Bild von dir gerade.«

»Und das sieht wie genau aus? Ich rate dir, nimm dich in Acht bei deiner Antwort.«

»Äh…« Ich drehe mich weg und gebe vor, etwas total Wichtiges auf meinem Handy zu lesen. »Tut mir leid. Ich habe vergessen, wovon wir gerade gesprochen haben.«

Sie verdreht die Augen, aber bevor sie sich wieder ihrer Tätigkeit zuwendet, sagt sie: »Du solltest dich um ihn kümmern. Sonst mache ich das.«

»Sich dieses eine Mal nicht einzumischen, ist wohl zu viel verlangt?«

»Leider ja. Aber keine Sorge, Bruderherz. Ich werde nicht gewalttätig sein.«

KAPITEL
ZWEIUNDDREISSIG

CHRISTIAN

»CHRISTIAN! Die Briten kommen!«

Ich blicke von meinem Platz in Xanders Studio auf, wo ich im Schneidersitz auf dem Boden sitze. Wir starren uns einen Moment an, sein kleines sommersprossiges Gesicht blass unter den blauen Haaren.

»Er kann doch unmöglich hierhergekommen sein, oder?«, frage ich, und Xander zuckt die Achseln.

»Ihr beiden seid sowas von süß verrückt nacheinander.«

Ich werfe einen Pinsel nach ihm, der von seinem Kopf abprallt und dabei eine schwärzliche Spur von den Haaren bis zum Kinn hinterlässt.

Xander schaut mich unbewegt an. »Danke auch.«

Bevor ich antworten kann, dass ich es wirklich gern gemacht habe, fliegt die Tür auf, aber es ist nicht Émile, der hereinmarschiert, sondern Elle.

»Du musst ihn wieder zurücknehmen. Tut mir wirklich leid, Christian, aber ich werde hier nicht wieder weggehen, bevor du zugestimmt hast.«

Rush schneidet eine Grimasse. »Was ist nur aus dem freien Willen geworden?«

»Freier Wille?« Sie deutet dramatisch mit dem ausgestreckten Finger auf mich. »Willst du mir wirklich weismachen, dass dein Junge da nicht schon halb in meinen Bruder verliebt ist?«

Madden schlendert herein, um dem Theater auf den Grund zu gehen, und lacht leise. »So dämlich wäre sicher niemand.«

Elles Lächeln wird breiter. »Oh, hallo, Süßer.«

»Schwul«, erklärt Madden schmunzelnd. »Sorry, meine Liebe.«

Zum Glück muss er mitbekommen haben, dass Besuch da ist, denn er hat eine lockere Sport-Shorts übergezogen.

»Bin ich schon dran mit der Anprobe?« Seven platzt in den Raum.

Rush seufzt. »Ich *sagte* doch, dass ich dich rufe, wenn es soweit ist.«

»Ja, aber wann warst du jemals in deinem Leben pünktlich?«

Elle hält Maddens Blick und zeigt hinter vorgehaltener Hand auf Seven. Madden hält zwei Daumen hoch.

Sie wendet sich lächelnd an Seven. »Oh, hallo, Süßer.«

Oh Gott.

Seven dreht sich scharf um, als hätte er sie irgendwie beim Hereinkommen gar nicht bemerkt, dann mustert er sie langsam und eingehend. »Welche Ausgeburt meiner pansexuellen Fieberträume bist du denn?«

Ich räuspere mich und mische mich in … was auch immer das werden soll ein. »Ich weiß, dass du wegen deines Bruders hier bist, aber ehrlich gesagt geht dein Kreuzzug gerade in die falsche Richtung.«

Sie winkt ab, dann sieht sie sich erst richtig um. »Was ist das denn alles?«

»Rush macht uns Trauzeugen-Smokings«, sagt Xander, der auf den Knien auf und ab hüpft. Ich könnte schwören, dass er von allen Anwesenden der Einzige ist, der sich wirklich für mich freut – also nach außen jedenfalls.

»Trauzeugen ... wer heiratet denn?«

Ich hebe die Hand. »Bevor du dich richtig aufregst: Émile sagte, er hätte bisher keine Gelegenheit gehabt, es dir zu sagen. Er ist ein bisschen paranoid geworden, seit das alles passiert ist.«

»Mir was zu erzählen?«

»Wir haben uns unterhalten, wir heiraten nach wie vor, wir wissen nur noch nicht wann und wo und wie genau – im Grunde wissen wir gar nichts Genaues.«

»Ihr heiratet ...« Sie wirft die Hände hoch. »Scheiße. Dann bin ich also umsonst hergekommen.«

»Es war sehr süß, wie du dich für ihn stark gemacht hast, falls das hilft.«

Sie zieht die Nase hoch. »Das tut es, danke.«

»Außerdem war es glaube ich nicht umsonst in *dem* Sinne.« Seven zwinkert, und ich lasse stöhnend den Kopf in die Hände sinken.

»*Kein* Sex bei der Hochzeit, Leute. Ich bitte euch. Das wäre zu schräg.«

»Christian, du bist wirklich ein Schatz.« Elle tätschelt meinen Kopf. »Aber du kannst ja wohl nicht ernsthaft glauben, dass du dabei mitzureden hast, was ich tue und was ich nicht. Insbesondere, da wir Pläne zu machen haben.«

»Pläne?«

Sie lacht, aber es klingt eher hämisch als lustig. »Ich war im Internat, mein Freund. Ich kenne mich aus mit waschechten Intrigen. So. Was sind denn nun unsere konkreten Probleme?«

Und vielleicht sollte ich ihr nicht alles anvertrauen, weil sie auch zu der Familie gehört, die aktiv versucht, mein Leben zu ruinieren, aber Émile vertraut ihr, also tue ich es einfach automatisch auch.

Nachdem ich schließlich alles wiederholt habe, was ihre Eltern losgelassen haben, sieht sie weder sonderlich schockiert noch überrascht aus – ich versuche, mir nicht allzu große Sorgen deswegen zu machen. Stattdessen setzt sie sich neben mich auf den Boden, wo sie sich mit zusammen gekniffenen Augen ans Kinn tippt.

»Wie lange wird es noch dauern, bis Carlisle Roswell unterschreibt?«

»Darüber wurde nicht gesprochen. Reece sagte aber, alle Gespräche seien gut gelaufen. Und die Vorstellungen waren nach meinem, äh, *Malheur* alle ausverkauft. Das war ein gutes Argument dafür, dass das Stück mit dem richtigen Marketing sehr erfolgreich sein kann. Mir war zwar nicht klar, dass ich damals den Profit angekurbelt habe, aber hey ... anscheinend war die Peinlichkeit zu etwas gut.«

»Okay, er wird also unterschreiben. Was müssen wir dann tun? Die Abkühlphase abwarten?«

»Selbst wenn er an Bord ist – eure Großmutter hat gesagt, dass sie das Stück in den Medien verreißen lassen wird. Wir würden die Investition niemals wieder reinbekommen, also wäre es sowieso alles umsonst. Niemand würde je wieder mit uns arbeiten wollen.«

Elle runzelt die Stirn, und es ist absurd, wie hübsch sie dabei aussieht. »Und wie will sie das bitte anstellen? Meine Großmutter in keinerlei Ehren, aber *keiner* ihrer Freunde besitzt auch nur ein Handy, davon ganz zu schweigen, dass sie wüssten, wie man damit eine Produktion torpediert.«

»Darcy. Sie sagten, er besitzt irgendein Medien–Dingsda?

»Ja, und Carlisle ist sein bester Kumpel. Nie im Leben würde er etwas verreißen, an dem sein Freund arbeitet. Eher wäre es so, dass sich das zu eurem Vorteil auswirken würde.«

Ich sehe sie mit meinem zweifelndsten Blick an. »Du glaubst ernsthaft, Darcy würde etwas tun, das mir hilft?«

»Wieso auch nicht?«

»Weil er meinen Kerl heiraten will.«

Sie blinzelt mich an. »Junge, du hast wirklich Glück, dass dein Talent auf der Bühne liegt. Darcy ist genau so wenig interessiert daran, Émile zu heiraten, wie umgekehrt. Großes Pfadfinderehrenwort, mit Bärendreck und schwarzem Kater und so. Darcy wird kein Problem für euch darstellen. Wenn das ihre einzige Drohung war, könnt ihr einfach loslegen.«

»Und wieso ist Émile das nicht klar?«

»Vielleicht, weil mein allerliebster Bruder die letzten paar Jahre aktiv allen Menschen außer mir hier in Seattle aus dem Weg gegangen ist. Er hat sich nicht die Mühe gemacht, Darcy besser kennenzulernen; ich schon. Aber mein Bruder hat nie auf mich gehört, wenn ich versucht habe, ihn davon zu überzeugen, dass Darcy gar nicht so übel ist. Er ist ein Meister darin, Probleme zu ignorieren, bis sie von alleine verschwinden. Du kannst mir glauben, Darcy wird euch keine Schwierigkeiten machen. Rossy würde ihn umbringen.«

»Okay.« Mein Herz wird leichter. »Okay. Also nachdem Carlisle unterschrieben hat …« Ich versuche, nichts zu vergessen. » … ist die Produktion unter Dach und Fach. Émile kann sicher sein, dass er sein Geld bekommt. Es ist nur …« So gerne ich auch begeistert sein will, kann ich dem Frieden nicht recht trauen. »… ist das nicht alles zu einfach?«

»Aber das wäre doch gut, oder nicht?«, fragt Xander.

»Für uns schon. Aber selbst wenn wir heiraten und er sein Geld bekommt … die haben eine Menge beschissener Sachen gemacht –« Ich halte die Hand in Elles Richtung hoch. »Also nichts gegen dich natürlich. Aber sie werden damit durchkommen.«

Und das ist für mich das größte Problem. Ich werde glücklich mit Émile. Ich begebe mich mit offenen Augen in diese Heirat. Wir wissen, dass es nur um das Endziel geht – das Geld – und dass wir uns endlich unserer Beziehung widmen können, sobald er es hat. Das mag zwar von hinten aufgezäumt sein, aber wie Émile schon sagte, war das bei uns von Anfang an so.

Mir ist das egal. Verheiratet, nicht verheiratet – ich will einfach nur mit ihm zusammen sein.

Aber es wurmt mich so, dass sie ungeschoren davonkommen

werden, obwohl sie mir gedroht haben und Émile sein gesamtes Leben über klein gehalten haben.

Dass sie nach wie vor reich und unantastbar sein werden.

»Um der Wahrheit die Ehre zu geben«, sagt Elle, »habe ich das Gefühl, dass sie auch weiterhin eine Menge beschissener Sachen machen werden. Im Besonderen werden sie versuchen, diese Hochzeit zu verhindern. Hast du Dreck am Stecken in deiner Vergangenheit? Sie werden ihn finden. Größere Orgien hier im Haus? Sie kriegen es raus.«

Wie auf Knopfdruck zucken wir alle fünf zurück. »Igitt, nein.«

Elle grinst. »Ich meine ja nur, die spielen nicht fair. Das war jetzt einfach nur das Erste, was sie dir in den Weg gelegt haben. Sie werden dafür sorgen, dass Locations euch absagen, die Caterer dazu bringen, euch übers Ohr zu hauen, am Hochzeitstag verschwinden die Autos, ich bin sicher, dass mit den Anzügen etwas schief gehen würde, oder mit der Gästeliste, den Sitzplänen–«

»Okay, okay, schon kapiert.« Meine Nase schmerzt schon, weil ich so viel an meinem Piercing herumzupfe und nestle. »Dann sollten wir ... die Pläne für uns behalten, oder ...«

»Das bekommen die raus. Das tun sie immer.«

Ich kneife die Augen zusammen. »Bist du hier, um zu helfen?«

»Was denkst du denn, was ich gerade mache?«

Bevor ich etwas erwidern kann, sagt Madden: »Nein, sie hat schon recht. Wir brauchen einen Fastball.«

»Einen was?«

»Naja, ihr müsstet einfach heiraten.«

Ich sehe ihn scharf an. »Ach, weiter nichts? Warum haben wir dann unsere Zeit vergeudet und den ganzen Riesenzirkus geplant?«

Er verdreht die Augen. »Ihr müsst einfach *heute* heiraten.«

Und so dramatisch sich das auch anhört ... »Das ist unmöglich.«

»Man soll niemals nie sagen.«

»Nein, da gibt es rechtliche Probleme. Aufgebot, und eine Örtlichkeit, und jemanden, der uns verheiratet ... und ... und«

»Details. Schon verstanden.« Elle hat das Gesicht konzentriert zusammengekniffen.

»Also vielleicht nicht heute, aber wie lange dauert es denn, ein Aufgebot zu bestellen?«, fragt Xander.

»Drei Tage Vorlauf.«

»Und wie schnell geht es, jemanden zu finden, der euch verheiratet?«

»Keine Ahnung. Ich müsste mich erkundigen–«

»Ich mache es.«

Ich schaue in Richtung der tiefen Stimme, die von der Türschwelle kommt, wo Gabe mit verschränkten Armen lehnt.

»D-das würdest du tun?«

»Die Lizenz dafür habe ich schon. Und wenn du irgend jemand anderen fragst, versohle ich dir den Arsch.«

Mein Lächeln tut schon fast weh.

»Ich organisiere die Deko«, sagt Xander. »Ich male den schönsten Läufer für den Gang. Und ich *mache* euch Blumen. Ganz viele Blumen aus Ton–«

»Ich stelle die Anzüge fertig«, fügt Rush hinzu.

Tief im Inneren spüre ich Nervosität erwachen, gleichzeitig Aufregung und ganz viele andere wundervolle Dinge. Seine Großmutter bekommt vielleicht nicht, was sie verdient. Aber keiner von ihnen wird glücklich darüber sein, dass ich Teil der Familie werde. Und von Émiles Plänen für das Geld werden sie auch nicht begeistert sein.

»Das könnte ... funktionieren?«

Xander klatscht in die Hände. »Seven könnte euch so tolle Einladungen designen.«

»Aber dann würden alle wissen, dass es eine Hochzeit gibt, und seine Familie hätte Zeit, uns daran zu hindern.«

Wieder breitet sich nachdenkliches Schweigen aus. Es ist wie bei den Abenteuer-Spielbüchern, wo es für jede Lösung fünf verschiedene Ergebnisse gibt, und ich weiß nicht, wie ich so weit in die Zukunft schauen soll. Ich weiß nur: Im Leben gibt es keine zweite Chance. Wir müssen das jetzt durchziehen.

»Warum brennt ihr nicht nach Las Vegas durch?«, fragt Seven.

Xander schmollt. »Ich will aber Trauzeuge sein.«

»Geht nicht, Émile sagt, dass mindestens zwei Familienmitglieder anwesend sein müssen. Elle wäre natürlich dabei, aber …« buchstäblich niemand sonst. Wenn wir durchbrennen würden, schon gar nicht.

»Was für eine dämliche Regel«, sagt Rush.

»Die wahrscheinlich genau aus diesem Grund aufgestellt wurde, damit das nicht passiert, was wir vorhaben.«

»Ihr müsst sie einfach überrumpeln.«

»Ich hab's!« Ich setze mich kerzengerade auf, und versuche mental zu überschlagen, wie lange Reece und Carlisle noch brauchen, um sich vertraglich zu einigen. »Ich habe eine wundervolle, *spektakuläre* Idee. Und ich kann garantieren: Jedes einzelne Familienmitglied wird anwesend sein.«

KAPITEL
DREIUNDDREISSIG

ÉMILE

EINEN KRYPTISCHEN ANRUF von meinem Verlobten zu erhalten, am Tag der gigantischen Wohltätigkeitsveranstaltung, die ich plane, ist doch sicher kein Grund zur Besorgnis. Alles, was ich aus ihm herausbekommen konnte war, dass Carlisle unterschrieben hatte, Darcy bereit war, ein paar positive Kritiken zu veröffentlichen, und dass Elle den Smoking, den ich ihm eigens für heute Abend hatte anfertigen lassen, abholen würde.

Und doch ist er noch nicht hier.

Eine halbe Stunde zu spät.

Es ist sicher nichts weiter. Gar. Kein. Grund. Zur. Sorge.

Ich lache einmal auf, um die Anspannung in meiner Brust zu lösen, und trinke meinen Champagner aus. Es sind wirklich viele Leute gekommen, was für den guten Zweck toll ist und der Alzheimerforschung sehr viel Geld einbringen wird, aber es bedeutet auch, dass das Potenzial für eine Szene größer ist, wenn Christian auftaucht.

Meine Eltern und Großmama werden nicht glücklich sein. Was mir vielleicht etwas ausmachen würde, wenn ich mich auch nur einen feuchten Dreck um ihre Gefühle scheren würde. Nachdem sie ganz locker auf meine gepfiffen haben, verdienen sie aber jedes Bisschen Peinlichkeit.

»Du hast dich selbst übertroffen«, höre ich eine vertraute Stimme sagen. Allerdings nicht die, die ich hören will.

Ich drehe mich zu Darcy um. »Die sind alle wegen Pa hier.«

»Möglich.« Er nippt an seinem Glas. »Aber du bist ihm sehr ähnlich, weißt du? Vielleicht sind sie also doch auch ein bisschen wegen dir gekommen.«

Keine Ahnung, wo er das hernimmt. »Wie kommst du darauf?«

»Tja, du bist auch etwas exzentrisch.« Er lächelt, um dem Wort die Spitze zu nehmen. »Du reist immer irgendwo in der Welt herum, nimmst dir Zeit für andere Menschen, hältst zu deiner Familie … selbst dann, wenn du es vielleicht nicht solltest.«

»Sollte ich nicht?«

Darcy beißt die Zähne zusammen und lässt den Blick durch den Raum schweifen. »Ich stehe im Kontakt mit deinem Verlobten.«

Ich habe das Gefühl, dass meine Augenbrauen mir aus dem Gesicht fliegen. »Wie bitte?«

»Ein sehr schlauer, charmanter Mann. Ich verstehe, was du in ihm siehst.«

Ich blinzele ihn an. »Moment mal. *Mein* Christian?«

Darcy legt den Kopf in den Nacken und lacht. »Ich finde dich sehr viel netter, wenn ich sicher sein kann, dass ich nicht gezwungen werde, dich zu heiraten.«

»Dann…«

Darcy neigt sich näher zu mir. »Er hat es mir erzählt. Also er und Elle. Was sie zu ihm gesagt haben, und dabei meinen guten Namen in Verruf gebracht haben …« Darcy räuspert sich. »Ich will nur sagen: Ich habe die ganze Story, und wenn sie nicht mitspielen, dann werde ich sie auch bringen. Mit deinem Einverständnis, versteht sich.«

»Und wenn ich nein sage?«

Darcy zuckt die Achseln. »Dann erblickt sie nie das Tageslicht. Sondern bleibt nichts weiter als eine … ah, *Rückversicherung*.«

Ich verstehe nicht, was hier passiert. »Du wärst bereit, so etwas zu veröffentlichen? Sie als die Bösen darzustellen?«

»Ja.«

»Aber … warum?«

Ich spüre eine leichte Hand auf der Schulter und drehe mich zu Elle um.

»Weil sie die Bösen sind, Liebling.«

Ich weiß nicht genau, ob ich gekränkt sein soll, dass sie mein Geheimnis ausgeplaudert haben, oder – oder …

»Wir brauchen nur ein Ja von dir«, betont Darcy. »Alles andere würde ohnehin erst mit Christian und dir abgeklärt werden, bevor die Story erscheint.«

Ich muss noch nicht mal nachdenken. »Ja.« Und mit diesem einen Wort ist die Last, die ich mit mir herumgetragen habe, sind die Sorgen, der Stress und der Druck einfach … verschwunden. Vielleicht werden wir mit den Informationen etwas unternehmen, vielleicht nicht. Die haben versucht, Christian zu erpressen, und das ist nichts, was sie gerne der Öffentlichkeit preisgeben wollen würden.

»Ich muss ihn sehen«, sage ich. Mein Herz fühlt sich an, als würde es gleich überlaufen. »Wo zum Teufel ist mein Mann?«

»Komm mit.« Elle nimmt meine Hand, und mir fällt auf einmal der hellrosa Anzug auf, den sie trägt. Er ist perfekt auf sie zugeschnitten, mit strengen Linien und eingefasster Taille, und sieht fantastisch an ihr aus.

»Wo hast du den denn her?«, frage ich. Es ist nämlich nicht das Kleid, das sie vorhatte, heute Abend anzuziehen.

»Ich habe kürzlich einen extrem talentierten Designer kennengelernt, der ihn extra für mich angefertigt hat.« Sie tritt auf die kleine Plattform, von der aus wir später Objekte versteigern werden, und zieht mich hinter sich her.

»Was hast du ...«

»Vorsicht!«, höre ich eine Stimme rufen, und ich drehe mich um zu zwei Menschen, die kaum weniger hierher passen könnten.

Xander mit seinen leuchtend blauen Haaren winkt Leute beiseite, während Seven mit den roten Haaren, Piercings und Tattoos am Hals etwas aus dem hinteren Teil des Raums auf die Plattform rollt, auf der wir stehen.

Das Zischen und Klappern der Hebelarme lenkt mich ab, und ich drehe mich zu dem Geräusch um. Hinter uns wird eine riesige Kulisse enthüllt. Die Worte *Für immer und ewig* sind darauf gemalt, außerdem Blumen, Kuchen und ein Eisschloss. Und dazwischen fliegen viele kleine, bunte Drachen.

Ich beiße mir auf die Lippe und werfe Elle einen misstrauischen blick zu. »Was soll das alles sein?«

»Das war alles Christian.«

Hinter mir ist ein Räuspern über den Lautsprecher zu hören, und Gabe tritt zu uns auf die Bühne. Er hat den knapp einsfünfundneunzig großen, kräftigen Körper in einen Anzug gequetscht. Grüßend hebt er die Hand. Als alle schweigen, lächelt er sein freundliches Grübchen-Lächeln.

»Sehr verehrte Damen und Narren, danke, dass Sie gekommen sind. Ich weiß, dass Sie hier sind, um großzügig zu spenden, aber bevor wir dazu kommen, möchten wir ganz kurz Ihre Aufmerksamkeit auf etwas anderes lenken. Unser großartiger Gastgeber am heutigen Abend, all seine Freunde und Familie sind hier versammelt, und es gäbe keine bessere Gelegenheit dafür. Und jetzt, Hals- und Beinbruch, lassen Sie uns beginnen.«

Die Band beginnt zu spielen, eine leise, schwebende Melodie, während das Licht im Ballsaal gedämpft wird, bis nur noch die gigantischen Kronleuchter den Raum erhellen. Xander erscheint zuerst, am Anfang des Teppichs, den sie ausgerollt haben, und wirft im Vorbeilaufen nach beiden Seiten Glitzer in die Menge. Seven folgt ihm, dann Rush, dann Madden, der Kusshände wirft und allen zuzwinkert, die ihn anschauen.

Ich sehe aber nicht mehr hin.

Denn hinter ihnen, bei Tante Agatha untergehakt, steht Christian. Er hat seinen typisch verlegenen Gesichtsausdruck auf die Spitze getrieben, ist so heftig errötet, dass man es sogar aus der Entfernung sehen kann, und als Agatha ihn zu mir führt, habe ich das Gefühl, dass mein Herz mir gleich aus der Brust springt. Ich denke nur: *Ich bin angekommen.*

Seine Freunde stellen sich hinter mich, und als er die Plattform erreicht hat und an seinem Kragen nestelt, die blauen Augen voller Gefühle, die ich ebenfalls empfinde, bin ich wie berauscht von seinem Anblick.

Es ist viel zu lange her, dass ich ihn richtig in Augenschein nehmen konnte.

Seine Lippen formen lautlos das Wort *Hey*, und ich erwidere *Hi.*

Elle küsst meine Hand, die sie immer noch hält, dann streckt sie sie aus, als Agatha die von Christian in meine Richtung hält. Seine Hand und meine finden einander, und ich bin zu Hause.

Er stolpert auf die Bühne, war ja klar, und ich spüre, wie sich Wärme bis in mein Innerstes ausbreitet. Wie er noch röter wird, das unterdrückte *Fuck*, wie seine Hand die meine fester umfasst.

»Du darfst dich niemals ändern«, flüstere ich.

»Könnte ich gar nicht, selbst wenn ich wollte.«

Die Musik verstummt und Gabe ergreift wieder das Wort.

»Ich weiß ja nicht, wie Sie das sehen, aber ich würde sagen, das ist ein echt sexy Pärchen.« Er knufft mich in die Schulter. »Zu schade, dass sie monogam sind, hab' ich recht?«

Er lacht über seinen eigenen Witz. Christian sieht aus, als würde er am liebsten sterben.

Und es ist perfekt.

Perfekt, wie Gabe durch die Trauungszeremonie führt.

Perfekt, wie Christians Freunde sich die ganze Zeit zanken.

Perfekt, wie ich die missbilligenden Blicke meiner Eltern spüre.

Und perfekt, wie ich aus dem Augenwinkel Darcy erkenne, der mir ein Daumen-hoch-Zeichen macht – wer hätte gedacht, dass ich froh sein würde, ihn bei meiner Hochzeit zu sehen? Und doch bin ich es.

Alles ist perfekt, bis auf eine Sache.

»Ich will dich nicht als Garantie benutzen«, sage ich zu Christian. Ich habe die Worte ausgesprochen, bevor ich es mir verkneifen konnte, und Gabe gerät etwas ins Stottern. Ich drehe mich zu dem unglaublichsten Mann um, den ich je gesehen habe. Der runzelt verwirrt die Stirn.

»Was denn? Willst du das alles nicht mehr?«

»Ich will es sogar unbedingt. Aber aus den richtigen Gründen. Ich will nicht, dass du das Gefühl haben musst, eine Garantie oder eine Rückversicherung oder eine Klausel in einem Vertrag zu sein. Denn du bist jetzt so viel mehr für mich: Wie du tanzt, wie du dir Gedanken machst, deine süchtig machenden Schlüsselbeine, und das verdammte Herz, das du immer auf der Zunge trägst. Wie du dich zur unpassendsten Zeit ohne Hemmungen auskotzt, ab und zu auch ganz buchstäblich, und ich liebe beides gleichermaßen. Du bist so chaotisch, und so echt, und manchmal ein bisschen kaputt, aber immer, immer die allerbeste Version von dir.«

Christians Blick ist ganz glasig geworden. »Liebe?«

Ich schlucke, nicke. »Ja. Ich habe leider das Pferd von hinten aufgezäumt, und jetzt ist alles durcheinander. Ich weiß, wir hatten gesagt, dass wir bis nach der Hochzeit warten wollen, aber –«

Christian zieht mich an sich und küsst mich. Es ist ein süßer, überwältigender, den Verstand lähmender Kuss. »Ich liebe dich auch. Und ich finde es auch nicht schlimm, dass wir die Regeln gebrochen haben, denn du hast es verdient. Und ich werde für immer versuchen, dir zu beweisen, wie sehr. Also, uns ist sicher beiden klar, dass ich ab und zu etwas verpatzen werde, aber wenn du versprichst, das auszuhalten, kann ich dir versprechen, dass ich mir weiter Mühe geben werde.«

»Und ich werde nicht immer alle Antworten parat haben, und

ich muss bestimmt weiter zum falschen Zeitpunkt lachen, und manchmal bin ich schwer zu ertragen, aber wenn du mich trotzdem lieben kannst –«

»Immer. Versprochen.«

Er ist mir so nah, dass ich außer ihm nichts mehr sehe und rieche und fühle. Meine Wahrnehmung ist auf seinen Nasenring und die Bartstoppeln und die versteckte Verletzlichkeit in seinen zusammengezogenen Augenwinkeln konzentriert.

»Also …«, meldet sich Gabe wieder zu Wort und unterbricht damit erfolgreich den Moment, »… dann habt ihr beiden ja schon euer eigenes Ding gemacht. Zum Glück gibt es keine genauen Vorschriften für solche Zeremonien, bis auf zwei Sachen. Christian, sag *Ich will*.«

»Ich will«, wiederholt er.

»Und Émile, jetzt du.«

»Und wie ich will.«

»Das kommt hin.« Gabe erhebt die Stimme. »Und wenn hier jemand sein sollte, der nicht möchte, dass dieses sexyste aller Paare heiratet, ist es jetzt Zeit, zu sprechen.«

»Ich habe verdammt nochmal etwas dagegen«, brüllt Dad.

Gabe schaut sich um, und einen absurden Augenblick rutscht mir das Herz in die Hose.

»Niemand?«, ruft Gabe.

»Doch, ich sagte, ich habe etwas gegen diese lächerliche Farce von einer Hochzeit einzuwenden.« Dad stürmt in Richtung Bühne, aber Madden, Seven, Rush und der winzige Xander springen herab und stellen sich ihm in den Weg. Elle, Tante Agatha und Darcy stellen sich zu ihnen und bilden eine menschliche Wand zwischen ihm und uns.

Und dann dreht sich Christian, mein süßer, unsicherer Mann um und fixiert Dad mit dem drohendsten Blick, den ich je an ihm gesehen habe. »Sie geben jetzt Ruhe, sonst werde ich vor allen Anwesenden erläutern, warum es beinahe nicht zu dieser Hochzeit gekommen wäre. Und dann können Sie nur hoffen, dass hier niemand ist, der die Zügel zu einem *Medienkonglomerat* in der Hand hält.«

Dad sucht sofort Darcys Blick, der ihn angrinst, und … und … heiliges Kanonenrohr. Mein armer, unsicherer Beinahe-Ehemann hat meine Familie gerade mit ihren eigenen Waffen geschlagen. Dad tritt zurück, und ich glaube nicht, dass ich je in meinem Leben so hingerissen war.

»Niemand also? Zum ersten, zum zweiten und so weiter?«, ruft Gabe, dann blinzelt er mir zu. »Ein Glück höre ich mit diesen verdammten Ohrstöpseln sowieso nichts.«

Christian nimmt meine Hand und schiebt mir einen Ring auf den Finger. »Hätte ich fast vergessen.«

»Das wäre ja sehr ungewöhnlich für uns gewesen.« Es ist ein einfacher Goldring, aber wie das Licht darauf reflektiert, erfüllt mein Herz. Ich brauche keinen Ring, aber das Gewicht und seine Bedeutung sind doch aufregend.

»Und damit erkläre ich Christian und Émile für verheiratet!«

Die Band fängt wieder an zu spielen, seine Freunde jubeln und johlen, und auch Elle beteiligt sich natürlich. Der Rest der Gäste applaudiert höflich, und ich bin ganz zufrieden damit, es zu ignorieren.

Denn die einzige Person, die mir in diesem Moment etwas bedeutet, steht direkt vor mir.

»Komm mal her, Ehemann«, sagt er, zieht mich in seine Arme und küsst mich.

Ich gehe willig, ohne Widerstand. Und ich habe das Gefühl, dass das immer so bleiben wird.

VIERUNDDREISSIG

CHRISTIAN

WIR STOLPERN DURCH ÉMILES EINGANGSTÜR, meine Hände in seinen Haaren vergraben und seine um meine Wangen gelegt. Wir küssen uns mit sanften Lippen, Zähnen, Zungen, beide bereit für mehr, aber ganz zufrieden damit, uns Zeit zu lassen.

Weil wir sie haben.

So viel Zeit, wie wir verdammt nochmal wollen.

Ich kann nicht aufhören, zu lächeln, wenn ich daran denke.

Den ganzen Abend über, während der Veranstaltung und beim festlichen Abendessen, bei den Gesprächen mit vermögenden Wohltätern und anderen Geladenen hat Émile mich keinen Moment losgelassen. Er war genauso ausgehungert nach Zärtlichkeit und ebenso anhänglich wie ich, und ich bin ziemlich sicher, dass wir mit unseren unaufhörlichen Liebesbekundungen allen gehörig auf die Nerven gegangen sind. Aber wenn es ihm nichts ausmacht, stört mich das ebenso wenig.

Denn schließlich war meine gesamte wahre Familie dabei, und keiner von ihnen fand mich peinlich oder hat mich verurteilt. Ich konnte zum ersten Mal seit langer, langer Zeit wirklich ich selbst sein.

»Bring mich ins Schlafzimmer, Liebling«, murmelt Émile an meinen Lippen.

Ich hebe ihn unter den Oberschenkeln hoch. Ich höre sein tiefes, wohliges Brummen, und auf einmal empfinde ich statt der brennenden Dringlichkeit Glück. Zufriedenheit. Wie diese Emotion auch heißen mag, die mein Herz zu groß für meinen Körper werden lässt. Die mich vor überschüssiger Energie vibrieren lässt und mir das Gefühl gibt, als würden meine Arme davonschweben.

Émiles Zimmer ist eine Mischung aus hellgrauem Leinen, blauen Wänden und seinem besonderen, betörenden Duft. Hier drin fühle ich mich ganz von ihm umgeben, und nachdem ich ihn auf dem Bett deponiert habe, halte ich einen Moment inne, um zu Atem zu kommen, auch wenn ich solche Lust auf ihn habe. *So verliebt* in ihn bin. Ich will ihn anfassen und niemals wieder aufhören.

Émile lacht, ein goldenes, perfektes Geräusch. »Ich kann dir versichern, dass es mehr Vergnügen machen wird, wenn du zu mir runterkommst.«

»Alles zu seiner Zeit.« Ich hebe einen Mundwinkel beim Lächeln, dann beuge ich mich vor und knöpfe sein Hemd auf. Ich lasse jeden geöffneten Knopf ein sanftes Streicheln mit dem Daumen und die zartesten Küsse folgen, an seinem Brustbein herab, seinem Ober- und seinem Unterbauch. Émile krallt die langen Finger in die Bettwäsche und der gepflegte Halbsteife, mit dem ich schon seit mehreren Stunden herumlaufe, wird hinter meinem Reißverschluss härter.

Ich schäle ihn aus dem Hemd und atme einmal zittrig durch. Verdammt, was für eine Schönheit. Breite Schultern, schmale Taille, ein paar zarte, goldene Brusthaare und perfekte, flache Nippel.

»Ich kann nicht fassen, dass wir verheiratet sind«, sage ich.

Sein Lächeln ist sanft. »Und zwar ganz echt.«

»Und wenn es nach mir geht, für immer.«

»Ich finde es großartig, einen Mann mit ähnlichen Lebenszielen gefunden zu haben.«

Ich neige den Kopf und drücke einen Kuss auf die Stelle, an der seine Hose verrutscht ist und seinen Hüftknochen enthüllt. So langsam meine zusehends dahinschwindende Selbstbeherrschung es erlaubt, öffne ich seine Hosenknöpfe und den Reißverschluss über der dagegen drängenden Erektion.

Mir läuft zwar das Wasser im Mund zusammen bei der Vorstellung, ihn zu lutschen, aber ich widme mich zuerst der Hose, die ich sinnlich über seine Oberschenkel und Waden herabziehe und schließlich einfach auf den Boden fallen lasse.

Mit der Unterhose kann ich mir einfach nicht mehr so viel Zeit lassen, und als ich ihm auch die runtergezogen habe, war es das für meine Selbstkontrolle. Ich beuge mich runter und schlucke ihn bis zum Anschlag.

Wir stöhnen gleichzeitig auf. Ich fühle, wie sich meine Augen verdrehen. Er schmeckt und riecht so unglaublich nach *ihm*, und mein Schwanz beginnt, lustvoll zu pochen.

»Fuck«, japse ich, als ich von ihm ablasse, um meine eigenen Hemdknöpfe zu öffnen. Ich habe es so eilig, dass es viel zu lange dauert, also setzt Émile sich auf und hilft mir mit der Hose. Ich strampele Hose und Unterhose weg, dann greife ich nach dem Gleitgel auf dem Nachttisch und verstreiche es.

»Leg dich hin.«

Émile rutscht auf die Kissen zurück und öffnet die Oberschenkel. Ich werde nie verstehen, dass nicht alle Menschen den männlichen Körper für den erotischsten Anblick halten. Ich meine, klar bin ich da sicher voreingenommen. Ich bin so schwul wie nur was, und allosexuell, und ich bin hier mit *Émile*, also mag meine Meinung etwas einseitig sein, aber – verdammt nochmal.

Ich will ihn am liebsten auffressen.

Meine Unterhose ist das am nächsten liegende Kleidungsstück, also wische ich damit das Gleitgel von meiner Hand ab, dann krabble ich auf allen vieren über Émile.

Er schaut zu mir auf, mit feuchten grün-braunen Augen und sanftem Mund, und mein Herz gerät ins Stottern, wie immer in seiner Gegenwart.

Ich lasse mich auf ihn sinken, bis wir aufeinander liegen und Émile mir die Arme um den Hals legen kann. Unsere Lippen finden einander. Sanft, langsam, wieder und wieder. Sein Atem riecht nach den Kirschen in seinen Drinks von vorhin, und ich schmecke vermutlich nach Cola und Bourbon, aber das scheint ihm nicht unangenehm zu sein. Er tastet nach meinen Haaren, dann wird sein Griff fester und ich küsse ihn leidenschaftlicher, schmecke jedes einzelne Aroma auf seiner Zunge.

Émile schlingt die Beine um meine Hüften und zieht unsere Unterleibe aneinander. Mein Schwanz gleitet an seinem entlang, und ich hoffe, dass er noch eine zweite Runde in sich haben wird, denn ich werde nicht lange aushalten, und will es auch gar nicht. Ich weiß nur, wie erregt ich bin, und voller Gefühle, und all das muss irgendwo hin. Und jetzt hat mein Schwanz beschlossen, dass er am Ziel seiner Wünsche ist.

Ich bewege meine Hüften gegen seine, reibe uns in stetigem Rhythmus aneinander. Sein samtiger, harter Schaft fühlt sich an meinen gepresst einfach unglaublich an, und als ich den Kuss unterbreche, meine Stirn an seine drücke und mit der Hand seine Wange streichele, sehe ich den Ring an meinem Finger aufblitzen. Es ist der, den er mir beim Heiratsantrag gegeben hat, aber ich nehme ihn gerade zum ersten Mal im Bewusstsein wahr, dass er etwas bedeutet. Etwas Großes, und Überwältigendes und Unschlagbares.

Ich löse den Griff seiner linken Hand und halte sie in meiner. Beim Anblick des Goldrings an seiner weichen Haut bekomme ich einen Kloß im Hals.

Émile stöhnt auf, drückt meine Hand und schiebt mir seinen Unterleib entgegen. »Gott, macht mich das geil.«

»Mich auch.«

Ich finde wieder seinen Mund, gieriger dieses Mal. Unsere Hände sind immer noch verschränkt und werden zwischen unseren Brustkörben zusammengedrückt, als wir uns wild aneinander reiben, wie im Rausch auf die Ziellinie zurasend. Seine Zunge ist fordernd, meine genau so gierig. Ich versuche, jedes Stöhnen, jedes Keuchen, selbst das *God save the king*, das er bestimmt nur sagt, um mich zu verarschen, zu schlucken.

Ich bin schon kurz davor, meine Bewegungen weniger geschickt und feinfühlig, meine Eier ziehen sich zusammen, sind jetzt überempfindlich. Dann packt Émile mich mit einer Hand im Nacken, seine Finger krallen sich in meine Haut, und er wirft den Kopf zurück.

»*Nrgh*, Christian.« Ich fühle seinen Schwanz an meinem zucken, sich über uns beide ergießen, und reibe mich fester an ihm, im Versuch, es ihm gleich zu tun. Er bewegt sich mit mir, verschwitzt, warm, perfekt, der feste Griff um meinen Nacken packt noch härter zu.

»Komm für mich, Liebling«, sagt er mit rauer Stimme.

Und ein Blick in seine schönen Augen ist der Auslöser. Die aufgebaute Spannung entlädt sich, und ich reibe mich weiter an ihm, bis ich auch den letzten Tropfen losgeworden bin, bis die rasende Lust langsam erlischt.

Ich lasse mich auf ihn sinken. Émile lockert seinen Griff und schiebt die Finger in meine Haare. Ich liege einfach nur komplett befriedigt da, während er mich streichelt und ich zwischen Bewusstlosigkeit und Wachzustand hin und her schwebe. Ich könnte einfach einschlafen, all den Schlaf nachholen, den ich nicht bekommen habe, seit ich ihn kenne.

»Wir haben einiges zu besprechen«, sagt er.

»Ja, das stimmt sicher. Aber es muss nicht jetzt gleich sein, oder?«

Er lacht leise. »Nein. Jetzt gleich erholen wir uns für die nächste Runde. Ich meine nur, morgen haben wir dann Zeit, die ganzen Details wegen des Geldes zu regeln, und dann ... können wir Pläne machen.«

»Und deine Familie kann rein gar nichts dagegen unternehmen.«

Er nickt zögernd, und ich merke, dass ihn etwas beschäftigt. »Ist es falsch von mir, zu hoffen?«

»Was zu hoffen?«

»Dass sie etwas aus der ganzen Sache lernen?«

Ich bin eindeutig die falsche Person für eine solche Frage. »Hey – ich habe auch zehn Jahre lang gehofft, dass meine Eltern nicht ganz so beschissen sind wie ich es in Erinnerung hatte. Ich würde es dir also nicht verübeln. In meinem Fall hat sich leider bestätigt, dass es Arschgeigen sind. Der Schaden, den sie angerichtet haben, lässt sich nicht wieder rückgängig machen, und ich bin ganz froh, das jetzt erkannt zu haben und damit im Reinen zu sein. Was deine Eltern und deine Großmutter mit mir gemacht haben, war ... ganz schön übel. Die hätten fast geschafft, uns auseinanderzubringen. Das werde ich ihnen zwar nie verzeihen, aber sie haben jetzt eine Chance, es wieder gut zu machen. Aber selbst, wenn ich ihnen nicht verzeihe, oder sie nie mögen werde oder so, könnte ich sie vielleicht respektieren lernen, wenn sie sich wirklich ändern sollten.«

»Ja, ich glaube, das wäre meine Hoffnung. Ich hatte noch nie eine besonders hohe Meinung von ihnen, aber ich würde gern glauben, dass sie nicht komplett verdorben sind.«

Ich gebe ihm einen kleinen Kuss. »Wir können es nur abwarten.«

»Stimmt.«

»Und in der Zwischenzeit jede Menge Sex haben.«

Émile grinst. »Das versteht sich wohl von selbst.«

Ich lächle und küsse ihn nochmal, und nochmal. Den Mann, der mir bewiesen hat, dass jemand mich von ganzem Herzen bedingungslos lieben kann. Und dass ich sehr wohl eine Familie haben kann, auch wenn es nicht mehr die Familie ist, in die ich geboren wurde. Er ist da, wenn ich ihn brauche, nicht aus der Ruhe zu bringen durch meine Missgeschicke, und liebt mich einfach trotzdem.

Es ist mir egal, wenn alles so schnell geht.

Es ist mir egal, dass wir nichts in der richtigen Reihenfolge gemacht haben.

Denn das ganze Falsch hat mir das größte Richtig meines Lebens beschert.

Ihn.

Und daran werde ich für immer festhalten.

KAPITEL
FÜNFUNDDREISSIG

ÉMILE

DIESE KOMPLETTE FREIHEIT ZU haben bringt mich zwar ganz durcheinander, und doch kann ich nichts wirklich Schlimmes daran finden. Jedes Mal, wenn ich morgens aufwache, erwarte ich, wieder eine Rolle spielen zu müssen; aber dann drehe ich mich um, erblicke Christian, und alles Gute, was passiert ist, stürmt auf mich herein.

Großmama hat tatsächlich versucht, das Testament annullieren zu lassen. Dazu hat sie die Familie unter Druck gesetzt, auszusagen, sie hätten nicht an der Hochzeit teilgenommen, aber selbst Schreckensregimes gewinnen am Ende nicht immer: Mama und Elle haben ihre Anwesenheit notariell bezeugt. Und selbst wenn sie es nicht getan hätten, hätte es keine Rolle gespielt. Dank Seven hatten wir reichlich Beweisfotos.

Und seither habe ich nichts mehr von ihnen gehört.

Christian dagegen trifft sich jetzt jede Woche mit seiner Cousine. Erst war ich reserviert, weil ich Sorge hatte, dass sie genau wie die anderen sein würde, aber ich habe mich inzwischen für sie erwärmen können. Außerdem sagt sie den Homophoben in ihrer Familie die Meinung, was natürlich hilft.

Christian dreht sich um und wirft mir den Arm quer über die Brust. »Herzlichen Glückwunsch zum Geldtag. Bitte lass dich nicht gleich wieder scheiden«, murmelt er, noch halb im Schlaf.

Ich lache leise und gebe ihm einen Kuss auf die Schulter. »Na gut, dann behalte ich dich eben.«

»Hm?« Er hebt den Kopf, blinzelt sich langsam wach, dann entspannt sich seine Miene. »Morgen.« Er gähnt. »Hast du was gesagt?«

»Ja, ich habe dir geantwortet, aber du hast offenbar im Schlaf geredet.«

»Oh-oh. Was habe ich denn gesagt?«

»Du hast mich angefleht, für immer und ewig bei dir zu bleiben. Es war ziemlich peinlich, ehrlich gesagt. Hat mich komplett abgetörnt.«

»Und das ist also der Grund, warum du mich behalten willst?«

Wusste ich doch, dass er mich gehört hatte. »Wie sich herausstellt, stehe ich auf liebebedürftig und anhänglich.«

»Das erklärt so vieles.«

Ich stupse ihn an die Nase. »Mir ist eingefallen, was ich mit meiner Erbschaft machen will.«

»Du weißt schon, dass du zu gar nichts verpflichtet bist, oder? Du willst Gutes tun, und das wirst du auch, aber du hast jetzt Zeit, in Ruhe zu überlegen, was das sein wird.«

»Ja, schon, aber …«

Ich spüre, wie der Arm über meiner Brust sich anspannt. »Du weißt doch: ich bin mit allem einverstanden, was du entscheidest.«

Das weiß ich in der Tat. Als wir geheiratet haben, wusste ich schon, dass Christian etwas Besonderes war, und doch habe ich unterschätzt, was das bedeutet. Er sagt, ich bin sein Fels in der Brandung, aber er ist für mich das Gleiche, und mehr. Ohne seine

Unterstützung würden mir kaum nur ansatzweise so viele verrückte Ideen einfallen wie mit ihm an meiner Seite.

»Erst zahle ich deine Kredite ab–«

»Émile–«

»Nicht verhandelbar, sorry.«

»Aber–«

»Du brauchst es nicht mehr, du verdienst jetzt selbst Geld, und so weiter, ich weiß. Hab ich alles schon gehört. Und es ist mir egal. Ich bin mehr als bereit, das Geld Leuten zu geben, die ich gar nicht kenne, aus Schuldgefühl und Verantwortungsbewusstsein, also lass mich doch auch ein bisschen einem Menschen geben, den ich liebe, weil es mich glücklich macht.«

»Es ist so viel Geld«, sagt er schwach.

»Und es wird kaum auffallen bei der Summe, die ich erben werde. Jedenfalls ist das meine erste Priorität, und dann … will ich eine Stiftung gründen. Nicht um Profit zu erwirtschaften, nicht als Bestandteil des Familienunternehmens, einfach nur als Organisation, die tatsächlich Menschen helfen wird. Ich habe noch nicht alle Details ausgearbeitet, aber ich will etwas tun, das so vielen Menschen zugute kommt wie möglich.«

Christian fährt mir mit seiner großen Hand durch die Haare. »Ich liebe dich, verdammt nochmal.«

»Gut. Das macht es mir leichter, meine nächste Frage zu stellen. Kann ich dich auf Tournee begleiten? Wenn du in ein paar Monaten mit dem Stück auf Reisen gehst, will ich dabei sein. Ich kann unterwegs weiter an meiner Geschäftsidee arbeiten; und ich werde bei allem, was ich mir ausdenke, sichergehen, dass es mir erlaubt, an deiner Seite zu sein.«

»Das würdest du für mich tun?«

»Ich würde alles für dich tun, Liebling.«

Er senkt den Kopf, um das Lächeln zu verbergen, von dem ich weiß, dass es seine Lippen umspielt. Es wärmt mich von innen und ruft mir all die Dinge vor Augen, in die ich mich verliebt habe, und weiter verliebe.

»Ich kann immer noch kaum fassen, dass wir uns gefunden haben.«

»Ich glaube, dass alles, was passiert ist, einfach so sein sollte.«

»Da kann ich kaum widersprechen, da mir ein Leben mit allem bevorsteht, was ich mir je gewünscht habe.«

Er weiß es noch nicht, aber ich habe vor, ihm alles zu geben. Die Dinge, die er sich wünscht, und die, von denen er sich nie erlaubt hat, sie sich zu wünschen.

EPILOG

CHRISTIAN

Neun Monate später

Was für eine Erleichterung, nach der langen Zeit auf Tournee wieder nach Seattle zurückzukehren. Ich habe die Zeit genossen, die Vorstellungen und Städte in ganz Amerika zu besuchen war toll, aber meine Freunde und mein Zuhause haben mir doch gefehlt.

Dass Émile an meiner Seite war, hat geholfen. Ohne ihn hätte ich es wahrscheinlich nicht ausgehalten.

Was verrückt ist, denn noch vor einem Jahr hätte ich gesagt, dass ich alles dafür geben würde, mit einem Stück auf Tournee zu gehen. Schon komisch, wie Träume sich verändern. Daran werde ich jedes Mal erinnert, wenn ich Émile anschaue.

Nach einem Gespräch mit Reece haben wir einen Plan entwickelt. Er hat eine weitere Produktion geschrieben, deren Rechte

Roswell House erworben hat. Und ich darf in Seattle bleiben, um mit dem Ensemble zu arbeiten. Zu meinen Aufgaben gehören Choreographie, Fitnesstraining, Ernährung und Reha-Programme für verletzte Tänzer.

Fest angestellt.

In Seattle.

»Ich kann nicht glauben, dass ich mich freiwillig um sieben Uhr morgens aus dem Haus zerren lasse«, bemerkt Émile, als ich das Auto am Gas Works Park abstelle. Ich unterdrücke mühsam mein Glücksgefühl und springe aus dem Wagen. Während der letzten Wochen gab es ein großes, heimliches Hin und Her mit meiner Bertha-Familie, einschließlich Gabe, der inzwischen ausgezogen ist, und Molly, dem Typ, der sein Zimmer übernommen hat. Es ist eine Überraschung für Émile, und ich hoffe, dass sie ihm verdammt nochmal gefallen wird. Denn ich habe immer noch das Gefühl, dass es nie genug ist, egal wie oft ich ihm meine Gefühle gestehe. Also nicht wirklich.

Er ist der unglaublichste Mensch, den ich je getroffen habe.

»Das ist ja süß«, sagt er, während er neben mir den Weg entlang schlendert. Mit der freien Hand nimmt er meine, in der anderen hält er seinen Kaffee. »Ein Morgenspaziergang.«

So etwas in der Art.

Anstatt mit ihm zum Lake Union zu laufen wie er wahrscheinlich erwartet, biege ich aber nach rechts Richtung Hügel ab.

Sobald sie uns sehen, wird gejubelt, und erst nehme ich an, weil sie sich so freuen – es ist schon ein Weilchen her. Doch dann –

»Was zum Teufel ist das denn?«, frage ich mit Blick auf das gigantische, Märchendrachen-artige Ding, das den halben verdammten Hügel bedeckt.

Xander hebt einen winzigen Finger. »Lass mich erklären: Du hattest dir etwas Beeindruckendes gewünscht. Und da habe ich mich gefragt – Xander, was findest du beeindruckend? Und natürlich war meine Antwort darauf große Schwänze. Insofern …« Er deutet auf dieses Monster wie ein Zauberer, der seine Assistentin präsentiert. »Ein großer Flugdrachen.«

»Ein Drachen?«, wiederholt Émile, der seinen Nacken verrenkt, um besser sehen zu können.

Gabe grinst ihn mit seinen Grübchen an. »Ich würde sagen, Drachen im weitesten Sinne.«

»In Einzelteilen kam er mir nicht so groß vor.«

Seven, der mit dem Anbringen eines ... Flügels vielleicht? ... beschäftigt ist, schaut auf. »Das kann ich bestätigen.«

»Ich hab getan, was ich konnte, okay?«

Madden lacht von seinem Platz auf dem Rasen. Seine lose sitzenden Sport-Shorts verhüllen so gut wie gar nichts. »Wenn man bedenkt, dass Christian uns nur eine Woche Zeit gegeben hat—«

»Drei Wochen.«

»—würde ich sagen: Du hast es recht gut gemacht.«

Xander streckt den Arm in seine Richtung aus. »Danke sehr!«

»Verdammt, sorry, dass ich zu spät bin«, entschuldigt sich Rush, als würde irgendeiner der Anwesenden etwas anderes erwarten. Dann bleibt er abrupt mitten im Laufschritt stehen. »Was zum Teufel ist das denn?«

Xander wirft die Hände hoch. »Ich geb's auf!«

Noch bevor er wütend davonstapfen kann, hat Seven ihn umgeworfen und drückt sein Gesicht in den Rasen. Molly, der Neue, beobachtet die beiden. Er wirkt deplatziert. »Entspann dich. Ich bin sicher, Christian hat uns allen etwas zu sagen. Besonders dir, weil du so viel Arbeit mit dem Ding hattest.« Auf Sevens stechenden Blick fange ich hastig an, zu sprechen.

»Das stimmt. Danke. Du hast das super gemacht und ich weiß es so zu schätzen, dass du diesen tollen Drachen gebastelt hast, den wir auch ganz sicher steigen lassen werden, denn ich habe Null Zweifel an seiner Aerodynamisch...*heit*.«

Madden bedeutet mir mit einer Geste, fortzufahren.

»Und ich habe solches Glück, euch alle zu haben?«

»Das reicht.« Gabe zieht mich in seine Arme und gibt mir einen dicken Schmatzer, dann macht er das gleiche mit Émile.

Dessen Gesicht sehe ich erst, als er sich aus Gabes Umarmung befreit. Und die glasigen Augen.

»Das hast du für mich gemacht?«

Ich versuche ein Lächeln, das mir nicht so recht gelingen will. »Ja, ich wollte dich überraschen, aber ich weiß nicht … ist das okay?«

»Es ist perfekt, verdammt. Machst du Witze?«

Ich atme erleichtert auf. »Okay, gut. Denn es sieht aus, als würdest du gleich losheulen, und ich war nicht sicher …«

Er lacht, dann verwickelt er mich in einen langen Kuss, der meine Freunde zu High-School-Schülern zurück verwandelt.

»Damit es keine Missverständnisse gibt«, sagt er. »Es ist eine perfekte Überraschung, und ich kann ehrlich sagen, dass es das Wunderbarste ist, was jemals jemand für mich getan hat.«

»Bis jetzt.«

Er legt den Kopf schief. »Was?«

»Das Wunderbarste bis jetzt. Du bist ein großartiger Mensch, und du hast großartige Dinge verdient, für immer.«

»So ein Süßholzraspler.«

Das ist nicht schwer, wenn ich nur die Wahrheit sagen muss. Émile zeigt mir, wie es ist, mit einem Partner verheiratet zu sein, der mich unterstützt, der immer auf meiner Seite und bereit ist, für mich das Unmögliche möglich zu machen. Ich muss nie Sorge haben, er könnte mich im Stich lassen. Ich muss nie Sorge haben, ihn zu enttäuschen. Und weil er mir das jeden Tag beweist, will ich ihm das zurückgeben. Und ich werde nie aufhören, mich um ihn zu bemühen.

»Dann wollen wir doch mal sehen, ob wir das Ding zum Abheben kriegen«, sagt er, stellt seinen Kaffee ins Gras und schiebt die langen Ärmel seines Shirts hoch.

»Eins noch.« Ich halte ihn zurück, bevor er davonrennen kann. »Ich liebe dich.«

Aber es ist nicht nur Émiles Stimme, die mir antwortet. Fünf weitere Personen sprechen im Chor:

»*Ich dich auch.*«

VIELEN DANK, DASS DU DEN ERSTEN BAND DER ZUFSALLSLIEBE-REIHE GELESEN HAST!

Halte die Augen offen – noch in diesem Jahr kommen weitere chaotische Männer, die sich aus Versehen verlieben.

Lust auf mehr? Dann findest du hier eine Bonusszene von Christian und Émile.

Bonusszene

Zufallsliebe Band Zwei: Kein Typ Für Beziehungen

MEINE FREEBIES

Liest du gern Friends to Lovers-Geschichten? Second Chance und Fake Relationships?
Dann habe ich zwei Gratis Freebies für dich!

Friends with Benefits (EN)
Total Fabrication (EN)
Making Him Mine (EN)

Diese Kurzgeschichte ist meiner Leser*innenliste vorbehalten, klicke also hier und werde Teil der Gang!
https://www.subscribepage.com/saxonjames

WEITERE BÜCHER VON SAXON JAMES

ACCIDENTAL LOVE SERIES:

The Husband Hoax

Not Dating Material

The Revenge Agenda

Just Romantically Invested

Not Catching Love

FRAT WARS SERIES:

Frat Wars: King of Thieves

Frat Wars: Master of Mayhem

Frat Wars: Presidential Chaos

Royal Scoundrel

DIVORCED MEN'S CLUB SERIES:

Roommate Arrangement

Platonic Rulebook

Budding Attraction

Employing Patience

System Overload

Forgotten Romance

NEVER JUST FRIENDS SERIES:

Just Friends

Fake Friends

Getting Friendly

Friendly Fire

Bonus Short: Friends with Benefits

RECKLESS LOVE SERIES:

Denial

Risky

Tempting

CU HOCKEY SERIES WITH EDEN FINLEY:

Power Plays & Straight A's

Face Offs & Cheap Shots

Goal Lines & First Times

Line Mates & Study Dates

Puck Drills & Quick Thrills

PUCKBOYS SERIES WITH EDEN FINLEY:

Egotistical Puckboy

Irresponsible Puckboy

Shameless Puckboy

Foolish Puckboy

Clueless Puckboy

Bromantic Puckboy

Forbidden Puckboy

Possessive Puckboy

STAND ALONES WITH EDEN FINLEY:

Up in Flames

The Bastard and The Heir

FRANKLIN U SERIES (VARIOUS AUTHORS):

The Dating Disaster

A Stealthy Situation

Und wenn dir der Sinn nach etwas Romantischerem steht: vergiss nicht mein YA-Pseudonym

S. M. James.

Diese Bücher stecken voller bezaubernder Charaktere mit Fehlern und
großen Herzen.

https://geni.us/smjames

WILLST DU NICHTS MEHR VERPASSEN?

Folge Saxon James auf den unten genannten Plattformen.
www.saxonjamesauthor.com
www.facebook.com / thesaxonjames /
www.amazon.com / Saxon-James / e / B082TP7BR7
www.bookbub.com / profile / saxon-james
www.instagram.com / saxonjameswrites /

DANK

Wie alle Bücher ist auch dieses mit der Unterstützung einer ganzen Menge anderer entstanden.

Das Cover ist das Werk der talentierten Quel M. Lektoriert hat Kathleen Payne, und Lori Parks hat aus Leibeskräften Korrektur gelesen. Die deutsche Übersetzung stammt von Johanna Hofer von Lobenstein, Lektorat und Korrektur von Antje Seebohm.

Danke, Charity VanHuss – du bist die beste Assistentin, die ich mir je hätte träumen lassen. Ohne dich wäre ich noch viel zerstreuter, und der Platz reicht kaum, um all die vielen Hüte zu nennen, die du für mich aufsetzt.

Eden Finley: Du stellst ständig dein Licht unter den Scheffel, obwohl ich so viel von dir gelernt habe, Du allerbeste Chaos-Bestie, die ich mir nur wünschen könnte, und Königin unter den Autorinnen. Du wirst mich jetzt nicht mehr los. Was für ein Glück für dich!

Danke an Louisa Masters, die fortwährend meine Untergangs-Stimmungen abfedert, wenn ich ins Straucheln komme, und mich daran erinnert, dass ich aufhören muss, den »Kummer zu suchen«. Ohne dich wäre ich mindestens die Hälfte der Zeit ein ängstliches Häufchen Elend.

AM Johnson und Riley Hart, danke euch, dass ihr euch die Zeit genommen habt, Probe zu lesen. Eure Unterstützung ist unglaublich wertvoll und ich weiß sie wirklich sehr zu schätzen! Und natürlich danke ich auch meiner Family. Meinem Ehemann, der mir immer wieder Zeit zum Schreiben ermöglicht, und meinen Kindern, deren Bedürfnisse mich daran erinnern, dass die reale Welt auch noch da ist.